路边书

罗伟章 ·著

Lubian Shu

四川人民出版社

图书在版编目（CIP）数据

路边书 / 罗伟章著. —— 成都：四川人民出版社，
2025.1. —— ISBN 978-7-220-13970-3

Ⅰ.I267

中国国家版本馆 CIP 数据核字第 202432RB56 号

LUBIANSHU

路 边 书

罗伟章 著

责任编辑	唐 婧
封面设计	张 妮
版式设计	戴雨虹
责任印制	祝 健

出版发行	四川人民出版社（成都三色路 238 号）
网　址	http://www.scpph.com
E-mail	scrmcbs@sina.com
新浪微博	@四川人民出版社
微信公众号	四川人民出版社
发行部业务电话	(028) 86361653　86361656
防盗版举报电话	(028) 86361653
照　排	四川胜翔数码印务设计有限公司
印　刷	成都东江印务有限公司
成品尺寸	145mm×210mm
印　张	11.25
字　数	215 千
版　次	2025 年 1 月第 1 版
印　次	2025 年 1 月第 1 次印刷
书　号	ISBN 978-7-220-13970-3
定　价	68.00 元

让生命生长（代自序）

　　我从没给自己的作品写过序和跋之类的文字，这是头一回。这样的文字一点也不好写，它需要我站到前台，直接跟读者交流，而我不习惯这样，我喜欢躲到后面，把自己埋在文字里，读者打开我的书，我便跟那读者认识，如果打开了还要阅读，我们便谈开了。我们谈的问题，大多趋于严肃。我相信，凡是读我书——无论小说或散文——的人，都跟我一样，在生活中有了疑难，有了困惑，需要质询和追问，也渴望浸润和涤荡。我们就从这里出发，去倾听对方，也梳理自己。

　　我们发现，古圣先贤那句"认识你自己"，历时两千余年，还响在云空，直击我们的灵魂，让我们羞愧。我们都太忙，不忙，也让自己显得忙，从而抽不出精力来打理自己。也可能是缺乏打理自己的愿望和能力。我在这本书里简要提到，人的境界分为三个层面，第一层是喧嚣和泡沫，第二层是黑暗，第三层才是自己。通常，我们浮在第一层，这里不寂寞，撩动一下泡沫，就能显示自己的存在，泡沫消失于泡沫中，也无所谓，因为尘世本就这样，如同时间，不是后浪推前浪，而是后浪淹没前浪，对此，我们认，因此可以心安理得，惬意而舒适地将一辈子打发掉。只有少数人能进入第二层，进入这个层面，需有潜水的功夫，还得丢弃和忍受：丢弃别人为你预设的道路，忍受前路迷茫的焦灼，当然，还包括孤独，所以敢于进入的不多，能穿透这层黑暗的更少。如果能够穿透，会发现一间屋子，那间屋子通透光明，屋子正中，端坐着一个人——那个人就是你自己。你通过艰难曲折，终于找到了自己，认出了自己，跟自己激情相拥。由此，不来人世白走一遭，有了坚强的注脚。

认识自己有很多途径，阅读大抵是最可靠的一种。我们挟裹于生活的洪流，纷至沓来的信息和经验，水草般将我们缠住，使我们艰于挣扎，更谈不上判断和洞察。其实，懂得挣扎，已是一半的清醒，如上所述，许多人不会挣扎，特别是不会有精神层面的挣扎。一本书，我是说好书，就如一面镜子，它讲着镜子本身的故事，你却从中照见了自己。你醒悟到：一直以为自己在生活，结果是在看别人怎样生活。你的一切，从颜色到气味，从首饰到鞋子，从工作选择到家庭装修，从孩子上学到老人入院，都是依照别人的方式在设计和塑造，但还不自知，还以为那就是自己和自己的想法。事实上，自己早被磨损，已经面目不清，直至最终丧失。这还是浅表的丧失，更深处，我们感动，是因为别人在感动；我们愤怒，是因为别人在愤怒；我们作恶，是因为别人在作恶。走到这一步，身份证和户口簿上的名字，就与我们的血肉之躯分离，名字变成了囚徒的编码，只是为了方便听从别人的呼唤和命令；换句话说，我们成了生活的奴隶，也成了自己名字的奴隶。

这时候，那面镜子静静地立在那里，只需你走到它面前。它不会上前招引你，它骨子里的傲慢，只愿意面对主动的生命。凡是不心甘情愿随波逐流的，都是主动的，迷茫、怀疑、挣扎、渴望……都属主动的范畴。它不抱企图，从没打算强加于人地说服你。它只是陈述幻想的价值、抵抗的意义，以及生活的逼仄和可能。如果你有心，被你深埋的自己就会苏醒，并对你热心邀约，你穿透那层黑暗，就被自己照耀，从而看到自己的逼仄和可能。

陆游诗"柳暗花明又一村"，用于描述人生，确是好词好句。那是敞亮的人生，敞亮的人生需要修剪。当我们找到自己，认出自己，接下来就是如何让自己变得更好。芜杂是我们的生命常态，所谓逼仄，就是芜杂太过的缘故。芜杂最丰厚的营养，是欲望。欲望不是错，更不是罪过，但欲望的特质，是一旦出芽，就拼命滋生，若不加节制，其正当性就会发生改变。一切好书的伟大使命，就是教会识别，提醒节制，并以此见证生命的尊严。承认"他者"，心怀怜惜，是尊严的基本内涵。见世间一切苦厄，他的、她的、它的——他们的，即便做不了什么，知道问一声：为什么不是我的？这么一问，生命就有了宽度，就在生长。清除芜杂，就是让生命生长。你十岁的时候在生长，你到了一百岁，如果还活着，照样在生长。这是精神生命的奇迹。而如果没有精神生命，人就很难被定义。

这本集子，是我的第二本散文随笔集。第一本叫《把时光揭开》。从体例上，两本相近，《把时光揭开》分为两部分，第一部分"风声雨声"，跟这本的"小笔记"一样，也有百来则短文，写自己对人世、命运、万物及读书的感悟，本质上则是对自己的清理和擦洗。这样的文字不会很多，到目前为止，总共也不过八九万字，它们是我最沉静时候的产物。沉静，是人生的奢侈品，尤其是现代人的奢侈品，我将自己的奢侈品奉献给读者。或许不合你胃口，这没关系，我们都在尽量认真地生活，都以独立的姿态，欣慰着同行者的加入，这才是最重要的。《把时光揭开》的第二部分，叫"我们的居所"，跟这本的"路边书"一样，都是散文，关注的东西各有侧重。居所里除了我们的家具，我们的肉身，还有我们的灵魂；行走在路上，前方所指，可能是远方，也可能是故地，而许多时候，故地和远方并不是两个地方，在我们的内在星空里，它们殊途同归。这本集子多了一个部分，"对谈录"，涉及的内容比较广泛，主要是关于写作；与我对谈的，是《中华读书报》《文学报》《十月》《西湖》《西部》、腾讯文化等报刊和媒体的记者，还有批评家、大学教授和在读硕、博研究生，限于篇幅，我不能把所有对谈收录进来，但借这机会，对各位一并表示感谢。同时感谢为编辑本书付出辛勤劳动的唐婧、张春晓、林文询等诸位师友，感谢四川人民出版社。

2016 年 10 月 27 日

目录

第一辑

小笔记

1

那时候，离我住处不到五华里的地方，有一片湖，叫清莲。像个少女的名字。其实它的年岁已经很大了，现今八九十岁的老人，小时候就在湖里捞过鱼。清莲湖仿佛跟这片土地一样古老。

闲暇时候，我喜欢跟朋友们到湖边去。

湖面宽阔，微风吹过，肋条似的波纹向前伸展。湖岸，除了人和潜藏的小兽踏出的土路，四周都被齐人高的荒草淹没，我和朋友们把带来的报纸往草尖一铺，鱼跃而上，草便倒伏下去。草很柔软，垫在身下有种被抚摸的感觉。我们坐在上面聊天、喝酒、唱歌、弹吉他或吹口哨。当这些手段使尽，也没见远处马路上的女子过来跟我们搭讪，只好沮丧地躺下去望天。睡在大地上望天，再灰暗的天空也高远疏阔。草丛里密集的昆虫在我们近处活跃，像草的叶片，被风摇动得沙沙作响；但摇响昆虫的不是风，而是昆虫们自己的欢乐。

见此情景，一个朋友总是羡慕地叹息："卑微的生命啊，你们哪里知道爱情的苦恼。"

可是，大地上本没有卑微的生命，就连昆虫，也比我们有资格谈论季节，谈论蓝天和星星。我们的心还在流浪，它们却早就有了自己的家园。家园就是这片湖。它们在湖边繁衍，在湖边诉说祖先的故事；祖先的故事就是它们自己的故事。

清莲湖在我们心里，哪里只是一片湖。

它是一部关于水、野草和昆虫的教科书，是一部绿的美术史。

若遇晴天丽日，我们还去湖里划船。一条无主的驳船卧在岸边，被繁密交错的藤蔓遮掩，不细心发现不了。几步深藏的石梯可以把我们引领到船边。长时间的风吹日晒，船帮已生满白斑，类同槁木。我们解了缆绳，坐上去，双橹一扳，船做一次深呼吸，就进入阔大的水域。船之于水，如鱼之于水，无水时如同死物，一旦进入水中，便摇尾鼓鳃，鲜活得让人感动。有时候我想，如果给这条无主的驳船写本传记，一定是本很滋润的书，也是很有历史感的书，如果写得好，兴许还会进入大人物们的传记之列。

某天傍晚，夕阳的金光照耀得湖面灿烂辉煌，我们荡舟湖心，突然有一条红尾巴鲤鱼蹦起来，恰好落进船舱，我将其捉住，小心翼翼地丢进湖里。可紧接着，更多的鱼蹦了起来，泼剌之声在湖面回荡，直至夕阳褪尽，它们才安静下来。

此后大半年，我和几个朋友奔忙于各自的事务，一直未去清莲湖，这个周末，终于得了闲暇，又相约前往。——可已经找不到那片湖了。湖被填了。豪华的预售中心和随处可见的重型机械，证明这里已被人类占据。这时候我们才明白，鱼们的那次集体跳跃，是在这片土地上的最后表演，是它们的绝唱。

几个人退了回来。说不上悲哀。

2

我心目中没有拟人化的神。大自然就是神。在歌德笔下，这个神不可捉摸："她以不同的形象出现在不同的人们眼里，又以无数不同的名目和称号隐藏着自己。"而在我看来，她没这么复杂，她就像亲人、朋友，像那些品性善良的陌生人。大自然的本质是接纳。接纳是不神秘的。比如这春雨、湿路、桃花、灰蒙的天空、清冷的气流、沉默的行人……本身就构成完整的生命。在我的日记中，不知道记录了多少个"第一场春雨"。春雨年年来，不是单调地重复，而是静默地成长。大自然一分钟也没有重复过，她总是在成长，只是人类无法估量她的伟力，因此，杜甫写的春雨，好像与今天的春雨并没有多少区别。人类到底是渺小的。福克纳认为，人类将长存于地球。但要做到这一步，不是没有条件。

曾经看一部有关恐龙的专题片，从恐龙的行为方式，我顿悟了这庞然大物必然灭绝的命运。对它们灭绝的因由，就我所知，至少有十余种说法，最典型的，是说一场大灾难后，它们的食物绝种了。最有趣的，是说恐龙特别喜欢放屁，在那古老的天空中，整天屁声隆隆，如雷霆万钧，偏偏从它们身体里释放出的气体，含一种对其自身致命的毒素，这样，恐龙就被自己的屁毒死了。我不是专家，不管人家怎么说，都只有相信的份。可是，看了那部专题片，我再也不相信科学家们的说法了。你只要看看它们以大欺小、以强凌弱、互相残杀、食肉裂骨的惨景，就一定会跟我得出同样的结论：恐龙自己杀死了自己。

恐龙曾是地球上的霸主，而今人类是地球上的霸主。

3

太阳并没有出，可它的光辉已照亮整个天空。太阳总是首先照亮天空，再把光芒洒到大地上。天空不亮，大地就享受不到温和的日光。从童年至今，我无数次观察日出，有时候，乡村的人们已荷锄上山，城里的人们已潮水般从街道上涌过，可大地依然一片阴冷，我们都以为太阳不会出来了，可抬头一望，一颗红球，早已静默地挂在东天……

古往今来，描写太阳的人不计其数，我特别喜欢这样两位：一是日本的德富芦花，二是美国的梭罗。德富芦花细心记录了日落需用的时间，得出太阳由衔山到全然沉入地表，需要三分钟的结论。只有真正热爱太阳的人，才这么在意于它的衰落和崛起。尤其让我感动的是梭罗，他说："不仅要观察日出和黎明，如果可能，还要瞻仰大自然本身。多少个冬夏黎明，还在任何邻居为他们的事务奔波之前，我就出外干我的事了……我虽没有具体地助日出以一臂之力，可是不要怀疑，在日出之前出现是最重要的事了。"他没有用任何花哨的笔墨写日出的过程，可迄今为止，这是我看到的关于日出最动人的文字。他在太阳出来之前就去大地上干活，跟太阳一起经受"诞生"的阵痛。——这也是苇岸在他散文中指出过的。苇岸是我喜欢的作家。我们之所以喜欢一个作家，是因为在许多地方，自己能与那作家心灵相通。

4

昨夜下过贼雨，早上起来，路湿润润的，草尖上不见水珠，却能闻到雨的气息，甚至能嗅到深秋寒冷的薄荷味。地面早已被环卫工人清扫干净，湿润就不会成为行路人的麻烦，而是让人感到清爽、安全与宁静。广大的天空，在湛蓝的背景上，飘着几朵云。云的距离挨得很近，有的少女般明亮，有的沉稳得像个事业有成的中年男人，有的老态龙钟，却是一副比谁都滋润的模样。这是一个和睦的家庭，一个灯光亮了、还没来得及退出舞台的演员群体。在这样的早晨，我的心情总是出奇的美好。我的脚踏在大地上，却总觉得正行走于天空。

一群鸟突然从我书房外飞过。这群鸟数目庞大，使阴暗的天宇胀满了生命。我站起来，想目送它们一程，它们却早已隐没于建筑群的背后。我已很久没看到过这么多鸟，我不知道它们从哪里来，也不知道它们将飞向何方。

5

"满天星斗"这样的词句，几乎要从汉语里消失了。我有个朋友，去了南极，又去了日本和法国，回国后就觉得呼吸不畅，身体不适，然后来一句："国内空气太差了。"听上去似乎很矫情，其实是实情。比如我居住的省城，即便天气晴好，能见度也很低，星星也隐藏在九天之外，偶尔显现，也不过两颗三颗。省城大，车子多，污染严重，望不到星星尚可说，回到县城，照样如此。直至退回老家的山上，"满天星斗"才会从天空和汉语里复活。

东边的那颗星，亮得像灯盏，我用质量很差的手机也能把它拍下来。一颗同样晶亮的流星，闲适地在天上游串。星星是那样多，只要你愿意，就能望见一层一层的星星。每一层星星都是一层天界。它们是运动着的，但除了流星和彗星，我们看不见它们的运动；星星以固定的姿势，让人于无声处听惊雷。我很喜欢日本电影《记我的母亲》里的一句台词：听到溪水的声音，便是听到山的声音。我想，听到星星无声的声音，便是听到宇宙的声音。再次琢磨人类对宇宙的阐释：无始无终，无边无际。穷尽全部想象，我也想不通这句话，若借助星星帮忙，或许好理解些：星星，又是星星，还是星星，层层叠叠的星星，永远都是星星。

——不过，与我小时候比，或者与二十年前比，星星还是少了许多，那时候的星星多得天上装不下，比春运时的火车还打挤。

6

艺术是对简单生活的回忆，时代在前进，前进的途中，抛弃了一些东西，这些东西，有的是垃圾，可还有一部分，曾经与我们朝夕相处，并深深触动过我们，温润过我们，艺术就是把这些东西唤醒，让人类永远不要忘记曾经拥有过的纯真。而那些能唤醒我们的，总是趋于简单的。而今的许多作家和艺术家，丧失了处理日常生活和日常情感的能力，更不能从一条逼仄的道路出发，走出高天厚土。这是他们生活得过于闹热的缘故。生活得越闹热，越复杂，就越没有生活；要保持精神生活的质量，就必须把日常生活限制起来。

这需要艺术家具有孤独的能力。

事实上，不仅是艺术家或者杰出的艺术家，就是平常百姓，偶尔也会幻想这样一种人生图景：一个人像狼一样独行旷野的图景。这是对孤独的呼唤。这证明，孤独其实是人的本性之一。但不知什么时候，它成了"能力"，成了人生的奢侈品。

7

鲁迅的小说，不屑于细小，而是经过思想的沉淀之后，塑造一种类型的美。显得瘦，却不干，不枯。这是更高的要求。——王安忆在《类型的美》中谈到这一点。王安忆认为，这是鲁迅没写长篇的根本原因。大江健三郎认为东方文学的代表在中国，特别是鲁迅，在那么小的篇幅里，表现那么深刻丰富的内涵，是相当了不起的本事。我觉得，鲁迅的这种本事，来源于他对世界的简化（比如塑造麻木民众的群像），更来源于他对黑暗的执迷，对骨头凝成的意志的执迷。与之相映照的，是吴贯中的艺术论，他说中国的人物，一旦进入寺庙，就一脸福相与慈祥，岳飞如此，关羽如此，就连"肺病型"的诸葛亮也如此。其实诸葛亮日夜操劳，食少事繁，可我们还是让他以一脸福相示人。阎立本的帝王画像，虽是珍贵文物，却不能说是艺术珍品，因为那些帝王都慈眉善目，不像西方，敢于实事求是地塑造帝王的凶刁肖像，尽管惹恼了帝王，却成了永世流芳的经典。还有耶稣，基督教信徒遍及世界，可他们敬奉的神，却是钉在十字架上裸着身体的人。

8

有些书，并不强烈地震撼你，却像楔子，慢慢地，扎扎实实地打入你。它是地基，只有当你领悟了，才能看见高入云端的壮丽。

最好的书，能引领读者回到自身，检阅自身。这个世界充满了声音，而不管多么巨大的声音，在声音之外也是寂静，绝大部分著作，包括一些具有杰出品质的著作，都还是在声音里行走，只有极少数的灵魂之书，才能把我们带到声音之外，体味寂静的博大与丰盈。

9

睡前万不可读莎士比亚，一读，就无法入眠，满脑子都是扎人的词句，且像剧中人物似的，随口就编出华丽的诗行。如此，醒来异常疲倦。尤其是今天中午，因昨晚读《爱的徒劳》，没睡好，今中午欲补，睡前续读一阵，结果更糟。

话虽如此，却丢不下，且终于读完了莎士比亚全集。

歌德说，一个创作者，每年只应读一部莎剧，否则其创作才能就会被压垮。又说：莎士比亚用银盘装金橘，我们通过努力，接过了他的银盘，却只能把土豆装进去。还说，莎士比亚从不考虑舞台，因为对于他那伟大自由的心灵来说，舞台太窄了，甚至整个世界都太窄了。

而我，始终没能从莎士比亚那里学到什么。

或许是我读得太快了，像歌德说的那样。

或许是他太高了，我够不着，就像够不着日月。

10

日本作家的作品，大都结构松散。可由于他们关注的是根本性问题，比如死亡和男女，因而一点也没有阅读上的疲惫感。这样的小说既与哲学接近，更与生活接近。不像某些小说因为太像小说而显得不够诚实。

但毕竟太过松散了。松散跟开放不一样。松散有时是另一种封闭。

我由这种封闭，去理解日本艺术为什么会有一种赴死的迷恋。为了瞬息的绽放，他们宁愿舍弃逻辑、谨严与完整。日本人赏樱花，是在它开得最满的时候，欣赏它离枝入泥的状态。明治维新时期，有个轰动一时的事件：某少女跳入瀑布自尽，并非厌世，也并非遭遇了什么越不过的打击，就是无法想象青春逝去后的自己。

可另一面，我相信日本人还有着别样的渴望。农人木村秋则历经千辛万苦种植不用农药不用化肥的苹果，苹果树已不惯于自行从大地吸取营养，也不惯于调动自身的生命能量与害虫做斗争，瘦弱憔悴，奄奄待毙。木村对苹果树说：你可以不开花，也可以不结果，但千万不要死去。木村感动了千千万万的日本人。都认为是木村的生态观和对理想的执着感动了他们，但在我看来，很可能还有更重要的东西：对待死亡的态度。

11

对一个作家而言，写出一部著作，能够洛阳纸贵，自然是值得骄傲的事情；能够被"文坛"捧着、供着，当然也是一种成功。然而，如果某位作家虽不被文坛看好，却在民间口口相传，就无疑具有更加旺盛的生命力，同时也更加值得信赖。好作家自己心里有杆秤，否则他就没法坚持。同时读者心里也有杆秤。普通读者人微言轻，没法像评论家们那样写个书评什么的，但他们可以立口碑，让那些好作家不是盛在快餐拼盘里，而是活在他们心里。真正的好书，以及对自己艺术生命充满自信的作家，从来都不会强求评论。对他们的评论不依赖于媒体，而是播撒于心灵，读者不死，那些作家和他们写出的作品，就活着。

的确，这世上有一种文字，本不是划过眼睛，而是沐浴人，像阳光一样。这些文字的创造者，无论世道如何变迁，都清醒地认识到自己是一个真正意义上的作家，需要"日日面对永恒"。他们从不在人际关系上转圈子，而是悉心培育自己的情怀，他们把眼光放得很远，远到与世间万物荣辱与共。这种人不写就不写，一写，就呕心沥血。呕心沥血的写作者分为两种，一种是追求经典的梦想，一种是确立自己的信仰、塑造自己的面貌。两种人都很可敬，但尤为可敬的是后一种，这种人写出了一篇好文章或一本好书，只当是完成了自己的一部分，经典的梦想与他们的内在星空相比，显得微不足道。

12

当女人在说"有身体，真好"的时候，那是她心里有了爱了，她可以借助自己的身体，来奉献她的爱，因此从根本上说，她赞美的不是身体。爱是身体的眼睛，也是身体的灵魂。每次性事过后，对性事本身很快就会忘记，大多数时候，那是千篇一律的；是对方身上隐藏的谜，让你牵肠挂肚。爱是谜，且形成磁场，为你的世界划定疆域。道家认为人有三魂，胎光、爽灵和幽精，胎光是生命之光，爽灵是智慧才情，幽精"喜欣合"，掌管性器官、性取向和性高潮，只有在"欣"和爱当中做爱，才能魂来魄昌，否则仅有魄，没有魂，只是消耗。

如此说来，无爱而性，是一种悲伤的旅程。

虽然"有身体，真好"，但被身体控制，就不好了。

身体有什么意思？无非是激素作怪，激素让你寝食不安，坐卧不宁，并拿鞭子抽打你，你把脑和心拿掉，就会规规矩矩地服从它。你可能没做上司的奴隶，却做了激素的奴隶。为满足奴隶的欲望，你卑微地去与人勾搭。

有些男人，包括部分女人，跟配偶之外的人性交，并不是在配偶那里没得到满足，而是满足于自己的占有欲。他们错误地以为，跟一个人性交了，就是占有了他（她）。如果不是激素的缘故，性交和握手也没多少区别，总不能说我们握过手，就是彼此的占有。那只是一个奴隶和另一个奴隶的偶遇罢了。

不过，一夜情或几夜情，到底能够理解，那至少是相互间有过交流；勾搭是镀金的铁器，是加糖精的白开水，尽管本质廉价，毕竟也有光鲜和甜腻。不能理解的是嫖，因为直奔主题，没有交流，即便说几句话，也差不多全是假话。假话是抵御，是防卫，不是交流。连叫床也是假的，与快乐无关，只是觉得"应该这样"，甚至是催促。这样的性事，沦落为两具躯体的搏击，带着交易时的讨价还价，渴望公平时的斤斤计较，还有埋得很深的恨意：恨对方，恨自己。所以对两者都是糟蹋。我曾听重庆一个朋友讲，每次去嫖之前，都不惧酷暑风寒，可事情一完，就后悔了。他后悔，那点激素却在冷笑，因为过段时间，他又会去。

不只是他，嫖是一种古老的行为，比世间的许多买卖都更早。

13

　　抽烟缘于孤独——许多人是这么说的。当我第一次听到这句话，就产生了怀疑：世上孤独的人那么多，伟大的思想却为什么那样少？几年前看一篇文章，说全世界每天做爱多达亿次以上。这表明，生活在爱和欲望中的，是一个异常庞大的群体，不至于孤独得只能让烟雾缠住头发。而且，孤独到底与寂寞有别，并非所有人都能走进孤独的院落里去，那是思想的子宫，只为少数人准备，躲进那院落里的，不是消耗人类，而是静静地蛰伏着，为人类吐丝。说到抽烟，孤独的、寂寞的、闹闹嚷嚷的，还有那生活在爱和欲望中的，都可能嗜好，也可能厌恶。抽烟与孤独无关。我认识一位教授，写过许多好书，是一个真正的思想者，哪怕你刚从迪吧出来，一看到他的样子，心情会即刻如山谷般安静，那是他孤独的额头带给你的，可他一闻到烟味就吐。前些年，我曾在北京右安门待过很长时间，从租房出去，是条小巷，清晨里，卖菜的、卖早点的，使这条我不熟悉的巷子显得既亲切又生动。那里，吃客也好，摊贩也好，很多人抽烟，其中不乏妇女。抽烟既与孤独无关，也与性别和地位无关。抽烟就是一种习惯。

　　世间最可怕的力量，不是火山和地震，是习惯。

14

看陕北风光，听陕北信天游，我由衷地想念故乡，想得心痛。我在想，我为什么不能把故乡人物艺术化？为什么不写出他们美的人生和美的爱情？童年的阴影在我心里的刻痕太深，使我看待事物总蒙上一层苍凉和忧郁，然而，感动我的，却往往是"美"，比如路遥的《人生》，虽然结局是悲剧，但刘巧珍的美，当年曾感动我很长时间，至今想起那个形象，还历历在目。——不过，很可能，刘巧珍之所以感动我，恰恰是她背后的悲剧。

接着听保罗·西蒙 2000 年在巴黎举办的演唱会。他的歌往往从最平凡最琐碎的生活入手，歌唱人们的快乐和忧伤。《亲爱的洛琳》，写夫妻间既有争吵、更有恩爱的真实状态，最后一句是："草地上的月光，带走了亲爱的洛琳。"洛琳的死也是美的、圣洁的。

再听约翰·丹佛"保护野生动物演唱会"，丹佛唱了《乡村路带我回家》《高高的落基山》《上海微风》《安妮之歌》《太阳照在我肩上》《对不起》等。听他的演唱，总能得到心灵的净化。必须随时净化自己的心灵。心脏的"脏"与肮脏的"脏"为什么是一个写法？它是以触目惊心的方式警醒你：要让心灵干净，是一件多么困难的事情。

15

午觉醒来，隐约听到打击铁器的声音，还有模糊的人语。这让我想起小时候在家里等大人回家时的情景。彼此和此时，都让我感伤。但两种感伤很不一样。小时候，总觉得时光是无限的漫长，大人可能永远也等不回来；现在，光阴飞纵即逝，而我还什么事也没干成。任何事物都有规律，哪怕一粒尘埃。我的规律在哪里？我的写作陷入了困境，数月没写出一段满意的文字。也没读到喜爱的书。整体说来，这段时间，我的精神处于堕落的状态，很少想到一些更高尚的事物。这是写不出好文章的最重要的原因。

在灵魂受到毁损和信心受到摧残的时候，有三部书和一个人可以拯救我。三部书是《凡·高自传》《瓦尔登湖》《月亮与六便士》，一个人是托尔斯泰。

两大卷《托尔斯泰传》，让托尔斯泰在我心目中形成了一个比较完整的印象。客观地说，不看这部书，我更崇敬托尔斯泰，但这并不能从根本上影响托尔斯泰的伟大。任何人都是这样，当你了解了他的细枝末节，反而冲淡了他思想中最核心的部分。这可能与托尔斯泰后期的生活状态有关。他性格中的确有软弱的成分，明知契尔特科夫非良善之辈，却出于感恩，容忍他，甚至纵容他，为此不惜剥夺亲人的权利。他犯下这一错误，根子不是私心，而是对理想的执着，他认为契尔特科夫是托尔斯泰主义的追随者，并为此付出了巨大代价；然而，当他终于发现并非这回事时，不是果断地加以弥补，而是出走。

但托尔斯泰究竟是世上少见的圣者，其神圣性，甚至包括他的软弱。他和那些最杰出的人物一起，构成了世界的智慧和良心。智慧不是科技进步、物质文明，智慧是一种通达的情怀。

托尔斯泰在论述长篇小说的时候，曾表达过这样的意思：一部杰出的长篇，当有两束光，第一束光出现在第一页，它照亮小说的前半部；第二束光出现在最后一页，它照亮小说的后半部。我觉得，这是在论述小说，同时也是在论述人生，包括死后的"人生"。

16

今天是除夕，阳光少见的明媚，我拉上窗帘，阳光还能把我的屋子照得透亮。如此看来，这阳光也有我的一份了。可是，听着窗外时时响起的鞭炮声，我为什么这样寂寞。

这是我在成都过的第一个春节，我想念远在故乡的亲人，特别是父亲。兄弟姐妹出门打工，四散奔走。多年来，这是家里最不整齐的一个春节。我相信这极大地影响了父亲的心情。上午十点过打电话回去，听说父亲上山砍柴去了。父亲过得太苦。身体的劳累是次要的，关键是心。他的子女大都不太习惯于通过努力去发现生活中应该快乐乃至应该幸福的元素，而他最倚仗的我，却像一个赌徒，特别是辞职以后，我真的就成了一个赌徒，让父亲担心。我不知道要等到哪一天，才能让父亲放心，更不知道真的到了那一天，我还能不能弥补某些东西。有一些东西，一些至关重要的东西，是无法弥补的，我知道。

这天父亲没休息，我也不能休息。

父亲砍柴，我写作。

17

在我面前，是一条深黑的巷子。

我的身前身后，都是一样的黯淡。

下午去书店，随意翻开一本小说，作者在前言中说，他喜欢坐地铁，喜欢从巷道里钻出来的感觉。我理解这种感觉，渴望体验这种感觉。

接着去理发店，剃了个光头。自我有记忆时起，这是第一次剃光头。我希望向自己挑战。平庸者也不妨用平庸的方式向自己挑战。不过，妻儿都很不适应，妻跟我从理发店回来时，不敢与我同行，还拿张纸遮住靠我这边的眼睛。她说，她无法从感情上接受我现在的形象。儿子开始还无所谓，过些时候，就说我太丑了，不再喜欢我了，且不要我送他上学。

凌晨两点，读完《心香泪酒祭吴宓》。这部书比《陈寅恪的最后二十年》好。吴宓认为，"文革"之害，厥为三端：一曰彻底摧毁了中华传统伦理道德观念；二曰彻底摧毁了人们的信仰；三曰彻底摧毁了民族文化。其实还应该加一条——加缪在他的荒诞剧《戒严》中有句话："他们千方百计，就是要让人无法相爱。"我觉得这句话正可用于"文革"，而且是相当厉害的指证。

作为写作者，无论遭遇多么严酷的现实，都不要吃惊。写作者需要尽量客观地表达。唯客观才能深刻。节制、朴素和精确，是艺术的大境界。

18

我努力了，但实在无法把《长恨歌》读下去。王安忆是我喜爱的作家，但在这部小说里，她那万古不变的节奏，让我受不了。尤其是用得太多的"的"字句，无端地将读者的思路截断，以至于读过几章，凡看到有"的"字的句子，即使那地方非用不可，我的生理上也要起反应：肚子痛。肚子里像塞进了一块尖角石。我生怕看完这部书肚子真的出毛病，只好放弃。

19

女人向男性献媚，有着久远的渊源。首先是生理的。按林语堂的说法，人的直立行走，使人身体上本来在后面和下面的，突然移到了前面，而且处于人体的中心部位，这样，就有了羞耻感。羞耻感本是男女平等的，可直立行走的女人却比男人有了诸多不便，时常带来流产和月经方面的烦恼。特别是怀孕，四肢着地的生物，能将胎儿悬挂在横脊骨上，像在绳索上晾晒衣服一样，重量的分配非常匀称，一旦两脚行走，就相当于把那根绳索直立起来了；如此，女人就须依靠男人的照顾，久而久之，自然产生依附心理。其次是社会的。想想"楚王爱细腰，宫中多饿死"的典故吧，想想从陈后主开始的妇女缠足的历史吧。楚王爱细腰，并未说非细腰者斩，可女同志们偏要节食束腰，致使饿死宫中。妇女缠足，肉腐骨折，极为惨痛，然而，做母亲的偏下得手，咬紧牙帮，狠狠地缠，边缠边教训面色青紫呼天抢地的女儿：不缠，不缠就没男人要你！如果缠出一双三寸金莲，就视为珍宝，以此求购于绅家。总之：关于女性的有些事情，的确是生物进化和社会压力所致，而另一些，则是女性自己的心甘情愿。对此，作为女性英豪的秋瑾，是忧愤忧思地指出过的。秋瑾既是美女，又是才女，更是侠女，她出来提了意见，就被杀了头。当时女界犯事，按律不上绞刑架，不杀头，秋瑾却被砍了头。由此可见，阻挡女性向男人献媚，是一桩多么危险的事情。

20

雍国泰教授来家，谈到文学艺术，说："'辽东有豕，生子白头，异而献之。行至河内，见群豕皆白，怀惭而归。'这段话谈人的眼界，有很深刻的内涵。"

是这样的。但在我看来，它最深刻的地方，是那个辽东人知道"怀惭而归"。

21

《音乐之声》看过很多遍，每次都很感动。细细思量，这部电影究竟是在哪一点上感动了我？其核心部分，是快乐！我发现，快乐感染人的强度，大于苦难。人生来就是应该快乐的，否则，生命还有什么可以留恋？现实如此无情，它摧毁我们的快乐，它让我们痛苦，然而无论多大的苦难，也必须作用于内心才能得逞；这时候，内心的力量就起决定作用了，只要内心被快乐充盈（快乐既是天性，也是勇气），苦难就会被挤出去。

我的小说，很多描写苦难之下的无助和毁灭，我应该尝试写一部快乐的小说。

此外还有骄傲，如歌曲《玛依拉变奏曲》里玛依拉一样的骄傲。细想起来，玛依拉就是一个自弹自唱的歌手，她牙齿白，声音好，会弹冬不拉，她白手巾的四边上，绣满了玫瑰花。就这些了。然而这些寻常之事，却让玛依拉多么骄傲啊，她的骄傲又是多么动人啊！之所以如此，是因为她对生活的热爱。热爱生活而不是厌弃生活，原来如此动人。

　　此外还有使命感，如"穆桂英挂帅"里穆桂英所担负的使命感。大宋江山，竟这样交给了一个女人，而这个女人，却以她内在的自豪和强烈的使命感，充满激情地担起这个重任。穆桂英的动人处，正是她的崇高美。我发现，最能打动我，且给我带来震撼的，总是那些具有崇高美的人和事。作为写作者，自己欣赏的，往往也就是自己工作的重心，事业的核心。

22

　　马尔克斯这样一位风格独特的作家，却从来也没有背离过现实主义，体现在作品中，就是那种"生动的艺术真实性和对现实的高度凝聚力"（诺贝尔文学奖授奖词）。他虽然是一个寓言的创造者，但让他感到孤独的却是，"我们没有足够的常规手段来让人们相信我们生活的现实"，他认为着手创造一种与乌托邦相反的现实为时不晚，"到那时，任何人无权决定他人的生活或者死亡的方式；到那时，爱情将成为千真万确的现实，幸福将成为可能；到那时，那些命运定成为百年孤独的家族，将最终得到在地球上永远生存的机会"。

这是文学的最高法则。文学所获取的时间和空间上的自由度是巨大的，但无论怎样沉浮，都应该指向心灵，指向未来。而且毫无疑问的是，文学的人道主义原则注定了它必须关怀弱小而痛苦的心灵。他们的未来就是世界的未来——艺术世界的未来。诺奖授奖词中评价马尔克斯："在政治上加西亚·马尔克斯坚定地站在穷人与弱者一边，反对压迫和经济剥削。"

马尔克斯提醒人们，如果想取得起码的成就，都必须有那条潜伏在地底下的根。

23

与陈忠实谈。他说，不仅要看写什么和怎么写，更要看写出了什么。他强调从生活体验到生命体验的升华，强调给政治一个合理的定位，作家不应一味排斥政治，但必须有自己的理解，化为自己的个性语言，表达自己的情感倾向。我喜欢看陈忠实的那张脸，喜欢听他黄土一般厚实的声音，他的脸和他的声音，都与他的《白鹿原》风格一致。

与一理论家谈。他说，现在的人，缺乏对生命起码的敬畏。以前，我们还怕死鬼阴魂不散，找自己报复，现在什么都不怕了。由此，他说到一个词：苦难。他认为现在不应再提苦难，应该把苦难改成困难。既然是困难而不是苦难，就可以找到一个比较好的途径去解决问题。他说我们的文学作品，写苦难的很多，对人物灵魂的慢慢演变，却缺乏深刻的揭示。我对他后面这句话是同意的，不管是不是真就没有一部深刻揭示人物灵魂的当代作品，文学绝不能简单化，这毫无问题，但他不该草率地将"苦难"改成"困难"。"困难"是承认人人都有尊严的，而事实并非如此。雨果在《悲惨世界》（《悲惨世界》的原标题，就叫《苦难》）的自序中说："值此文明的鼎盛时期，只要还存在社会压迫，只要还借助于法律和习俗硬把人间变成地狱，给人类神圣的命运制造苦难……只要在一些地区，还可能产生社会压抑，即从广泛的意义来看，只要这个世界还存在着愚昧和穷困，那么，这一类书籍就不是虚设无用的。"我们对照一下，看当今世界是否还存在那些问题，如果存在，文学就不能忽视，更不能粉饰。我们的文学之病，很可能恰恰就是只写了困难，而没有深入到苦难的层面。

24

波斯诗人峨谟谟伽耶姆有一首四行诗：

不知为什么，亦不知来自何方，

就来到这个世界，像水之不自主地流；

而且离了这世界，不知去哪里，

像风在原野，不自主地吹。

这首诗告诉我们，生还是死，我们都是被动的，而且从古至今没有一个人特殊。所有人都必须面对的问题，就不值得害怕。更何况，"死亡往往使生活的玩笑不能得逞"（纳博科夫语）。人生短暂，死后的时日却绵绵无期，因此要带着严肃而美好的心情，从容上路。意大利僧侣阿昔斯临终前说："欢迎你，我的死亡小妹妹。"他死得多么充实，多么优美和富有亲情。古罗马贵族朱利乌斯咽气时，"还在支配自己的灵魂"，他把死当成人生的起点，当成自己的再生。在二战中失踪的英国士兵斯科特在给父亲的信中写道："死亡是使地球上的经验更加完美的阶段。"正是在这个意义上，我们才说，死亡是最大的平等，也是最大的自由。

由此想到自杀。自杀是违背自然的行为。维特根斯坦甚至说："自杀是肮脏的。"但我承认，人活世间，的确有"自取灭亡"的理由，有的还极为壮美，但我还是认为自杀是对生命犯下的罪过，因为对大多数自杀者而言，虽然以主动的姿态实践了死亡，却对死亡茫然无知。由此再说到战争。战争之所以让我们厌恶，是因为它强迫我们放弃生命。

25

虽然完全不赞同让巴金以那样的方式活着，可一旦他真的离去，却格外惆怅。我想起自己小的时候，母亲去世，家境贫困，遭人作践，我将《巴金小说选》装在草花篮里，躲到树林里去读《寒夜》。它让我知道了我并不是最可怜的人，天底下还有别样的痛苦。后来，那本书不知被谁拿走了，我又从旧书摊买了一本《寒夜》。遗憾的是，以前的那本书里，除了《寒夜》，还有《憩园》《第四病室》，这些小说和《寒夜》一起，抚慰过我的童年。

为悼念他老人家，今天早上，我把《寒夜》抽出来，读了后记。

我应该从他的文字里好好想一想：文学到底因何而存在？作家的价值究竟在哪里？

我觉得，巴金有极为可贵的单纯。他写《家》的时候是单纯的，写《随想录》时照样是单纯的。活了那么大年岁，经历了那么多事，却依然持守一颗纯净的心，非一般人能及。不过，对他一直提倡的"讲真话"，我的看法是，他本人是否做到了，我毫不怀疑，但那只是他一个人的真话，并非整个社会的真话；这极大地削减了他那些真话的价值。

26

毕飞宇浑身都是小说。他是一面湖，到处都冒气泡，到处都有生命。这真好。这是天生的小说家。但毕飞宇只是湖泊，而非河流。如果他是河流就漂亮了。

苏童的《拾婴记》，前面很平常，最后让小说醒了。醒得那样彻底。作家有了一个绝妙的想法，就会显得从容，再平常也从容，因为他知道，到了某一处，小说自会飞翔。

鬼子是一个善于把精致掩藏起来的作家：把丰富的内心掩藏于朴拙的文字底下。前些日他来短信说："小说中最闪光的永远是生命和爱……社会和环境只是一种利用！"他是在提醒我，写小说时"问题意识"不能过强，更不能用"问题"去推动情节的发展。尽管我已经注意到这一点，贺绍俊在论述我小说时也曾提及，但我依然感激鬼子的提醒。鬼子写出长篇《一根水做的绳子》后，又来短信："为何多年没人创作相对纯粹的爱情小说？写了才知道，爱情小说是最难写的，一不小心就被政治被文化被财富被地位所强奸，'绳子'是努力把爱情还给生命，还给心，还给小人物，让爱情只受爱（本能）的驱动，所以特别注重有关爱的元素，如心、头发、茶麸、树、石头、荒草、橙子、门、裤门、决斗，等等，并付诸活力，以求读者过目难忘，深入人心。"这想法相当好，只是不知道这样的小说会不会只是缥缈的影子？

27

不要把最困难的段落留到第二天去写。如果感觉到写好这一段太难了，就千万别因畏难和懒惰停笔，你得再鼓一把劲，认认真真地把它写出来。写出来就好了，第二天，你就会兴冲冲地开始新的工作。要是把最困难的部分留到第二天，就会影响早上的心情，就很久也不想打开电脑，即使打开了，也磨磨蹭蹭地下不了手。——记住，别让自己的清晨太沉重。

28

作家们都在希望自己的作品能够永恒，因此都在想方设法地描写那些能够永恒下去的东西，爱情、友情、亲情……凡有过创作经验的人都知道，要写好这三样，非常困难，鉴于此，许多人知难而退，终于找到捷径，写性。绕着弯子都要往性上靠。可真要把性写好，照样是难的，于是又降格以求：只把身体那部分写出来就行了。只写这部分是不难的，如果动物有文字，它们也会写，而且肯定比人写得更畅快，更真实，也更虔诚。既然动物没有文字，人就占大便宜了，干这种活儿，也能生活下去了，而且说不定还能够永恒下去。

遗憾的是，所谓"永恒"者，只有在剧烈的对立中才会存在，没有对立，就没有永恒。这种尖锐的对立，不是简单地从身体上，而是需要从社会的大背景中，从人的精神深处，去寻找。为了"永恒"而无视波澜壮阔的现实和人生图景，是作家的愚蠢，也是作家的耻辱。

29

我们一面歌唱着伟大的道德，一面却也在祈祷那些圣贤之言只让别人去遵守。每个人心中都有一块阴湿的土地，在这块土地上探头探脑生长出的，是我们自己暗中渴望却并不认识的植物，因为渴望它，所以纵容它，因为不认识它，所以对它有所抵触；正是在纵容和抵触的较量中，检验着道德的力量。如果任随那一片植物生长，它就成参天大树了，就跟我们熟悉了，并最终成为我们自己，到那时，道德就喝醉酒了；反之，道德就是清醒的。道德清醒也就是我们自己清醒。事实上，即便道德醉酒了，眩晕了，可掌握道德的上帝，却端坐于遥远的星空。何况道德从来不会眩晕，道德走在大路上，比男人女人的步子都快，我们唯一要做的，就是追随它，让它感动于我们的至诚，然后对我们回眸一笑。

30

我有个熟人，他有个"极好极好"的朋友，两人一起长大，一起求学，一起上班，互为对方的影子。后来，我那位熟人的家庭发生了变故，女人跟他离了婚，五岁的儿子判给了他，女方每月付给孩子一定生活费。可两年过去，女方一分不给。他是普通工人，收入菲薄，儿子上学后，更加拮据，便多次找女方索要。有一天，他在桥上拦住了女人，说再不付钱，就把她告上法庭。谁知，女人只是淡淡地丢下一句：你急啥，那孩子又不是你的。晴天霹雳！他抓住女人，问孩子是谁的。女人大大方方地说了出来。原来，孩子的父亲就是他曾经形影不离的朋友。

人言，被朋友背叛是人生最大的不幸。这话看似在理，其实毫无道理。真正意义上的朋友，应当是这样的：你是自己，同时也是朋友；朋友是他自己，同时也是你。朋友背叛了你，也就是你自己背叛了自己。自己背叛自己，才是你最大的不幸。

31

凤凰"非梧桐不栖"，因此好鸟不来，不能怪鸟，只能怪树。孔子的弟子冉有为季康子将师，与齐战于郎地，大破齐师，季康子问冉有：你于军旅之事这么在行，是学的，还是天生的？冉有说：跟孔子学的。可后来，卫国的孔文子要攻打太叔，向孔子问策，孔子却推辞说不知道，"退而命载而行，曰：'鸟能择木，木岂能择鸟乎！'"孔子周游列国，不就是希望为人所用，实现自己的理想吗？人家找上门来，他却"命载而行"。

凡真正的智者，是非常计较人文环境的。

32

接杨金平电话。前天，他与《作品与争鸣》主编陈合松通了话，陈说他读了我近期的几个小说，包括《人民文学》上的《变脸》，大意是觉得没有《我们的路》好。这样的意见，金平在去年底就向我说过，他编我的中篇《心脏石》，就认为《心脏石》不像《我们的路》那般利索隽永。我在想，写《我们的路》（包括《大嫂谣》）的时候，我并没有什么特别的想法，打开电脑就动手了，远不如后面几个小说精心，却比后面的好，这是为什么？显然，那不是技巧的问题。写《我们的路》时，我把心思都放在人物上，后来，有意无意间分了心，走了神，因此小说缺少了"咬劲儿"，缺少了从内部生发出的动人力量。

关键是贴紧人物写。不管遇到多么困难的局面，只要贴紧人物，就能越过去。

许多失败的地方，往往是因为作者太自恋，让人物成了观念的工具。

作家塑造出的人物，如果成功，这人物就单独存在，并在历史和现实中真正存活过，人们谈论这个人物时，不会说是某某作家创造的，甚至于把作家忘掉。

金平说，要毁灭一个作家，道路有两条，一是封杀，二是捧杀。被封杀的，还可以把责任推给环境，被捧杀的，简直是什么话也说不出来了。金平说："你现在被关注了，参加的活动多了，要特别留心保持自己的定力。"作为朋友，他的良苦用心，我当切记。毁不毁灭，主动权在我。"回去！"我对自己说，"回到以前去，那时候谁也不知道你，你除了写作、读书和思考，别的一切都可以不考虑，也都不重要。"

33

文学思潮一日三变，文学名词花样翻新，可它到底属于美和情感的范畴，如果作品不能拨动人心，很难说一个好字。那些历久不衰的名著，仔细想来，无不是因为搔到人心的痒处，事过多年，我们还记得住书中的某个细节或人物，是因为那个细节或人物让我们笑过，哭过，惆怅过，寂寞过；书里的人成了我们最忠实的、他人无法领走的伴侣，我们在不断回味那个人物的过程中，让内心富裕和生长。作家的最大贡献，就在这里。

至于别的，哪怕是异常深刻的见解，也往往被时间的长河冲刷干净；它可能营养过我们，但时过境迁，再深刻的见解也成为常识，且人人都会心安理得地认为那些见解是自己的，而不是某个作家的。唯有作家灵魂里滋生出的真挚情感，我们无法剥夺。

34

　　妻买了几两桑葚，乌黑乌黑的，我吃了四颗。吃第一颗，就把故乡吃出来了。我小时候，在我家堰塘边的自留地里，种着几株桑葚树，在闷热的天气里，我站在树下，摘下来吃。那时候，我通常是去割牛草，任务基本完成，只是饿，桑葚和我们那里的诸多野果，帮助我度过了饥饿的年代，让我长大成人。我之所以感谢我贫瘠的故乡，是因为故乡的一草一木都为我付出过牺牲。我用了不少的小说描写故乡，但在这周日的下午，我一个人独自在家，才寂寞地发现，我根本就没把故乡写够，写好，故乡的精神，故乡的骨，都还在更深处。

35

　　近四十天没写过什么了，连一篇短小的散文也写不完整。彻头彻尾的无所作为。太热了。的确很热，天气预报说，重庆、四川的持续高温，为历史罕见。但我还弄不清天热是否成了我的借口。几年前，岳父母跟我们住在一起，人多，客厅闹哄哄的，我写作时只能把门闭严，夏季和初秋，连内裤也被汗水湿透，我居然还是写了那么多，今年怎么就写不出来了？我怀疑是不是我的心变了。我有一种明显的感觉：以前，我的心贴在地上，现在却跟地面有了距离。我努力把心放下去，但这是一项十分困难的工作。非常非常的难。但我明白，要超越自己，写出更好的作品，我必须做到这样。这是我唯一的选择。事实上我没有选择。

昨天和今天，读马可·奥勒留的《沉思录》。我希望智者能够启迪我。

多多少少，我接受了一些教诲。最重要的，是我要看到自己。我不应该去看别人，包括别人眼中的自己。我要自己看自己。看到了自己，才能看到自己之外的世界。

36

"传统"给人过去时的错觉，而事实上，不同国家、民族和社群，千百年来形成的习俗、语言、信仰、审美和道德判断，始终贯穿于各个时代具体而微的生活之中，持守和抛弃，都被生活本身选择。传统属于时间，属于流动的江河，无法与当下割裂。

从这个意义上说，传统，包括文化传统，都是发明出来的语词，至少是衍生出来的语词：由"当下"衍生出来。人们将传统视为当下的对等物，许多时候还是看成冲突物，于是在各个历史时期，或多或少地，或轻微或凛冽地，都会发生传统与当下争夺话语权的斗争。史书告诉我们，用传统否定当下，往往占据优势，因此许多改革以失败告终；而另一面，在不少国家和民族，都有过文化精英对传统的彻底反动，反动的结果，确实带来了轻快和速度，却也可能丧失曾经支撑过自己的东西，从而使文化陷入虚无，成为附庸。

每一种文化，都饱含着代代相传的生命形态，因此每一种文化都可贵。一位中国作家说，文化没有贵贱，只有不同；另一位中国作家说，文化没有进步和落后，只有永恒。他们道出了文化传统的本质属性，也为每种文化确立了自身的尊严。

但面对历史悠久的传统和飞速发展的社会，确实免不了会陷入焦虑和迷惘，这时候，考验着人是否"自觉"，特别是看知识分子有没有"自觉"。知识分子不能对空间过于着迷，而是要回归种子，深味时间的意义。回不到种子，也要回到自己的根。找到了属于自己的根，就会生发定力，吸收新鲜文化和外来文化，就是给根系补水、施肥。

兔子从草丛中走出去，然后又回到草丛。岩鹰从天空里垂落，然后又回到天空。

真的文化和真的艺术，都自带两种品质，一是谦卑，一是自信。

37

在人们的眼里，对"传统"有两种理解模式，一是它已经过时，二是只有传统的才是好的。两种理解都很肤浅。我觉得，"传统"这个词本身就很有问题，它遮蔽了许多。我们说善良、节俭、孝道、良知，等等，立即有人总结道："传统美德！"其实，这些美德不仅是传统的，也是现代的，还是未来的。真正的美德没有时间性。人身上可以称为美德的东西，就那么点儿，如果还要随着时间的流逝逐个抛弃，人类就说不上前途。

38

刘震云走在新时期"新写实主义小说"的前面，他选择一些渣渣草草的事，用大白话来记录生活的艰辛和心灵的逼仄，语言好，情感节制。现在，特别是前两三年，这样的小说一抓一大把，看来都是受了刘震云的影响。从这个角度说，刘震云是优秀的。然而我在想，如实地反映生活，就是好文学吗？或者说，文学的功能就是向人们展示生活的原貌吗？事实上，文学应该审视的，不是生活的原貌，而是存在。"存在"并非是已经发生的，"存在属于人类可能性的领域，所有人类可能成为的，所有人类做得出来的"（米兰·昆德拉语）。与"存在"相关的，是"发现"，"发现唯有小说才能发现的东西"（赫尔曼·布洛赫语）。

我感觉到，我们现在的文学，不仅太实，还太软。在我们的小说中，既缺少理想和信仰，也没有英雄主义情怀。《水浒传》为什么受欢迎？是因为洋溢其间的英雄主义情怀。那些人物，不优柔寡断，不前怕狼后怕虎，只要认定了，说干就干。这是很了不起的性格。说白了，再平庸的人，也希望超越平庸，现实中实现不了，就希望在梦想中实现，在阅读中实现。文学恰好可以担当这样的任务。我有个可能不太恰当的想法：当下，谁在小说中表现了真实而不造作的英雄主义，谁就会成功。

39

无论什么时候，好作家从精神上都是寂寞的，但文坛不会寂寞。这些年来，有人哀叹文学被边缘化，也就是说，文学之外的人，不再跟你闹了。但没关系，文学圈内自己跟自己闹，一忽儿东风逞胜，一忽儿西风占强，谁也不服谁的输。给人的印象是，大家都写出了很伟大的作品，而读者没能识别这种伟大，需要作家出来阐释，但作家没掌握那么多术语，就倚重于理论家，理论家有自己的喜好，有自己的关系，这种喜好和关系，分别成为前门和后门，投其所好的，关系到位的，请你进来，否则靠边。在这个世界上，谁活得都不容易，谁也不会甘心靠边，因此，那些晾在一旁的，就急切地需要找到归宿；好在他们也有苦心经营出的圈子，可以挤进另一扇门，组成另一个阵容。这样，一个文学的整体，被分割为孤零零的建筑，每一幢建筑都尽量把自己往高处拔，企图干净彻底地没收别人的阳光。如果真能够把房子修到云空里，那也是本事，但遗憾得很，许多建筑都是豆腐渣工程，根本等不到三年五载，只需一年半载，甚至只需数日，房子就垮了。那些暂时还没垮的，振臂高呼自己的胜利；同样令人遗憾的是，他们的手臂还没放下来，自己也垮了。

你也垮了，我也垮了，按道理大哥不说二哥才对，但依然没有服输，他们把谁垮塌的声音更加响亮，当成可以咀嚼可以炫耀的光荣。最终，比的就是这个。

文坛就是这样闹热起来的，也是这样虚无起来的。

与此相应，是整个文学界陷入了"得奖焦虑症"。一个省总在跟另一个省比，看谁得奖的多。部分省市专门召集研讨会，研讨的蓝本就是得奖作品，让参会者向这些作品学习。学习自然没错，但学习的目的，不是如何写好作品，而是什么样的作品才能得奖。这是多么可怕的文学景观。这种焦虑症，必然影响到作家。我相信，一个有出息的作家，都能尊重自己的内心，都能坐得住，但在这样的压力之下，你没有理由要求所有的作家都能尊重自己的内心，都能坐得住。如此，浮躁在所难免，文学出现萧条，也势所必然。

把文学还给文学，才是文学的正道。

40

我们把"写什么"简化为立场，一派认为，写了底层人生，就是立场站对了，另一派认为，你立场虽然站对了，却丧失了艺术立场，也就是不懂得"怎么写"。这当中让人不解的地方有两点：其一，立场应该是在写作者一边，不是在被写者一边，写底层与站对立场究竟有什么本质上的联系？其二，写了底层，怎么又必然地丧失了艺术立场？

这些本不该有那么复杂的事情，被活生生地玩成了迷宫。我们不断强调这是一个多元社会，落到自己头上时，却没有起码的包容心。大家本来可以共同组成一片森林，却非要大树底下寸草不生，非要我花开后百花杀。他们把文学当成了自家的菜地，要围上栅栏才放心。

41

人心里的阳光是很少的，阳光照在我们身上，却并不一定能被骨头吸收，形成钙质；即使有一部分形成了钙质，也很容易流失掉。而问题在于，那些支撑着我们的事物，是怎么流失的？简单地看，是由于外部环境的改变，每个人都生活在"环境"之中，它是我们赖以栖身的屋子和躺卧的房间——大环境可看成屋子，局部环境可视作房间。许多时候，房间比屋子更加要紧。成就一个人，打倒一个人，往往取决于房间，即我们的内心环境。我们却不大在意自己的内心，思考问题和展开行动，大都不是从内心出发，而是心甘情愿甚至迫不及待地丢掉自己的道路，选择别人的道路，或者别人为你预设的道路。遗憾的是，除了自己的道路，所有的道路都是宿命的道路，也是没有阳光的道路。

42

与一个小说作家同车，他煞有介事地对我讲，现在文学不行了！他的意思是文学现在不被重视了。我听着，虽不言语，心里却很不舒服。一个从事文学的人，必定是内在心灵的需要，"文学"行与不行，与你有什么关系？如果你从事文学，只是想从文学中捞取好处，那又怎么好意思说自己是作家？人的境界分为三层：外在、中间地带、自己。外在是喧嚣浮华的，中间地带一片黑暗，自己则宁静且充满光明。大多数人，其中也包括自称为作家的人，都只是在"外在"游走，有一小部分人，进入了中间地带，但他们始终处于黑暗之中，无法辨清方向，只有极少数人，才能进入"自己"，并最终找到属于自己的钥匙。

43

　　我希望自己能够拥有一种新的小说形式，但这种形式并没向我敞开胸怀。以往，我在梳理事实中获得了乐趣，同时也丢掉了更多的向度，它成全了我，也伤害了我。我要把成全的部分保持，把伤害的部分矫正。我需要一个更大的自由度。自由而不虚妄，相当难。

　　读卡夫卡，读了多少回，开始，除《变形记》让我迷恋，别的，我几乎都抓不住它的精髓。我对阅读它们有着本能的抗拒。后来，我把卡夫卡的全部著作，都当成童话书来读，一切似乎都迎刃而解了。它是成人的童话，是社会的童话，是人类的童话。人类的童话是狂欢的，也是阴郁的。——阴郁的狂欢，这就是生活的本质。卡夫卡厉害地抵达了这个本质。而我，正需要一把像他这样锐利的刀子，不然无法切开生活厚实的皮肉。我只是挑破了薄薄的一层，没有敲开生活的骨。我看得不深，更不独到。这把刀从哪里获得？或许，除了生活本身，没有谁会给予我。我痛苦地站在原地，但知道必须向上攀登。

　　南帆在散文《七七级》中说："他们的特殊积累是世事人情，是乡愁，是读不到任何文字的巨大恐慌，是半夜三更的饥肠辘辘，甚至是混杂了绝望的蛮横和粗野。三十年之后终于明白，书本之外的知识才是'七七级'这一批人真正的额外财富。"这段文字，说出了文学的根本。现在的文学，之所以缺失了巨大的再生力，就因为写作者没有了那种"额外的"财富。

当然，文学是心灵对外部世界的感觉，而不是外部世界本身。我们当下的文学，就小说而言，是在争相写小，而不是写大；最可悲的是，我们鼓励把小说写小。也就是说，我们鼓励作家们的心变小。

44

人们总是说，快乐短暂，痛苦常在——人们因此抱怨人生。可事实上，痛苦本就与我们一同成长，很小的时候，就有童年的寂寞，稍大，遭遇身体的裂变，裂变刚开始，爱情就光临了，可是爱情像春天，虽生机勃勃，却也凄风苦雨，之后，我们为养家糊口日夜操劳，为功成名就熬更守夜，再后，走向了身体的衰老……这一系列事变，全都伴随着苦味。

然而，如果没有这些苦味的跟随，生命也就没有了回忆，因为没有苦味就没有生命。所以要学会承认痛苦的合法地位。承认了它，才能客观而平静地看待一切，当好运降临的时候，才能感受到尖锐的快乐。可人们总是把痛苦看成偶然，仿佛它是欢乐的宴会上一个不受欢迎的客人，不知道快乐和好运才是人生的奢侈品。史铁生写过一篇《好运设计》，绕了一大圈，最后还是回来了，"我不知道怎么办了"，因为好运是设计出来的，并非真实存在。他必须回归生活的本体。生活的本体，或者说生命的实质，是忍受。墨西哥人对呱呱坠地的婴儿说的第一句话是：孩子，你到世上是为了忍受；忍受吧，受苦吧，别吭声。

总是希求快乐和好运的人是悲惨的，因为它是那样稀少，而想象出来的痛苦和不幸又是那样强大；这种人在兵不血刃的时候，就丢掉了勇敢和坚韧，向人生投降。

45

重读李劼人的《死水微澜》。这部书我十余年前读过，之所以重读，是因为我当时读的感觉比较好；但更重要的，恐怕是它的名声一直在圈内流传，许多人都说，李劼人单凭一部《死水微澜》，小说成就便从整体上超过了巴金。前不久去哈尔滨参加《人民文学》组织的"迎大冰"笔会，遇到红柯，他也这样说。红柯说，在高校，近年形成了李劼人研究热，因为中国现代文学的长篇小说，茅盾有观念图解痕迹，巴金的艺术成就不高，沈从文和萧红，长篇小说太像长篇散文，唯李劼人有长篇小说的文体意识，而且取得了很高成就。

我想说的是，《死水微澜》是部好书，语言好，人物鲜活生动，对成都的风情也描写得相当入画；可它还没有好到我期待的程度。它太痴迷于记录；正是这痴迷，在成就这部小说的同时，也给了它损害。最大的损害是减少了作品的穿透力。它表现出的人物关系，都是枝叶与枝叶的关系，而不是根与根的关系，比如罗歪嘴与刘三金，由嫖客和妓女的关系建构；罗歪嘴与邓幺姑，首先是亲戚关系，然后是情爱关系；罗歪嘴与陆茂林，与顾天成，都是由社会上的临时性关系勾连起来。——它们都不来自血脉，最终也没走入血脉。这样的小说，可能写得很好看，但最深处的、被生活认定不得不抓挠成团的东西，却是不够的。

46

希腊艺术：神圣、简约、寂静。神圣是艺术的至境。我们说荷马伟大，说托尔斯泰伟大，是因为他们神圣。《致阿波罗》祈祷词中有这样的句子："天空、大地、海洋、风，群山肃穆，鸟鸣终止。伟大的太阳之神将我们聚集在这里。阿波罗，太阳之王、光之化身，让你的万丈光芒点燃这神圣的火炬，为了盛情的雅典之城。"

神圣的起点是公正。公正成就宏伟。人对人的公正不必去说，想说说人对其他物种的公正。英国动物行为学家珍妮·古道尔，二十六岁深入坦桑尼亚和肯尼亚等非洲丛林，历时四十二年，对大猩猩家族进行观察和研究，发现大猩猩跟人一样，也有思想，有情感；包括那些被人类视为很低等的动物，同样有思想有情感。甚至植物也有。这种研究卓有成效，其前提不是为科学服务，也不是为人类服务，而是像法布尔说的，为动植物讲公道话，并以此揭露人类的暴行。要打通人类与其他物种的界限，要做到人类对其他物种的公正，要消除人类对其他物种的暴行，唯一可靠的途径，只能是情感。

47

京剧《文姬归汉》里，文姬随曹操使者踏上归程时唱："整归鞭行不尽天山万里，见黄沙和边草一样低迷。"文姬拜昭君墓时唱："见坟台哭一声明妃细听，我文姬来祭奠诉说衷情。你本是误丹青毕生饮恨，我也曾被蛾眉累苦此生。你输我及生前得归乡井，我输你保骨肉幸免飘零。问苍天何使我两人共命，听琵琶马上曲悲切箫声。看狼山闻陇水梦魂犹惊，可怜你留青冢独向黄昏。"店舍中，文姬思念没能带走的孩子，制胡笳十八拍之十四："身归国兮儿莫之随，心悬悬兮长如饥。四时万物兮有盛衰，唯有愁苦兮不暂移。山高地阔兮见汝无期，更深夜阑兮梦汝来斯。梦中执手兮亦喜亦悲，觉后痛吾心兮无休歇时。十有四拍兮涕泪交垂，河水东流兮心是思。"对蔡文姬的命运，我深深感叹，其诗句也格外让我揪心。但是，一个在战乱中被掳去匈奴的中原女子，陡然间只见大漠孤烟，胡服边马，且语言不通，其巨大落差在心灵深处形成的"力度"，是任何诗句都无法表达的。至于归汉时遗下一儿一女的万般感慨，也非诗句能及。那么，什么文体才能帮助她整理自己？——叙事文学，小说！

诗歌抒发个人情感，小说却与读者分享事实。

唯有事实，才能最痛彻地震撼人心，且散发出理性的光芒。

即便诗歌，历史上最伟大的诗篇，比如《荷马史诗》，也是叙事性的。

陈寅恪、闻一多等认为杜甫是中国最伟大的诗人，日本汉学家也持同样的观点，根本的原因，是杜甫在诗歌中为我们呈现了大量的事实。

有了上述想法后，我很高兴地在纳塔莉的书里读到："杰克·凯鲁亚克说：不要转文作诗，要确切呈现事物的本色。只要能捕捉事物的真貌，就不再需要转文作诗了。"

48

把每次写作都当成练习，这样，就有一个自由的心态，就会将自己放在低处。写作者把自己放在低处，对万事万物怀抱恭谨，敞开心胸，倾心聆听，是一件十分要紧的事情。以这样的目光去打量世界，世界就会以客观的面目出现，别人的观念就不会干扰你。

世间有两种文学：植根于大地的文学和植根于观念的文学。

植根大地的，生生不息；植根观念的，枯枝败叶。

艺术家需要幻想和狂热，但比幻想和狂热更重要的，是高度的清醒。阿娜伊斯·宁说，对艺术家而言，幻想和狂热比清醒更接近神性。然而，在我看来，要是没有清醒，那将是一个无所作为的神。每一颗心灵里都有一个真实。或者说，真实只存在于内心。艺术之所以能想象，能对"现实"进行颠覆和改造，就因为这个缘故。

49

重读《悲惨世界》，只觉得有一巨人，奋力划定一片大海，然后在大海上放置几艘小船，那艘小船就是人类，同时也是人类的命运。不过我心里在想，当时的那批文学大师，创作时为什么都不耍耍花招，都要立下一个志向，企图让自己的作品包罗万象？后来看汪曾祺的解释，他说所有的文学大家，都不是文体家——他们拼的是实力。人文情怀、思想深度、哲学眼光和文学素养，这是实力。那时候的作家，既是思想家，也是哲学家和社会学家。

以这样的标准来要求，我哪里敢称自己是作家。

50

看一台晚会，里面有首苏联歌曲，叫《灯光》，大意是二战时期，一青年要与恋人告别，奔赴战场，战场上有一个大集体迎接他，有他的同志和朋友，然而，他"总是忘不了那条熟悉的街道，那儿有我可爱的姑娘"。《灯光》之后，是一首中国歌曲，歌颂友谊的，不是人与人之间的友谊，而是世界性友谊，比如"世界是个大家园，我们同发展，我们共创造"。这么一比，我们的情感显得多么空泛、苍白、虚假。如果我们来写《灯光》，多半是义无反顾地去杀敌人，把父母、亲人，当然还有姑娘，统统抛在脑后，因为只有这样，才配称为英雄。

我总是用歌曲来对比文学。我有一种感觉，某个时期流行歌曲的水平，也基本代表了这段时间文学的面貌，我们的文学就这么差劲吗？或许真是如此。顾彬说中国文学是垃圾，听上去相当刺耳，可我们当下的流行歌曲，的确有数不清的垃圾。如此看来，文学也好不到哪里去，只是因为我们自己在从事文学，免不了敝帚自珍而已。我们总是不懂得尊重个人情感——那种最真实、最有力量，也最能打动人心的情感，其结果，就是制造一大堆垃圾。当我们对"正统意识"来一个反动，却是从一个极端走向另一个极端，同样与文学的旨趣相去甚远。

51

任何一种物体，都需要对抗的力量，与之对抗的力量消失，它自己的力量也随之消失。

人的心灵也是如此。

索尔仁尼琴被驱逐二十年后回到祖国，发现国家形势已发生巨大变化，与他抗衡的那股力已不复存在，他因此无所适从。他的诺贝尔奖授奖词第一句话是："像所有作家一样，索尔仁尼琴无疑受到时代的社会条件和政治条件的影响。"这种影响，也就是激发他创作才华的对抗性物体。作家要面临的困难在于，当这种对抗性消失，应当去哪里寻找另一种力量？

52

一个愤怒的人是讨不到喜欢的，当哲学家巴斯噶说出"我认识的人越多，我越喜欢狗"之后，我相信他不仅会因此而失去朋友，还会失去最世俗的欢迎。太煞风景了，当我们在温和的空气里自鸣得意的时候，突然听到一声断喝："你是人还是狗？"不留半点余地，直接以尖锐的力量扎入我们的灵魂。对这样的问题，回不回答都不令人愉快。更何况回答起来是那样艰难：许多时候，我们无法从精神层面上分辨自己的物种。但是，问题已经提出来了，那个愤怒的人就堵在面前，如果我们是人，就会一把将那家伙推开，迈着大步走自己的路；如果我们介乎狗与人之间，就会对他悻悻然，之后转身逃掉；如果我们是纯粹的狗，就会对他狂吠，继之撕咬，吓不退他，也得让他留下伤痕。从三种情形看起来，那个愤怒的家伙都不会有好结果。这证明他太傻了。经验表明，傻人往往是"一根筋"。要把"一根筋"拉直，不管世道人心如何变化，也决不为自己寻求退路，背后就得有强蛮的精神支撑。

53

某些作家的寂寞，首先是不识时务引起的。当文学已失去基本的批判品格，进入普遍操作和"大众情人"的时代，当大多数作家已不再为理想、信仰和良知写作，而是把手中的笔当成挺进中产者的工具，并在"多元化"的社会信条之下，乞求不要原则的理解和贩卖庸俗无聊的私货时，他却在那里描写以人的缺陷为基础的古典悲剧，并拿着一把剔刀，不留情面地挑去人性中溃烂的脓疮。这样的作家，不得不在下笔的同时，就以自己微弱的力量与强大的潮流抗争，这使他很累。就连伟大的里尔克也深沉地感叹："我们用以搏斗的是如此渺小，而与我们搏斗的又是那么雄壮。"在力量悬殊的搏斗中，良知总是把他拖入深渊，让他在不为人知的角落里呕血，当他不迁就不苟且也不宽容地拼杀之后，疲惫控制了他，他只有静静地养伤，等待心灵的下一次召唤。

54

约瑟夫·康拉德说："只有那宝贵的昨天是不能从我们手中夺走的。"但对一个有洞察力的作家而言，时空并不具有特别的意义，"昨天"既能照亮今天，也能照亮未来。

因为有些东西，我们始终无法回避。

比如苦难，我相信即便进入共产主义社会，苦难也是一个必须面对的话题。人是有心灵的，人类的心灵不仅对别的物种是一个谜，对人类自己也是一个谜，这谜一样的东西给我们带来高贵和欢乐，也带来卑琐和痛苦。

任何时代里，富人都没有想象的那样多，百分之九十以上的人都只能在艰难中求生。一心一意书写小人物，不仅需要良知，还需要勇气。这里没有仇恨，只是不宽容而已。作家们在对困顿的书写中指证：不管是小人物、大人物，或者自以为的大人物，都可能遭遇同样的问题。这就是人的命运。人都是有命运的，而人的命运，往往不受自己的掌控。个人毕竟渺小，一个神秘的打击，就可能让生命萎缩。文学，就是辨识那种神秘的打击来自何方。

55

行走世间，我们会遇到这样一种人：才情丰沛，思想峻拔；如山之耸峙凌厉；我们也会遇到另一种人：清清淡淡，吐字如兰，似春风起于草梢。前一种人，让你心明眼亮甚至醍醐灌顶，却不可久处，因为他时时给你威压；后一种人相反，他不涤荡只吹拂，不浇灌只浸润，分明是他的香气，可不知不觉间，你觉得那香气也是你自己的了，跟这种人相处，完全可以轻松自在地，从今天待到明天，从今年待到明年。

平实与不争，是精神健康的条件和可靠标志，它同浮躁、沮丧、忌妒、怨恨和恐惧等并发症相对立，是作家打量世界的温暖角度。

56

杰出的作品和平庸的作品，很多时候只有半步的距离。能否跨出这半步，考验着作者的功力，同时也考验着创作的自觉。比如十米的路程，如果我们是认真的、经过一定修炼的写作者，可能走九米，觉得可以了，蛮不错了，对余下的一米，看不见，甚至也不知道，因为在九米的地方，竖着一面墙，它遮蔽了我们，让我们觉得，九米已经满了，是最好的了。而一些真正成功的作家，深刻地懂得还可以继续走下去。你因为少走一米，使自己沦入平庸，人家因为多走一米，便大放异彩，无论怎么说，这都是很不划算的事情。

契诃夫的《小人物》，写完低等文官涅维拉济莫夫的一系列心理，已经十分完整，如果是一个普通作家，甚至是一个优秀作家，都完全可以搁了笔，满意地抽上一支烟。但问题是，这小说的作者是契诃夫，在别人满足的地方，契诃夫不能满足，于是他继续写道：涅维拉济莫夫痛苦极了。正在他痛苦得不能自持的时候，一只蟑螂跑过来，他愤恨地一巴掌拍在那只蟑螂身上。蟑螂仰面躺在那里，拼命蹬着细腿。他捏住蟑螂的一条腿，把它扔进玻璃灯罩里，灯罩里突然起火，发出噼噼啪啪的响声。这时候，涅维拉济莫夫才感觉到轻松了些。这多走的半步实在太厉害了，它开辟了小说的另一种维度。在社会批判的维度上，增加了人性批判的维度。当我们抱怨、指责、抨击社会和别人的时候，是否想过自己？社会的不公正以及弱肉强食，让我们愤怒，可我们不照样欺负着比我们更加弱小的弱者吗？

但凡事都有另一面，有时是多走半步成就了小说，有时却是多走半步败坏了小说。比如苏珊·桑塔格的《假人》："我"感觉到日子难以忍受，于是决定造一个跟自己一模一样的假人，来顶替自己"生活"。后来假人造了反。小说意味深长，到此正该结束。但苏珊继续写："我"又造了个假人。这样处理太简单，也太轻率，好像所有问题都是可以解决的，而事实上，人生中的许多问题，根本就无力解决。第一个假人，恰恰印证了人生的无力。

57

与几人聊。阿来说，中国当下的文学，多从书面文学到书面文学，很难得从民间文学和民间文化中吸取营养。民间说唱艺人所讲的故事，是对神的选择，是关于这个世界的巨大的秘密，切入的方式，却直截了当，不管不顾。而我们作家的头脑，被"意义"空前地磨损了，对民间文学的态度，多是将其当作题材资源，没有从认识论和方法论上去向民间文学学习；即便作为题材，也是利用间接资料，不愿深入实地做田野考察。何言宏说，他正研究一个课题：70后作家一时负有盛名，可直到今天，他们也没能写出让人信服的作品，他在思考原因何在。阿来正读阿伦特的《黑暗时代的人们》，说书里提到了类似问题：当作家面临不能触碰的强力，便主动撤离。然而，撤离之后必须有所担当，没有担当，作家就不可能写出杰作。由此说到作家对中心事件介入的勇气，张学昕说，世界上的伟大作家，都具备这种勇气，对种族、宗教、政治事件（包括战争）等，都不会袖手旁观。

58

一些朋友来电话，说今年天冷，他们将利用假期去南方风光秀美之地旅游。我一点也不心动。说到风光秀美之地，还让我怜惜和警惕。世上多少风光秀美之地都被人占据了，它却并不给予你什么。这些年来，我随各大刊物、各文学团体，也去了不少地方，且都是好地方，但说真的，它们并没给予我什么。我如果要描写它们，等同于看着一张照片进行描写。我在想这其中的道理。凡是大自然，就没有不好的，大自然自成体系，深沉博大，可一旦开发成旅游区，它的灵魂就跑掉了，躲起来了；它之所以不能给予你，就是由于它这时候没有灵魂。你千里迢迢地跑到那里去，结果是跑到一具尸体的身边，就这么回事。大自然是洁净的，同时也是苛刻的，你要想跟它交流，就要跟它有一颗同样宁静的心。对人数也有要求，你要走向大自然，就最好独自前往，特别是不要有熟人，一个熟人也不能有！

59

近半年读了些古书，从《儒林外史》《镜花缘》到《金瓶梅》《红楼梦》《聊斋志异》等,《儒林外史》《镜花缘》都相对平庸,后三者是好的。《聊斋志异》既跨越了物种的界线,也打通了阴阳两界,而且过渡得那样自然,自然到简直就没有过渡,《金瓶梅》视野好,语言好,《红楼梦》能飞。针对中国古典作品,苇岸有篇文章,说那些作品都太追求趣味。这话有些道理。趣味破坏骨子里的庄严感,与大气背道而驰。小说是塑造形象的,这种形象,除了要有人性的深刻度(《金瓶梅》和《红楼梦》,都不缺乏这种深刻度,《儒林外史》太夸张,《镜花缘》太离奇),还应该有思想的深刻度。人性究竟有多少改变呢?古人计较的,今人也在计较,中国人计较的,外国人同样计较,如果小说只满足于此,现今的作家,实在无事可干。

但这只是一方面。另一方面,或者说更重要的方面,除《金瓶梅》和《红楼梦》外,中国古典文学基本上都是在证明人,而文学的任务,是证明人不可证明。

60

读《重庆抗战文化史》,对胡风的一句话非常感兴趣,他说,创作要写出人物"精神奴役的创伤"。这是相当高明的见解,而这份高明,却给他自己带来毁灭性灾难。胡风本人,遭受了巨大的"精神奴役的创伤"。最近两天晚上,读蒋泥著《追问老舍的世界》,深感胡风的那句话,是怎样在老舍身上得以步步实施。

读某刊，扉页上"主编的话"，有这样的句子："我们短促的一生，所渴求的难道还有不是吉祥的其他吗？多年前就有学者指出，现当代中国文学，其实只有两个概念：苦难与暴力。作为伟大汉语的传承者，我们应该更深地反思，当前汉语文学中频频出现的那些对'厚黑'的追逐，对'残忍'的痴迷，对'俗恶'的推崇，其主要动力是否由创作主体的人格偏执和文化矫情所构成？或者根本就是创作主体的迷失？"

对此我是这样看的，如果只是追逐"厚黑"、痴迷"残忍"、推崇"俗恶"，那自然是坏的文学、恶的文学，然而，如果仅仅因为描写了苦难与暴力，就绝不能指斥为"创作主体的人格偏执和文化矫情"，也不是"创作主体的迷失"，恰恰相反，那是创作主体"在场"的表现。苦难与暴力可以控制一切，吓倒一切，但不能控制艺术，也不会吓倒真正的艺术家。真正的艺术家有责任揭示苦难和暴力，为世间留下一种声音，一种呼喊和抗争的声音。

"我们现在不应该写苦难，我们应该书写吉祥如意的生活……"

多么美好的意愿！可是我想说，当美好和吉祥还在远处，我们却当成现实图景去书写，那就不只是偏执和矫情。何况，无论哪个时代的优秀作家，都当然地把自己所处的时代视为最坏的时代，这不是作家不知好歹，而是作家的悲悯之心，让他们总是看到弱小者，看到那些在社会大车的辘辘滚动声中，被颠簸和被抛弃的人群。现在，不是把创伤和苦难写得太多，而是太少，太缺乏力量。北岛说，中国不缺少苦难，缺少的是对苦难的艺术表达。

61

观看世界非物质文化遗产节开幕式，45支表演队参加了演出（包括13支国外表演队），其中毛里求斯和几内亚的舞蹈、土家族的毛古斯舞、彝族的跳菜舞、巴中的翻山饺子舞、羌族的俄足舞等，给我印象最深。这些舞蹈被"文明"损害的程度较低，它不是来自"文化"或"文明"，而是来自生命，其舞步和歌声韵律简单，却直刺人心；与此相比，那些来自"文明"国家或地域的表演却显得那么疲软，那么没有意思。

由此我想到文学，如果文学中的生命元素淡薄，不管你有多么高明的技巧，都无济于事，甚至，一旦你远离了生命，技巧越高，越让人厌恶。

62

君特·格拉斯曾讨论过两个重要问题。其一是粮食问题。他厚厚的长篇小说《比目鱼》，主题就是人类饮食。他认为，如果我们环顾一下当今世界，就会发现现代科技几乎已经无所不能，却还是一如既往地没有解决人类的粮食问题；相反，全球受饥饿威胁的人口每年都在增长。其二是"正确的阐释"。这是有关教育的。他觉得，全世界的课堂上都弥漫着一种"德意志狂热"，教师强迫学生在几乎还没有读过或者没通读过某部作品的时候，就必须去阐释这部作品，而且一定要做"正确的阐释"。其实根本就不存在什么"正确的阐释"，因为每件艺术作品都包含、承载着无数的理解和阐释。课堂上的填鸭式教育，却规定只有一种阐释——通常就是教师的阐释。这会造成学生将注意力转向"修饰"，并因此引导学生成为投机主义者。

63

"都说知识改变命运，我学了那么多知识，也没见有什么改变。"

这是杨元元自杀前一天说过的话。杨元元本科毕业，历经七年奋斗，考上研究生，学的知识的确不能算少，然而，如果知识没有作用于她的内心，化成某种品质，从而修正自己看待世界的眼光，那些知识就是死的，是随时可以被拿走的。

可这怎么能怪她呢。毕业即失业的局面，已维持了好些年。一度时期，整个社会都在批评大学生们的择业观，认为他们自视太高：你大学毕业，照样可以去操刀卖肉，照样可以去当农民工。初听起来，这话有理，可问题在于谁都要计算成本。在我老家，普通家庭要把孩子供出来，说倾家荡产还不够。花了这么大血本，到头来还是当农民工，想得通吗？有读大学的机会，看起来是好事，可多一种机会也就多一种想象，结果一切想象都是妄想。

当学生成为产品，就跟别的产品一样，越多越好；可学生又不同于一般产品，一般产品要销掉才能获利，而大学生这种产品，收进门就能获利，至于能不能销，想管也管不了。因此对某些人而言，读大学很难说不是陷阱。他们掉进这个陷阱后，才手忙脚乱起来。去年十一月，我去某大学开讲座，文新学院副院长非常沉痛地告诉我：现在的学生，刚进大四就不上课了，一个年级二百多人，有二三十人进教室，辅导员就会受到院长的表扬。那些学生都到哪里去了？找工作去了。其实岂止大四学生，大一新生就在为将来发愁，我进校园，很难在他们脸上看到笑容，也很难从他们身上感受到"青春"。

焦虑心如此之重，不可能学到什么知识。纽曼在论述关于大学的概念时说：当一大群年轻人来到一起，自由密切地交往，即使没有人教育他们，他们也必定能互相学习；所有人的谈话，对每个人来说就是一系列的讲课。他说这是牛津大学的模式。而我们的学生，却只能各自为将来的饭碗挂怀。教师们也顾不过来，且不说好些教师正忙于去做房产顾问、股市顾问，单是那么多学生，怎么教？从里、外两方面，学生都很难学到知识。杨元元说自己"学了那么多知识"，很可能只是她的错觉；她把考上大学、考上研究生当成学到知识了。

这就是说，将知识内化为品质，只不过是奢谈，因为他们连知识也没学到。

教育家胡庶华认为，大学招生应少而精，因为它是培养尖端人才的。可我们走了一条相反的路，年年扩招，泛滥的后果，是让本可以成为尖端人才的苗子，也被焦虑的洪流席卷。前两天看新闻，说今年的研究生报考人数又比去年猛增，仔细调查，发现这些人中有一大批是本科毕业后找不到工作，读研究生可以暂时缓解失业的压力，还有一大批是为将来就业增加砝码，只有十分之二是对研究本身感兴趣。老实说，我对这十分之二是怀疑的，我觉得没有这么大的比例。大学已经失去了最主要的办学价值。我认为现在是必须回归的时候。至于提高建设者素质，完全可多办职业技术学校，进行社会真正需要的对口教育。如此，既有利于国家，又可挖掉发教育财的利益集团，还可少几个像杨元元这样的人间悲剧。

64

龙应台说，二战时期，起码有二十万德国和奥地利的"普通人"是罪行的执行者，不同宗教、不同年龄、不同教育水平的人，都有。文明和野蛮的中隔线，薄弱、混沌，而且一扯就断。的确如此，每个人的心里都有魔鬼和天使，修炼成天使的路十分漫长，而魔鬼却是与生俱来的，魔鬼比天使更有力量。政权的意义，在于堵住魔鬼，为迎接天使开辟广阔的空间。但历史上很少有这样的政权。最近读奥威尔的《一九八四》，这部惊心动魄的小说阐述了一个真理：政治的重要手段就是保持权力的神秘性，还必须有意识、有计划地让国民贫弱，唯此，才能使等级生效，才能使普通百姓对手握权柄者产生敬畏和盲目崇拜。

看过电影《西西里的美丽传说》，再次想到上面的问题。关于人心，其实无所谓善，也无所谓恶，人心就是一股水，往善的方面挖渠，它就流向善，往恶的方面挖渠，它就流向恶。"人之初，性本善"，或"人之初，性本恶"，都是不成立的。人心本没有善恶，它好比一个容器，放在那里，当路人渴了，可用它饮下甘泉；当歹人行凶，也可用它酿制毒浆。同时，只有专注修行的智者才能判断自己心灵的善恶，普通人无法判断。他们跟随潮流而动，跟随河流的走向而动，每一个念头和行动，在当时的情景下，都被他们当成善念善行。

65

盖楼是为了拆楼，这违反常理的举动，却成为拯救的手段。听上去滑稽，但它是中国乡村的现实图景。因其现实，所以坚硬，所以任何嘲讽都显得轻浮。胳膊和大腿的关系，使胳胳膊们胆战心惊，大腿却镇定自若、沉默如石，只在需要出腿的时候，轻轻一撇，胳膊就断了。所有人都知道胳膊扭不过大腿，但都想试试。试的结果，鲜有例外。胳膊们心有不甘，当听见自己嘎嘣嘎嘣的断裂声，禁不住要苦着脸追问：我为什么是胳膊？你为什么是大腿？

答案其实早就有了，听的人清楚，问的人也清楚。因此操心这个问题，是一种无奈。

所谓人的完整性的破碎，首先就生发于无奈。城市化进程，就是蚕食村庄的过程，就是把农民赶出土地的过程，而农民失去村庄和土地，就失去了根，失去了祖传的经验，因而无所适从。住进城区，并不证明他们天然地就变成了市民。他们在城区的楼房里，眼睁睁地坐吃山空，担惊受怕，谁也不去指导他们如何创业，不去过问他们的现状和未来。别人不过问，自己没法不过问，火线盖楼，专等拆迁，无非是想多得一笔赔偿金，让自己多些踏实。

往更深处追究，农民住进高楼，把农具甚至猪牛，都一并带上去，这难道仅仅是习惯和恋旧？难道我们从中看不到一点被割裂的精神痛楚？连农民自己也看不到。因为照通常的看法，唯具备一定身份的人，才有"精神"。农民是什么？农民就是种庄稼的，这可以算作一种身份，卑微的身份，因其卑微，所以不让你当农民，就是对你的提拔。

农民的日子没法过，终于由无奈变成耍赖，连猪圈也盖三五层，就为了要赔偿。

但无奈的耍赖还是耍赖。平日的良民，呼啦一声就成了阴谋家。他们把脸都撕破了，不要脸了。无论怎样辩解，这都是人性之恶。这种恶是被引发出来的。政府和政策的好与坏，就看是引发善还是引发恶。恶一旦被引发，就必然构成伤害。

不仅仅是伤害人。

在这整个过程中，我眼里始终抹不去一个形象。一个老人的形象。这个老人满脸沧桑，破衣烂衫，龟缩墙角。在他不远处，一群人正在争吵和打斗，吵得天翻地覆，打得头破血流。所有的争斗都与那个老人有关，但谁也不去注意他。这同样是一个破碎的形象，而且还在继续破碎，看不到缝补和拯救之期。——这个形象，就是土地。

66

去亳州参观曹操运兵道。我以前来过，算是曹操的老兵了。但依然为它的繁复与巨大所震撼。繁复与巨大本身，就足以震撼人。微小与精细，同样震撼人。花戏楼的砖雕艺术是其中一绝，镂空雕出的扁担，仅火柴梗的三分之一粗，却支撑了几百年。每个人物，都各有身份，各有动作和表情。其中一幅图，一只虎侧对两条狗，虎爪后缩，尾巴弯曲，狗却格外凶猛，"龙游浅水遭虾戏，虎落平阳被犬欺"，这道理，生活中随时可以得到印证。戏台檐壁有砖雕的三国故事，赵云救阿斗，别处表现的是赵云，这里表现的是曹操，曹操见赵云之勇，下令不许发箭，导游因此说：这表现了我们曹公惜才爱将。亳州是曹操故里，很多旅游景点，打的是曹操牌。如果山东的西门庆故里，导游也一定会说"我们西门庆"。这很难说是乡情的力量。这多半是资本的力量。从亳州老街返回时，与韩少功同行，他说当下的资本运作，使文化虚肿，其实是没有文化；又谈起他的《山南水北》，他说里面的文章，百分之六十有依托，百分之三十是"添油加醋""胡说八道"。

67

与诗人铁梅谈。但铁梅现在有了特殊的身份：她在九华山大慈藏寺出家，法号宝月。

她出家已将近两年了。自她上了九华山，许多文朋诗友去看她。我去之前，多多、树才等人刚去过。她精神状态非常好，一说一笑。她对师父非常尊敬，一口一个"我师父"。她说"我师父"法名释门智，是"正道师父"，出家前有800斤神力，儒道释学问的高深，非常人能及，还懂数学，用数轴为弟子讲佛法。生活中无处无佛理，因此师父随时讲解和引申。说他们寺庙的那口井，是师父于病中躺在床上指挥弟子找到的水源。师父此前见潴池之水自天而落，隐于后山，说喝了这水可治癌症，且有实例作证。又说到大慈藏寺地理位置极好，而怎么个好法，"要我师父才讲得清"。总之这里会出高僧，不是出一个，而是出一批。对这些事，她特别的"信"。我在长篇小说《太阳底下》里，写到"不信"的力量，但我深知，"信"比"不信"来得更雄辩，更崇高，也更动人。

她上午的主要工作是烧开水。这时候她穿一身迷彩服。锅炉房小得很，烧柴火。旁边是水管，我帮她提了桶水。她戴着红色塑料手套，洗帕子，看上去也觉得冻手，而现在还没到最冷的季节。临近中午和她告别，半小时后她发来短信："前路吉祥！宝月合十。"

回到成都，便进入冬至。成都人的风俗，是冬至这天吃羊肉。满城的热气腾腾。许多单位搞支部活动，内容就是去餐馆吃羊肉。可怜的羊！而每到这一天，各大寺庙的僧人一大早就为羊们念经超度。这些僧人真好。对宗教，可以不信，却绝对不可以轻慢。对宝月说的那些事，也不能简单地以"神奇"断之。纪昀在《阅微草堂笔记》里告诫：宋儒"每于理所无者，即断其必无。不知无所不有，即理也"。

68

夜里12点过，刚关了灯，脑子里便出现一条狗的形象，黑狗，从云空里跃出。接着出现几条狗，它们互相撕咬，落败的一方伤痕累累，哀鸣而去。这种景象，我小时候在故乡是经常看见的。这让我痛了一下，为那些狗。接着门厉害地响了一声，是猫进来了吗？它怎么弄出那么大的动静？而且门已经锁上，它怎么可能进来？接着窗响、床摇。我知道，又地震了。

早上起来上网，知道是彭州地震，4.8级，震源深度 18 公里。但从我觉察的震感，至少有 6 级。近几年，四川的寻常百姓，都成了测量震级的行家。有网友说，一周前，香港凤凰卫视就报道，说江油等地的井水沸腾，请专家考察，专家说是地热。网友们互相骂仗，有人把四川叫死川，说老天爷要把四川人全都震死。

难怪我的脑子里会出现恶狗撕咬的场景。

人与人的撕咬，没有一方是胜利者。

69

一朋友从南极归来，说他的南极之行。他坐的船，是苏联制造的。苏联解体前，这艘船用于科考，苏联解体后，美国把船买过去，专跑南极。但船上的徽标，依然是苏联的。他从南极回来后，俄罗斯将船收回了，因而他是最后一批乘那艘船的人。船高十一层，乘客八十多，加上七十多名水手、厨师等等，共一百五十多人。

然后从笔记本电脑上看他的摄影作品。

拍摄奇特的风物，并不需要多么了不起的眼光，大自然本身会成就你。可他毕竟是敏感的：海面是蓝冰，海岸是火烧云，两只北极熊交卧而眠，看上去绝像太极图。还拍了南极的岩石，我以前并不清楚南极有那么多岩石。拍了罗斯冰盖，这一整块冰盖比法国还大。拍了纪念英国探险家斯科特的屋子，以及放在屋中桌上的中国青花陶瓷。斯科特是英国海军上校，1912年跟五个伙伴奔赴南极，决心成为第一个去南极极点的人，结果被挪威人阿蒙森抢了先。斯科特与伙伴在归程中先后死去，留有日记《最后的跋涉》。茨威格曾为此撰文，题目叫《伟大的悲剧》，中译本已收入七年级课文。

在斯科特的时代，或许那真是"伟大的悲剧"，走到今天，伟大已经很难说了，"悲剧"的性质也变了，"悲剧"的主体同样变了——由斯科特和他的伙伴，变成了全人类。

科学也需懂得节制，科学也要有伦理，那种为争夺一个冠军的体育比赛似的科研，只会给世界带来灾难。此时此刻，电视新闻正播某科考船深入南极；洋面冰封，船破冰而行，一个小时才前进50米。新闻盛赞科考队员的不畏艰苦，但在我眼里，他们不过是入侵者；在他们前方，十余只企鹅惊慌逃遁，逃出一段距离，集体转过头，看上一眼，再次逃遁。这情景给我不灭的印象。

70

我们说岁月无痕，其实岁月是有痕的，它塑造了我们的面貌，从身体到精神。在各自的家庭和领域，我们不是建立了越来越简单，而是越来越复杂的关系，如鱼得水的时候，总是那样稀少，忙和累，成为我们生活和生命的主题。有人将忙字拆开，说无心为忙抑或心死为忙，这话给我们打击，但的确，它自有道理。关系复杂，心却可以简单。唯简单才能锐利。

经验教我们成熟，若干年后的我们，不再为想象中的喜悦忘乎所以，也不再为想象中的烦忧张皇失措，而是担着责任的、主动的生命。正是在这个意义上，我们似乎不必感叹光阴的流逝。就我本人而言，要我倒回十年二十年，我是不愿意的。岁月流逝，年岁渐长，握在我掌心里的东西，有些是我渴望得到的，有些则是我的失意甚至伤痛，但既然降临于我的头顶，它就是我命运秩序中的一部分，它铸就了我是我自己，因此我有理由和义务接纳它，善待它，珍惜它。人的一生，最漫长的道路，不是谁走向了成功，谁跌入了失败，而是回归自己内心的旅程；在这条道上，我们都无比纯洁，如同赤子。

71

　　两个多月来，完全没法写作。列了几个题目，也开了若干次头，都无法接下去。故事摆在那里，就是不能写。对整个的小说形式，我感到了深刻的厌倦。小说应该变革，变成另外的样子。我希图从别人那里获得启示，读了很多书，除张承志的《心灵史》、简·奥斯丁的《爱玛》，大部分书都没从头读到尾，也没必要从头读到尾，它们都未能在小说文体上给予我任何帮助。不管要什么花招，都需要文字表达，这才是根本。

　　难道，我厌倦的并非小说这一形式，而是文字本身？

　　如果是这样，我确实就没法写作了。

　　文学只能依靠文字，就如同音乐只能依靠旋律和音符，绘画只能依靠色彩和线条。

　　而文字只是实现文学的手段，文字背后的情感和思想才是核心。

　　那么，我是厌倦了某种情感和思想？

　　很可能是这样的。

　　对我而言，真正需要变革的，可能不是小说的形式，而是：我要对这个世界重新思考。

72

有两种文学吸引我们，一是想象奇特诡异，二是在日常中发现人们熟视无睹的生命细节。两种文学要做好，都需要敏锐纤细的神经，需要侦察世间万物和人生困境的热忱，还要有深刻的洞见。

有四种打量世界的目光，并因此有了四种文学的努力：一是发掘人的高贵面，以托尔斯泰为代表；二是发掘人的平庸面，以奥斯汀为代表；三是发掘人的阴暗和丑恶面，此类作家数量巨大，鲁迅、芥川龙之介、巴尔扎克等，都是这样；四是发掘人的美好面，比如沈从文。首尾两种最难做，因而也可能成就最伟大的文学。

73

读叔本华《生存空虚说》。正文之前，有个篇幅很长的序言，序言作者的武断和"文革"腔，让我惊讶。我读的版本，是1987年作家出版社出的中译本，"文革"结束11年了。

心里再一默念，才发现时至今日，"文革"腔照样盛行。

"文革"腔的主要特征是：我是正确的，你是错误的，我有权对你宣判。

正确和错误的标准，是既定标准。《生存空虚说》的序言，是以恩格斯的话为标准。恩格斯的书我是喜欢的，他的《英国工人阶级状况》一书，前不久我还读。他的一些随笔我也喜欢，非常的沉厚，有思想，也有文采。可谁也不能说他的论断就是最终的论断。如果这样认为，是把他贬低了。一切不能发展的思想，都是尸体。可我们就是这样洗脑的，给别人洗脑，也给自己洗脑，日久天长，已把脑子洗得发白，除了白，还有鹅卵石般的硬。

弗洛伊德说，我们的文化和我们的文明，只是随时都能被破坏性的罪恶欲念所冲破的薄薄一层；弗洛伊德又说，人类都有一种"对文化厌恶"的病态心理。斯蒂芬·茨威格对这句话的阐释是："要求冲破这个有法律、有条文的正常世界，要求放纵最古老的嗜血本能。"

叔本华的哲学不一定好，更不一定正确，但这要交给每一个个体的读者去评判。

74

"我很懦弱，罪犯却很强大。"

这句话是一个茶叶商说的。他的女儿被人纠缠，不从，罪犯就在他家泼上汽油，把他妻女烧死了。

罪犯是如何强大起来的？

为什么好人总是显得懦弱？

前些天我就在想，真正伤害我们写作的，是温情主义和乐观主义，而且是"现在时"的温情主义和乐观主义。这是一种回避。这样的回避让文学虚假。只有建立在悲观主义之上的乐观主义，才会呈现真正的价值。耶利内克等人的阴暗叙事，何以拒绝美好和谐的秩序，展现冷酷无情的世界——充斥着扭曲、变态、压迫和暴力的世界？这是因为，他们抵抗假象，根本不去模仿和升华现实，而是直截了当地否定现实，让读者从中发现日常生活中无法认识到的内在本质。这本质就是：我很懦弱，罪犯却很强大。

事实上，阴暗叙事的作家心底里都有大悲凉。他们是真正具有"热爱"品质的作家，是对人类还抱着美好幻想的作家。

75

一群人朝一个地方走去，途中，某人看到岔道上有蜻蜓在飞，他就朝蜻蜓靠近，蜻蜓越飞越远，他在岔道上也越走越远。到后来，他完全脱离了大部队。他付出的代价是：可能错过了午饭，也没有水喝，更重要的，他离开了群体，没有伴侣。

然而，他开辟了另一个方向。这就是创新。

创新的前提是：你有没有足够的好奇心。你开辟的方向，是被好奇心驱使，在无意识中完成。好奇心也就是你的天真。保持天真相当难，所以毕加索说，他很年轻的时候就像个老年人那样画画，但到了老年，也没学会儿童的天真。其实天真不是学来的，更装不出来。世上的很多东西可以装出来，天真装不出来；有人装得很天真，但瞎子也知道那是装的。装假有一千种，装天真最让人厌恶。我们从儿童到成年，天真在一步步丧失，也就是我们的艺术气质在一步步丧失。能够被一只蜻蜓吸引得忘乎所以，是儿童的天真，儿童的天真让他在成人世界里成为奇迹，帮助他走出另一条道路。

所以，如果你提前对我说：我正写一部小说，或者准备写一部小说，完全是创新。不需要看，我就知道，你不可能创新。因为你在说这件事情的时候，一点也不天真。

跟着大部队走，是不是就没有出息呢？当然不是。大部队去的方向，处在公共视野里，通常而言，那会是一个巨大的存在，你有没有本事，就看你能否在这个巨大的存在里下功夫。比如一群人去爬山，有人爬到三百米，就说，差不多了，用不着再往上爬了。有人爬到七百米，一千米，更会产生这样的满足感。然而，有人爬到了五千米，甚至八千米。爬到八千米的人，跟那开辟另一个方向的人一样，将错过午餐，将无限孤独。他们要承受同样的东西了。

但又不一样。开辟另一方向的，很可能看到更加旖旎的风光，而这位本来跟着大部队却独自爬向高处的人，还会缺氧，会有性命之忧。他将承受更多。

一个人承担越多，成就越大，承担越少，成就越小。

所以卡夫卡说，虚构比发现容易。我们姑且把开辟另一个方向当成虚构，与群体方向不一致的虚构，把跟着大部队走当成发现，确切地说是有发现的可能——你怎么从公共视野里，去侦察到别人忽略的事物，是相当困难的。当卡夫卡有一天在他的稿纸上写道："格里高·萨姆莎从烦躁不安的梦中醒来时，发现他在床上变成了一只巨大的甲虫。"他是拐到岔道上去了。他对人类遭遇的困境，人类的异化，有了刻骨铭心的感触，用通常的方法已无法表达，便用了这种方法——走向岔道去的方法。但他自己并没有意识到。是别人意识到的，说那是创新。而正是这样一位作家，当他清醒过来时，却说，虚构比发现容易。

76

顾彬在某大学演讲，又说了许多惊人之语，包括说莫言的小说没思想，说刘再复当年出国，他帮了不少忙，现在刘再复却要反对他，等等。通常情况下，我比较疑心那些爱说"惊人之语"的人，他们的基本武器是骂和批判（不是批评），在我看来，世间最平庸的文化人就干这事。比如，说莫言的小说没思想，那么什么是小说的思想？或者说，小说通过什么手段去表达思想？会场上有人提了这问题，顾彬没做正面回答，只说鲁迅有思想。他用鲁迅的有思想来肯定莫言的没思想。我知道他回答不了这样的问题。他说到刘再复的时候，那感觉是我当年扔给了你骨头，你还反过来咬我。其实你扔了骨头，别人不一定是你的狗。

除顾彬外，还有不少国内批评家批评中国作家没有思想。

在大多数作家眼里，那些批评家并不值得信赖，他们缺乏基本的感受能力，也缺乏发现的耐心和勇气，所以我们没有别林斯基和巴赫金那样的批评家。中国当下最好的文学批评，出自作家的随感。但对于"没有思想"的批评，到底应该引起作家的警觉。感觉在思想面前，只是碎片，是零散的、构建不起意义的光斑，它能闪亮，却不能形成光明。所以一个伟大的作家，不仅是感觉灵敏的作家，还一定是有思想的作家。

77

残雪的固执让人动容。如果是一个真正有追求的人，如果自己确认了这种追求的价值，固执一下也是好的，虽然这必然会走上一条狭窄的道路。

好作家要狭窄，就窄如刀锋。

若窄如巷子，不会有出息。

不过残雪似乎太强调"主义"了，这又不是一个好作家的气度。好作家从不强调主义。

78

　一位朋友从加拿大来，参加国际电视节。他本是中国人，入了加拿大籍，小说写得很好。说到余华的小说《第七天》，他说他看过了，很差，仅个别段落写得好。但依然闹热，依然能卖。他说余华有很强的市场号召力，大批读者对他怀着期待，他更应该沉下心来，好好写一部作品，让读者高兴高兴。可余华没这样做，他在侮辱热爱他的读者。

　写书"让读者高兴高兴"的说法，我觉得很有意思，这跟国足一样，在重要赛事上进一个球，取得一场胜利，说为国争光很虚，也不应该从那种角度去谈论，让球迷高兴才是实实在在的。写书让读者高兴，也很实在，很亲切，有十分具体的责任感。

　这朋友还说，有次他听中国作协一个领导讲，某些批评家，一辈子只看一个人的书，别的书全都不看，他们就咬定了吃那个人，比如吃余华，余华的书出来，不管多差，都吹到天上去，这样他们自己也有声音，有饭吃。

参加一个研讨会，"群众题材的当代书写"。这提法有些古怪，会上，好几个人甄别"群众"一词的含义，到底也没说得十分清楚。大体而言，群众是指官员之外的人民，但又有普通群众和非普通群众之分，非普通群众，则又包含了一定级别的官员在内。它与"底层题材"有区别，与"反腐题材"更不一样。我感兴趣的不是这个，因为作为写作者，你书写的是你能写的和不得不写的。我感兴趣的是某领导的总结性发言，他先说了一大通，然后向作家和评论家们提要求。第一要求当然是导向，要让作家评论家们有正确的方向性，怎样才能正确起来呢？他的原话是："用绳子牵，用鞭子赶。"并进一步阐释：先用绳子牵着他们，走到正确的路上去，再用鞭子抽打，让他们跑快些。——文艺家在他眼里，无非是群畜生。

胡适与蒋介石的关系很有意味。1949 年，国民党战败，胡适作为蒋政府抢救的人才，被送出大陆，去了美国，后回到台湾。回台那天，蒋经国代表蒋介石，组成千余人的庞大队伍，去机场迎接。蒋介石七十大寿时，胡适给他写了封信，信中讲了艾森豪威尔将军的两件事，艾森豪威尔做盟军总司令之前，当过哥伦比亚大学校长，副校长召集各院系主任去见他，见后艾森豪威尔很受不了，说他不需要见这么多人，他今后只要见两三个校领导即可；当总司令后，他同样如此，只见几个高级军官，别的事，让这几个高级军官去处理。胡适以此劝谏，望蒋介石不要事无巨细都经手，否则当不好总统。这让蒋介石很不高兴。胡适反对蒋介石三连任，让正积极筹划三连任的蒋介石更是异常愤怒，在日记中大骂胡适，说胡适是无耻文人。然而，当时的录像资料显示，蒋在胡面前，格外谦恭，他拿出自己的稿费，为胡适等大知识分子盖了房子，胡适等人的生日，他总是记得，到时送礼，请吃饭。

81

我们说：某某有一颗金子般的心。

这句话的意思，不仅是指那颗心贵重，还指它质地坚硬，不易破碎。无论某人的心多么善良和美好，如果轻易就伤了、碎了，依然担当不起"金子般的心"这样的赞誉。人言，阳刚乃诸德之首，那是因为，世间真正的品德，一定是有硬度的，是坚韧的。

无艰苦卓绝之功，不可以言命。

没有更大的广度，不可能有充分的深度。

强者的必经之路，是学会服从。

真正的可怕，是什么都不怕。

文学的根本，跟哲学的根本一样：充分意识到他者的存在。

任何一段历史，都会出现两次：现场的和记忆的。文学重温时间。

"现实主义"的前面，会加上不同的定语，比如"魔幻现实主义""幻想现实主义""精神现实主义""灵魂现实主义"等等。这些定语，让现实主义文学走向宽阔和浩瀚。

作家们起初总是纠缠于怎么写，到后来，写什么才浮出水面，成为绕不过的巨石。

任何群体性概念，必然面目不清，用它时它重若泰山，不用时轻若鸿毛。

在沉默中想象。想象越深，沉默越深。

张贤亮说："和谐的和，右边是口，意思是人人都有饭吃；和谐的谐，左边是言，意思是人人都可以说话。"可许多时候，人不想说话，只想沉默。

83

伊沙的诗有温度和表情，取这一点就够了。不过也只能取这一点。他太爱闹了。他心里没有负担。对写作者而言，心里没有负担不是什么好事情；当然，这种状态能为你提供小成功，我说"不好"，是指它无法助你写出大作品。伊沙也没有发现。他自以为的发现，都是日常的，缺乏新意的，连在别人已经发现的道路上，也是浅尝辄止的。但这明明白白是苛求了。我很同意孙文波的意见，每一种阅读所得到的感想，都与读者的自身修养相匹配，修养未到，势必浅读和误读。因此，苛求不仅没有价值，还可能妄自尊大地开黄腔。

接着读了杨键的一组诗。不知什么时候读过杨键一些诗，当时很不喜欢，觉得太板，但这一组让我重新认识他。伊沙们的诗是进的，杨键的诗是退的，退的诗更像诗，毫无疑问是更好的诗。杨键有根，他更像一棵树，伊沙是在树下喝酒或跳神。

84

托尔斯泰说："我们的全部文明都是野蛮的，而文化则相反，它是和平人民的产物，是弱者的产物，而不是强者的产物，所谓生存竞争不过是编造出来的谎话，是替坏事做辩护。"他指出的文明与文化的分野，我还不能彻底地、清晰地理解，但我觉得他说得是多么好。文明来自强者，所以野蛮，文化来自弱者，所以隐忍。托尔斯泰的思想方法是怎么得来的？对我而言，他确实是精神的父亲，但我简直无法想象跟他见面的情景，他一定会带着锋利的目光，问一些我根本就回答不上来的问题。

85

不怪人谈论，高鹗的确远不如曹雪芹。他挑破了曹雪芹悉心呵护的朦胧、神秘和分寸，哐当一声，让大观园从岚烟中掉到地上了。曹雪芹写世俗，但不写市井，高鹗却市井化了，市井当然也是好的，比如《金瓶梅》，但《红楼梦》不是《金瓶梅》，大观园不是清河县；关键还在于，高鹗又不能写真正的市井，而是把大观园的人物气质市井化。语言的差距更不必去说。造成这样的差距，除两位作家能力上的悬隔，还因为，曹雪芹是贾宝玉林黛玉等人的父亲，而高鹗却是他们的继父。来自血缘的爱与义务似的爱，是两种不同性质的爱。

读高鹗的文字，老觉得是在读当下小说，包括我自己的小说。这多么令人沮丧。

更令人沮丧的是，读着读着，你觉得高鹗这样写也是可以的，甚至是很不错的。

86

马尔克斯去世了，今天凌晨。网上并没说清是凌晨几点几分，但我是想知道的。我甚至想知道是几秒。我要明白在那一刻，我在干什么。或许，我正在睡觉，而世界上一颗伟大的心脏却在我的睡眠中停止了跳动。

真正喜欢上马尔克斯，是 2001 年来成都以后，两次重读了《百年孤独》，读了《霍乱时期的爱情》《一桩事先张扬的谋杀案》等，《百年孤独》与《霍乱时期的爱情》，可称为他文学的母本。马尔克斯与别的魔幻现实主义作家的重要区别，在于他把魔幻与现实调和得很好，而别的作家，大多是在"魔幻"上下足了功夫，跟"现实"却越拉越远。他的书比同类作家的更畅销，不仅是因为他获过诺贝尔奖，也不单纯是文学品质问题，还有读者能从他的书里触摸到现实的温度；他看上去天马行空，但现实生活中的诸多元素，都在他的小说里呈现。有些人学马尔克斯，只学到了一张皮，以为想象力好就是不沾地气。

马尔克斯活着的时候，是一座移动的大山，现在他死了，那座大山就固定在那里了，任你去欣赏、景仰和攀登，你有能力的话，还可以翻过去——这是山峰存在的意义。

87

　　作家为什么要写自己熟悉的生活？除了熟悉的生活融入了自己的生命体验之外，还因为写作者都知道，越是自己熟悉的，越敢于"舍"，因为你成竹在胸；越敢于舍，成就的境界越大。而对自己不熟悉的，总是拼命去填，结果是越填越窄，越填越空。

88

　　很多优秀作家都是可以越过的，艾芜不好越过。这并非他的流浪汉小说所具有的独特性，而是他的现代眼光。20世纪30年代，他是左翼青年作家中代表性人物之一，但他的作品并没有左翼文学的"腔调"，他采用了他自己的腔调。后来，他坐了监狱，写了一批监狱小说，但那些小说中也少见愤怒的指控和呐喊，而是多写囚徒的日常生活，取材琐屑，跟当时国内文坛的惯常风格大异其趣。这样的作家是可贵的。《南行记》作为他的传世文本，写实与虚构自由穿梭，既满足了读者对"真实"的伦理渴望，又满足了他自己对虚构的美学追求。联想到近些年盛行的"非虚构文学"（20世纪80年代的美国，此类文体盛行过一阵），这种文学想要达到的效果，也无非是艾芜想达到的效果。凡此种种，证明艾芜是一个有自我判断的作家，这样的作家，当然就能构成一种存在。

89

《变形记》里真正的、唯一的人，是变成了甲虫的格利高里·萨姆沙。

别的，不是人，而是人之外的力量。

把人置于绝对处境，就是象征。

过于狭小的空间和过于广袤的空间，都会让人感到恐惧。过分短促的时间和过分漫长的时间，也会让人感到不适。人，究竟需要多少？

契诃夫说，口渴之后，感觉自己能喝干一个大海，这是信仰；真正要喝，却只好喝两杯，这是科学。艺术的真实不是科学，因而不能从科学的意义上去理解艺术真实。

90

50后学者许纪霖在《我们这一代知识分子》中说：

"我们这代知识分子很少有感恩之心，觉得自己是时代的骄子，天降大任于斯人也，有不自觉的自恋意识，得意于自己是超级成功者。其实我们这一代人不过是幸运儿，世无英雄遂使竖子成名，'文革'浩劫造成了十年的人才断层，我们不过赶上了时代而已。这十年留给我们一大段空白，差不多在世纪之交，当十七年（1949－1966）一代逐渐退休时，我们这一代就开始在各个领域全面接班，成为最资深的领军人物。这不是我们这代人炉火纯青，有了这个实力，而只是时代的阴差阳错。但这代人自我感觉太好，缺乏反思精神。被揭露出有抄袭、腐败的丑行，第一反应不是自我反思，而是自我辩护，一口咬定一点问题都没有！这代人缺乏道德感。在观念的启蒙上是有功的，但是没有留下道德遗产，很少像民国那代知识分子那样有德高望重之誉。"

——许纪霖的揭示，其真正意义不是扒皮，而是警醒。

使命感和道德感，是知识分子的宿命，没有这些，不配称作知识分子。

前些日去外地，在飞机上碰见一个某名校博士毕业的三十多岁男子，跟我谈的，是他弟弟和弟媳在银行和银监局上班，收入奇高，弟媳每天在单位的午餐，只交一元钱，却可吃两只大闸蟹（每只八十多元）。他谈起这些时，既羡慕，又炫耀。如是观之，哪里只是50后那代知识分子才有道德缺失。

当然，与50后那代知识分子没留下道德遗产不无关系，但我始终认为，那不是决定性因素。我不喜欢以"代"来评说，无论多么伟大和多么荒唐的时代，都有崇高和卑劣的个体。

知识分子，首先要做好个体的人。

91

作家最难的，是保持心灵的强度。

前几天一作家朋友来，又谈到莫言获诺奖的事情，她的观点跟许多人一样，认为莫言不该获奖，因为"语言太差"。他们都看不到莫言心灵的强度，而且一直保持那种强度。他们也不知道这是作家最困难的事情。关于语言，当一个作家有江河水一样的内心要表达，内心本身就构成他的语言。那些文体感很强的作家，当然也是好作家，但通常，这样的作家玩味较多，他们中的许多人，拿着一小段甘蔗，一辈子在那里嚼，甘蔗上早就只剩自己的口水，可他们还说自己的甘蔗比别人的甜。写作如果成为一种事业，这种事业是生活，而不是文学。当下，不少作品基本丧失了描写的能力，作家将描写变成"叙述"，认为这是文学的法宝，或者说是唯一的文学，这其中潜在的巨大危机，很少人注意。

她又说到莫言的诺奖受奖词写得太差。人们习惯于认为莫言写得那样拉拉杂杂，渣渣草草，是迫不得已，是一种回避和策略，从而原谅他，其实根本不值得原谅，海明威写的受奖词，只字不谈政治，只谈作家和文学，千来字，成为千古名篇；帕慕克写的受奖词，《父亲的手提箱》，同样不提政治，却写出一个作家对文学的根本理解。这证明莫言不是策略，而是只能写成那样的水平。莫言让译者葛浩文可以随意删改他的作品，而人家帕慕克，有中国翻译家想找好的英文译本转移，帕慕克坚决不同意；你只能从他的母语土耳其语翻译，否则就不要翻译，这才是一个大作家的气派和尊严。——对此，我是认同的。

92

在艺术中表达道德，之所以不可能是枯燥的，是因为道德中蕴含着深邃的情感魅力。千百年来形成的道德标准，绝不仅仅是说教。我们看一棵古树，看一幢古建筑，不只是看到它的形态，还有情感。情感、灵魂、人性等等，几乎不随时代而变。由此，将这些东西作为表达核心的艺术，从古至今走着重复的道路，就像情感和人性本身走着重复的道路。

93

乡镇上那些低等茶馆里，烟雾弥漫，麻将声声，他们不是在赢钱，是在打发无聊。城市里那些高级会所里，装饰豪华，格调清雅，人们争相谈论着各类有趣的话题，他们不是在探讨什么，是在打发无聊。在某个著名的茶社，一排人坐在沙发上，面前跪着一个穿旗袍的女子，为他们泡功夫茶，茶壶茶杯茶匙捣来捣去，他们不是在品茶，是在打发无聊。写几笔字，画一幅山水，弹几声古筝，他们不是在追求什么，是在打发无聊。一男一女心神不安，眉来眼去，恨不得立即就能拥吻，他们不是在渴望爱情，甚至也不是在渴望肉体，是在打发无聊……凡此种种，都有个统一的名字，叫"无聊"。区别只在于，有些人把无聊搞得太当回事，太隆重。叔本华说，人类为了打发无聊，付出了惨重的代价。这真是说到位了，是货真价实的悲天悯人之语。把无聊越当回事，搞得越隆重，付出的代价越高。

唯有那些重视内心生活的人，才可能挣脱"无聊"的枷锁。

94

有这样三种文学：

一是不要与现实碰。泰戈尔、艾特玛托夫、冰心等。他们固执地守住童年，尽情地去幻想，有小小的寂寞和小小的忧伤，但那不是现实给予的，而是幻想给予的。

二是不能与现实碰。世界上百分之八十以上的作家如此。

他们描写的人物，在与现实的碰撞中成为一地瓦砾。即便不粉碎，也是苦难丛生。

三是与现实碰，碰碎之后却又变得更加完整。

以上三种，都可能写出伟大的作品。但最伟大的是第三种。这是托尔斯泰的文学。这种文学指明了一个事实：人类有如此多的罪恶，为什么还能代代相续？在人类巨大的染缸里，为什么还存留着纯洁、高尚和美好？托尔斯泰力图把人引向高贵，他的小说，与荷马、歌德的写作一样，具有无上的庄严感。他让每个人物都获得尊重，每部作品的整体，都有教堂般的恢宏。

95

从本质上说，作家是一个劳动者，但任何真正意义上的劳动者，都有职业的崇高感。作家尤其应该有。近百年来——在中国，近三十多年来，写作修辞、技巧和叙述方法，变得格外丰富，但披沙沥金，我们发现，高居云端的，依然是《悲惨世界》《战争与和平》《安娜·卡列妮娜》一类的小说，这类小说让我们充分理解了雨果的话：比大地更辽阔的是天空，比天空更辽阔的是人的心灵。正因为有那种心灵，狄更斯写一个坏人，也写得让你心疼，托尔斯泰写一只鸟，自己先到鸟的身体里活一遍。作家要博大和丰富自己的情怀，情怀有了，思想就跟着有了。我们经常说作家的思想深度，其实作家的思想深度就是他的情感深度——我们跟自己生活的时代，跟脚下的大地，跟大地上的人民，是否有连血带骨的联系。

96

李陀问："我觉得 19 世纪的文学超过 20 世纪，你觉得呢?"

20 世纪 80 年代，格非、余华等一大批先锋小说家，是李陀首先为他们鼓掌，他以大量充满力量的文学批评，成为先锋文学的旗手。现在却完全颠倒了看法。

对他的问题，我做了肯定的答复。

他说：19 世纪的文学塑造人物，20 世纪的文学不塑造人物了。他们把塑造人物的手段，合盘送给了通俗小说家。

又说：《百年孤独》就是马赛克，没有人物。

我说：20 世纪的文学是观念文学。同时，塑造人物，也可能不是文学的唯一任务；文学发展到某个阶段，塑造人物还可能不构成最重要的任务。何况现代人本身就符号化、扁平化了。

李陀现今常住美国，两个月后，他从纽约来一封信：

"你同意 19 世纪的文学总起来说（不可能全部）成就高于20 世纪文学，我真是高兴极了，因为能如此看的人少而又少，不要说一般人，一些很近的朋友听我如是说，也是很疑惑，那怀疑明显写在脸上。至于为什么要强调这个，说起来又很难说明白，让我很苦恼。其实理由很简单，到 21 世纪了，也该回头看了，到底这 200 年给我们留下了什么好东西，到底哪些经验和观念对我们今天更有用？难道这不需要思考吗？为什么很多人想不明白？你让我增强了信心，毕竟道不孤，还是可以找到能想到一处去的朋友！你说'托尔斯泰他们的写作，极大地提高了全世界作家的写作难度，托尔斯泰面对一堵墙的时候，不是装着看不见那堵墙，也不是聪明地绕过去，而是把墙推倒，让这面和那面打通，让光明扑面而来。'——说得太对了。我们现在的问题也正是这样，就看我们的勇气和能力……"

97

龙应台有篇文章，说大陆有几个作家去意大利，到了古罗马斗兽场，他们谈论的居然还是官场中事，龙应台认为这样的作家真是不可救药。

龙应台其实是大惊小怪了，我们可以在许多场合，不管是国内还是国外，听作家们既谈论官场中事，也谈论各自的级别，什么正处、副厅、正厅之类。

有回范稳说，他的《水乳大地》出版后，去北京开了个研讨会，那天正值陈良宇被抓，研讨会结束，吃午饭的时候，所有参会者都忘了他的小说，都谈论着陈良宇被抓的事情；甚至在研讨会期间，评论家们出去抽烟的时候，就已经转移了话题，谈论着陈良宇了。

作家和评论家们对政治新闻的兴趣，远远大过对文学的兴趣。

98

位于英国赫德福德郡圣奥尔本斯的村落"斯皮尔普拉茨"，是英国历史最悠久的裸体主义者阵地，已有 85 年历史，日前首次曝光。乍看之下，斯皮尔普拉茨农庄与伦敦市的任何一个居民区没什么不同，但这儿的生活确实与众不同，那些修建平整的草坪和灌木丛中，生活着的是群一丝不挂的人。82 岁的伊索尔特·理查森在村里住了将近一辈子，在她看来，这没什么奇怪的，"我们都过着正常生活，只是侥幸住在了这样一个特殊的地方。送奶工人、报童、邮递员和商人等各式各样的人知道我们，并且接纳我们，他们并没觉得有什么困扰。"

我看过一组这个村子的图片，男人女人，身体都丑得心惊肉跳。

为什么那么丑呢？

我想可能有两个原因：一是人的身体本来就丑。二是因为不穿衣服，便不再担心衣服穿得不好看，失去了塑形的热情。

由此看来，长天白日裸体示人，并不是一件好事。

希罗多德的《历史》，记述了这样一件事：皇帝坎德洛为了证明自己的妻子艳压群芳，对盖斯说：皇后每晚都有个习惯，脱掉衣服，放在椅子上——椅子就在通向房间的门口，你躲在门外就可以看到她。那晚盖斯去了，正如皇帝所言，皇后走到椅旁，逐件去衣，直到一丝不挂，盖斯深为惊叹。皇后抬头一望，见盖斯藏在阴影里，尽管她一言未发，却浑身颤抖。第二天，她把盖斯召去，加以折磨，然后对他说：你该因偷窥我而死，否则你就杀掉侮辱我的丈夫，对他的皇位取而代之。于是，盖斯武装夺位，娶了皇后，统治利西亚二十八年。

这个故事我一点也不喜欢，是不喜欢那个皇后。

她丈夫没经过她同意，请别的男人偷看她的裸体，固然不对，但说实在的，她的裸体没那么重要——重要到要杀人。她多半是本就厌倦了丈夫，便找个借口，让盖斯将丈夫除掉。

我将斯皮尔普拉茨农庄那则新闻放在前面，把皇后的故事放在后面，是想说明，这位皇后的裸体很可能也不好看，只因没裸成日常，盖斯才惊叹。

很长时间以来，我们把裸体神圣化，是不自信的表现。同时也是等级制度的需要。用衣装划分等级。如果都脱光了，大家都一样——都不好看。

从这个意义上讲，斯皮尔普拉茨农庄里的人们，倒是比用衣服装饰的人更好看些。

诸葛亮在隆中时，就知三分天下，可蜀国建立后，他却七擒孟获，六出祁山；对孟获之战且不说，六出祁山全是做无用功。他也知道是做无用功，但他有个理由："受先帝托孤之重。"这句话很厉害，一言既出，便如泰山，压在后主刘禅身上。而诸葛亮偏偏喜欢说这句话。诸葛之后是姜维。在并不太长的时日里，姜维八次伐魏，八次都是做无用功，他照样知道是做无用功，但他同样有个理由："受丞相重托。"这句话照样厉害，让刘禅无以却之。

所谓"匡扶汉室"，对诸葛亮和姜维而言，都不构成真正的理想。他们的理想在征伐。唯有征伐，他们才有存在感，也才能体现自身的价值，成就自身的光荣。

这是他们个人的事，不是蜀国的事。

考察历史上的许多统治者，都如此，把个人的事当成国家的事。但最终买单的是国家。我不相信有统治者希望把自己的国家搞烂，也不相信有统治者希望自己的疆土上国库空虚，白骨累累，"民皆有菜色"；不会的，他们只是将个人理想置于国家和民众理想之上。

其深沉的底子，当然是皇权：我之外，一切为我所用。

接下来，他们消灭除他们自己之外的个人，个人不存在，只有群体。

没有那么鲜明的个人理想，讲求无为而治的国君，便成为历史上的明君。"日出而作，日入而息。凿井而饮，耕田而食。帝力于我何有哉？"这歌颂的不是劳动和生活，而是明君。

《三国演义》是一部伟大的政治书、军事书，也是一部杰出的小说。里面塑造的诸多人物，有"说头"，这是杰出小说的标志之一。还有它的结构，大江大河般浩瀚的人事，娓娓道来，自成景观又方向清晰。曾有人不屑于《三国演义》的结构，说那是从话本和评书中来的，故事和人物都有，罗贯中只是写出来就完了。这显然是不懂得小说结构的奥妙和难处。再就是书中体现出的历史观，也十分先进。我念书时，文学史都讲《三国演义》"尊刘贬曹"，可稍有判断力的人就知道，所谓尊刘贬曹，只是罗贯中的障眼法，维护正统，能为当时的统治者所容，却并非他的真实思想。看他写刘备：

> 张鲁要犯西川，刘璋听张松鼓动，欲接刘备入川为援，正商议间，黄权自外突入，汗流满面，大叫："主公若听张松之言，则四十一州郡，已属他人矣！"刘璋不听，帐前从事官王累又谏："张鲁犯界，乃癣疥之疾；刘备入川，乃心腹之大患。况刘备世之枭雄，先事曹操，便思谋害；后从孙权，便夺荆州。心术如此，安可同处乎？"（第六十回）

——这是借他人之口评说刘备，结果也完全得到印证。

关羽为吴所害，刘备欲起倾国之兵为关羽报仇。对此，赵云处在很尴尬的地位，可他还是劝谏：既要匡扶汉室，最大的敌人便是魏，不是吴，为报关羽之仇而如此这般，是因私废公。赵云的原话是："汉贼之仇，公也；兄弟之仇，私也。愿以天下为重。"刘备的回答是："朕不为弟报仇，虽有万里江山，何足为贵？"（第八十一回）赵云之言是大义，但刘备不从大义。

——这是刘备的胸怀。

这回伐吴，诸葛亮没跟去，刘备所布战阵，依傍山林，绵延七百余里。马良觉得不妥，要画成图本，送达丞相，刘备说："朕亦颇知兵法，何必又问丞相？"（第八十三回）而他"颇知"的兵法，曹丕听了是仰天大笑，说："刘备将败矣！"且预言"旬日之内，消息必至"。（第八十四回）果真被陆逊火烧连营，大败逃窜，半途亡故。

——这是刘备的军事才能。

至于刘备的伪善，书中俯拾皆是。作者并不喜欢刘备，更没有"尊刘"，第一百一十七回结尾云："试观后主临危时，无异刘璋受逼时。"

——这是作者直言自己的态度。

《三国演义》的好处，是它呈现了大量的"事实"，后世读者，完全可以根据"事实"，做出自己的判断。但我只说它是一部杰出的小说，没说它是一部伟大的小说，之所以不说，是因为罗贯中没有写出人的罪恶感。如果说他写过，也只在关羽死后：

却说关公一魂不散，荡荡悠悠，直至一处，乃荆门州当阳县一座山，名为玉泉山。山上有一老僧，法名普净……是夜月白风清，三更已后，普净正在庵中默坐，忽闻空中有人大呼曰："还我头来！"普净仰面谛视，只见空中一人，骑赤兔马，提青龙刀，左有一白面将军、右有一黑脸虬髯之人相随，一齐按落云头，至玉泉山顶。普净认得是关公，遂以手中麈尾击其户曰："云长安在？"关公英魂顿悟，即下马乘风落于庵前……普净曰："昔非今是，一切休论；后果前因，彼此不爽。今将军为吕蒙所害，大呼还我头来，然则颜良、文丑，五关六将等众人之头，又将向谁索耶？"于是关公恍然大悟，稽首皈依而去。

　　这差不多是唯一的一次提及人的罪恶感。

　　如果关公没有那一点"悟"，便没资格升天为神，四时享祭。

　　世间之人，许多都没有罪恶感，但作为一部伟大的小说，必须有。《三国演义》即使有，也太稀薄了。某些地方貌似写人的罪恶感，其实是写因果报应。

　　此外，它还没有与万物荣辱与共的情怀。书中写了那么多战马，我竟没有听到一声马的嘶鸣，没看见一匹马受伤挣扎的情景，也没看见它们的死亡之状。它们只是道具。

　　这真令人遗憾！

《水浒传》里，为什么林冲写得最好？是因为写出了林冲的恐惧。

恐惧，是人类最大的敌人，林冲承认这个敌人的存在，所以他的感情我们能理解，他的处境我们很同情，他的被"逼"上梁山，具有比其他人宽广得多的社会内涵和人性深度。

宋江也不错。宋江的人生理想是大众型的，是一个小吏的理想，可酒后却题反诗。写宋江，是和写林冲反着来的，共同点是都有恐惧，尽管恐惧的内容天悬地隔。宋江上梁山，可以看成是他实现人生理想的一个步骤。他本有机会主动投奔梁山，而且确实去了，却又让他弟弟写书来，说父亲死了，速回奔丧。结果是被捉了，发配江州牢城。这样写，不是为了就此引出戴宗、李逵、张横、张顺等人（要编出一个故事引出一群人，实在简单），而是为了让宋江在浔阳楼上题反诗，也为了让晁盖等人劫法场——宋江被"劫"上山，和他主动投奔去，是大不一样的。"劫"，是宋江的排场，为他后来坐镇山头，作了隆重铺垫。

宋江这个人物在小说中的好，是他的一致性。

林冲在小说中的好，是他的相异性。

林冲是发展的人，宋江是曲折的人。

他们都是恐惧的人。

而《水浒传》之所以被传颂，很大程度是因为，除林冲和宋江外，梁山英雄们几乎没有恐惧，千秋万代的读者，都想从他们身上窥视人生和人性的乌托邦，并在幻梦中释放自己。

虚伪是梁山英雄所不齿的，但里面并非没有虚伪的人。

比如菜园子张青。

武松因杀了西门庆和潘金莲，被押去孟州服刑，路经十字坡，差点被孙二娘麻翻，做了黄牛肉卖，或剁成馅儿做了人肉包子，因武松的警惕，孙二娘未得逞，还被武松痛打，张青去村里卖包子回来，得知踏住自家老婆正待挥拳的好汉，正是在景阳冈打死老虎的武都头，纳头便拜，好言救下老婆，并开始埋怨，说："小人多曾分付浑家道：三等人不可坏他：第一是云游僧道，他不曾受用过分了，又是出家的人。则恁地，也争些儿坏了一个惊天动地的人：原是延安府老种经略相公帐前提辖，姓鲁，名达……只可惜了一个头陀，长七八尺，一条大汉，也把来麻坏了！小人归得迟了些个，已把他卸下四足……第二是江湖上行院妓女之人，他们是冲州撞府，逢场作戏，陪了多少小心得来的钱物；若还结果了他，那厮们你我相传，去戏台上说得我等江湖上好汉不英雄。又分付浑家：第三是各处犯罪流配的人，中间多有好汉在里头，切不可坏他。不想浑家不依小人的言语，今日又冲撞了都头……"

在武松们听来，张青这话是很动人的，其实是虚伪的，是伪善。

浑家既然那么不醒事，你又何必天天离了店面，自去村里转悠？十字坡这地方，是交通要道，来往人多，生意也好，你尽可请个火家去村里零售。他非要自己去，就是有意避开。碰上了，能救一个就救一个，救不及（比如那个头陀），也就算了。当然基本都是碰不上。

他自己留下好名声，坏名声都让老婆去担。

后来，武松在快活林杀了蒋门神，又杀了张都监一家众口，只好躲到十字坡去。但追捕甚急，武松怕连累张青夫妇，想走，张青立即安排酒食送路，其情形，很有些让武松赶快走了干净的意思。孙二娘却站出来，指着张青道："你如何便只这等叫叔叔去？前面定吃人捉了！"因为武松脸上有金印。孙二娘拿出那个头陀的行头，把武松扮了，金印遮了，才放他去。此处绝不仅仅是写女人比男人细心，它写的是孙二娘比张青有心——有真心。

梁山好汉里，最可厌的人物并非宋江，而是李逵。这个人最没有价值感。但对文学有价值感。他代表了一种乐趣：恶之乐，杀人之乐。有人把它当成最高的乐趣。二战时期，有些日本官兵就如此。当然不只是日本官兵。人言，善的反义词并非恶，而是伪善，因而觉得李逵好于宋江，金圣叹也说李逵是"真人"，并因此对他有喜爱之意。我认为这是一种情绪上的表演。人在自我行进的过程中，有三条道路：善，恶，伪善。伪善是对善的伪装，是对恶的掩饰，虽偏重于恶，却是由善至恶的中间状态，它让这个世界能够表面维持。"真人"有很多种，我想杀人，而且毫不遮掩，真是真了，却也在恶的洞窟里加上了无耻。这是没有任何希望的黑暗。李逵长得黑，江湖绰号黑旋风，石碣天书名之天杀星，都是作者赋予的象征。我们之所以讨厌伪善（比如讨厌宋江和张青），却原谅真实的恶（比如原谅李逵），有两个原因，一是我们自己是伪善的，便以讨厌的方式把伪善跟自己撇清；二是我们遭遇的大多是伪善，它贯穿了我们的生活，真实的恶却极稀罕，一旦遭遇，就有灭顶之灾。这就是为什么恶魔横行之际，人们都渴望过上以前的日子——本来认为是不好的日子，充满伪善的日子。这时候，无论是谁，即便是宋江，人们也会遣夫送子，拥戴他收拾江山。

回过头说武松。

我是从武松身上，感知到水浒一百单八将，个个都是孤独的人。

张都监要赚武松，先假意看觑，邀武松同席吃酒，席间，唤出一个心爱的养娘，名叫玉兰，叫玉兰唱曲，玉兰手执象板，道了万福，顿开喉咙，唱东坡学士中秋水调歌："明月几时有，把酒问青天……但愿人长久，千里共婵娟！"别处看这首词，该不下数十回，但从没在这里看理解得深。这是东坡写给兄弟的，而武松正横死了相依为命的哥哥。其情其景，让人潸然。难怪武松要喝得大醉。

醉后即被赚了，不仅赖武松行盗，刺配恩州牢城，还要在飞云浦结果了他。武松搠死杀手，提着朴刀，径回孟州城里来，"进得城中，早是黄昏时候，只见家家闭户，处处关门。"

读至此，孤独感剔骨浃髓。

水浒中，英雄好汉并不多，相反是地痞无赖多，但他们都沾了武松的光，也沾了林冲和杨志的光，让后世读者看到了他们身上穿透万古的孤独。

《水浒传》写女人写得不好，作者笔下的多数女人，要么是荡妇，要么像男人。似乎只有林冲的女人，徐宁的女人，算得上正常的女人，此外金翠莲也算正常，但这三个女人都没有独立价值，前两个女人只是为了表现她们的男人，尤其林冲的女人如此，后一个只为表现鲁达。稍有独立价值的女人，就是：要么荡妇，要么男人。最具有独立价值的潘金莲，她挑逗武松和后来西门庆挑逗她，她表现出的性格是不一致的，行文是不协调的。如果潘金莲没挑逗武松多好！那样她就能被理解，也能部分地被谅解——当然艺术人物不是要你谅解。

《水浒传》第 34 回，写到一个去处，叫对影山，"两边两座高山，一般形势"。

这句描述，或者说这段构思，非常重要。那是写到秦明被赚上清风寨后。秦明遭宋江、花荣等人捉去，被灌得大醉，夜间，宋江、花荣等人，令小卒似秦明模样的，骑着他的马匹，戴着他的头盔，横着他的狼牙棒，直奔青州城，将青州烧做白地；"一片瓦砾上，横七竖八，杀死的男子妇人不计其数"。因此，官军以为秦明已反，结果了他的一家老小。待秦明回去，迎接他的是高拽的吊桥，是擂木炮石，是雨点般的弩箭，是挑在枪头上的妻儿的首级。秦明无路可走，又被宋江等迎上山，宋江道了原委，秦明说："……害得我忒毒些个，断送了我妻小一家人口！"宋江答道："不恁地时，兄长如何肯死心塌地？"

为了达到自己的目的，什么事都做得出来，这与高俅、蔡京等人有何不同？

没什么不同，只不过是两座对影山。

101

黄昏里行车在北京街头，看到脱光了叶子的树，也像往常一样，看到空空的、不见鸟进鸟出的鸟窝，心里想，一棵树要在北京占据一个位置，是多么困难，一只鸟要在北京占据一个位置，同样是多么困难。想到北京城里我认识的那些人，他们在某个楼房的某个单元，在某个单元的某个牌号里，要占据一个位置，自然更不容易。这个世界什么都少，就是人多，如果树啊鸟的，不被当成人居环境的一部分，它们必将被斩尽杀绝。

不过，十二月下旬的北京，不是想象的那样冷，也不是宣传的那样雾霾重重，反而是阳光灿烂，反而是白云横逸的蓝天，比成都的天蓝多了，我好久没在成都看到过蓝天了。

只是风声呜咽得寂寞，往风里一站，割脸。

来北京是参加中国作协"深入生活，扎根人民"工作会。某些作家，把自己"深入生活，扎根人民"作崇高化表达，这让人不解，对一个真正热爱文学的人而言，深入生活，是深入我的生活，扎根人民，因为我就是人民。我和生活之间，是水和水的关系。作者呈现的文字里面，天然地埋着你的宽度、深度和情感的浸润度、真诚度。读者只需要看到这些，并不需要了解你为"深入生活"吃了多少苦；就像一个舞蹈演员，观众只需要看到你在台上塑造的形象和美，并不需要看到你训练时在脚上弄出的伤疤，缠上的绑带。世间的许多职业，都可以指派人去做，但艺术不能，文学不能，文学是你自愿去做，因此从根本上说，文学是你个人的事。但要想让自己变得杰出些，就必须明白，文学是你个人的事，又不是你个人的事，所以要尽量去感受、去理解、去发现、去担当和书写，这是你的天职；敢于受寂寞，敢于受穷受苦，也是你自己的选择。写作让你发掘出了最好的自己，并不断提升自己的灵魂，完善自己的面貌，这是文学给予作家的高额回报。此外如果还有别的回报，只能算作意外之喜。

昨天在机场，看一本书，里面有篇文章，说到中国文学整体低下，作者认为其中一个原因是，中国作家外儒内庄，讲究道，讲究和谐，怕疼。说得好。但又不好。中国作家的"儒"和"庄"，其实是要考量的，此时"儒"，彼时"庄"，自由穿梭。这才是中国作家的骨头。当然，在怕苦、怕痛、不愿下笨功夫的时候，他们倾向于"庄"，于是单凭想象写作。这样的写作是孱弱的。没有生活支撑的想象，是意料之中的想象，是廉价想象。讲究内心和谐当然没错，但不能以刨开生活的棱角和粗粝为代价，否则，那种和谐就苍白无力。

任何一个时代，都有做市场奴隶的作家，任何一个时代，也都有不愿做市场奴隶的作家——这里的市场，既指经济领域，也指政治领域。如果我们看到的，大多是不愿做市场奴隶的作家作品，证明政治清明，风气健康，社会开放，相反，如果我们看到的大多是甘愿并积极争取做市场奴隶的作家作品，自然会是另一种评判。当下的文学景观不令人满意，作家自然要承担责任乃至罪谴，但同样应该反省的，是我们是否缺失了某种胸怀。

铁凝主持会议，然后分组讨论。李敬泽说，他刚看一篇张承志的文章，谈的是老话题，但说得很对，张承志认为，一个作家的世界观，是在一个具体的地方形成的，你跟那个地方的血肉联系，你的爱和恨，都是那个地方给予你的，这个地方便你的根据地。作家不能没有自己的根据地。"深入生活，扎根人民"，简称"深扎"，因此不但要有根据地，还必须把自己的根深扎下去。深入生活绝不只是了解。了解我们不懂得的知识和流程，只是深入生活的一部分，它既不是全部，也不是最重要的部分，最重要的部分是投入的感情和提炼出的思想。现在是一个愤怒很盛的时代，但缺乏血肉和理性的愤怒，便丧失了价值。随着时代的发展，深入可以多元化，不要总是军营、工厂、农村，还可以去证券所，去医院，等等。

晚，正在鲁迅文学院网络作家班读书的两人来，胡学文、武歆、范稳、茨仁罗布也来。聊了很多话题。一个网络作家说，在鲁院，给他们讲课的都是传统文学作家，或研究传统文学的学者，所以每个老师上台，都说：我来给你们上课，不知道讲什么，很紧张。对此，网络作家很义愤，说：不就是看不起我们嘛！我觉得，这是网络作家太敏感。他们在对自己的定位上，本身就不应该跟传统文学使用同样的标准，否则永远失败。

102

通俗小说和严肃小说的区别，就在于是否顾及生活的逻辑性。通俗小说无须顾及。比如《水浒传》，听说梁中书打点了十万金珠宝贝，要送给他岳父蔡太师，先是刘唐找到晁盖，接着是公孙胜找到晁盖，这些人是怎么跳出来的，不必去纠缠；再比如杨志被劫了生辰纲，走投无路，想去二龙山入伙，路上便遇到鲁智深了。这样的情形，在《水浒传》里比比皆是。如果是严肃小说，得写出它的因果，不能在细部丧失说服力。

通俗小说和严肃小说的共同之处，是必须顾及人生的逻辑性。生活的逻辑是小逻辑，人生的逻辑是大逻辑。无论你采用怎样的笔调，如果写出了这个大逻辑，也即写出了人物的命运感，写出了故事背后的意义，都是好小说。否则，就是坏小说。

据说麦家听人将他的小说列入通俗小说，就很生气，这没有必要；如果他的小说写出了大逻辑，尤其没有必要。前些天在北京会，碰到天津一位作家，他认为莫言不及余华，说莫言的《檀香刑》，开始还可以，读着读着就读出了通俗小说的味道，他因此不屑，这也不应该。

103

当代小说家要对读者说三句话——

第一句，我不是给你讲故事。

第二句，我是给你讲故事：另一种故事，故事背后的故事。

第三句，读我的书，请你别用眼睛读，用心读。

104

出去应酬，一厅级干部讲他老婆，说：我爱人怕退休，我就给她讲，你退下去，一个月少拿两千多，一年也就少拿三万块，多干五年，也才少拿十五万；而你退下去把身体养好，多活三十年，就可以多拿九十万，你算算哪个划得着！

这位厅级干部出现了两个错误：一，把生命用钱来计算。二，他以为活多少岁数是由他说了算似的。

人类的欲望之所以没有边际，不是人的罪过，而是为了追随无穷的时间和无边的宇宙。

生而为人，就是辛苦。

但不管你追求什么，都要以超脱做底子，否则你的追求就只剩辛苦，成了失败的象征。

理解多从误解开始，因此误解并不可怕。

自我麻醉往往构成自我安慰。安慰构成说服力。生命的意义和无意义，都是在说服当中完成的，不能说服，就既没有意义，也没有无意义。

所有幻想都是忧伤的。

一个人，如果只能自娱自乐，也只想自娱自乐，这个人的人生就结束了。

或者我伤害了别人，或者我受到别人的伤害，这是人与人交往的实质。绝大多数交往，都让你后悔，因此只要有可能，就应果决地断绝部分交往。

有一种艺术，尊重你的生命，将你的生命视为整体，一起带着，走向远处，飞向高处。

有一种艺术，冒犯你的生命，将你的生命撕裂，分解，一刀一刀，毫不怜惜。

两种，都是好艺术。

每完成一部小说，自己就该知道它的好坏。你太清楚你靠什么支撑了作品。个性的观念，独特的角度，美好的叙述，等等，都可以支撑一部小说，然而，仅靠这些，都不可能写到最好。最好的小说必须是有根本性的支撑，它来自于江河般的生活。这其实是不要支撑，或者看不出支撑。它的每一处都是平衡的，哪怕是格外陡峭的地方，也自有平衡。

如果一个艺术家只想着美，只追求美，就意味着创造力的衰退，或者本身就缺乏创造力。

"冰山通常在海中漂浮，当它们在海洋中融化时，其重量分布发生变化，就会导致一些冰山完全翻转过来。参与美国南极计划的研究人员就很幸运地抓拍到艾利冰山翻转后冰山底下的惊人美景：通体蔚蓝，如同宝石。"这是一则新闻报道。让人想起海明威的"冰山理论"。

海明威应该加一句：被作家藏在水面之下的，比露出水面的还美。

浪漫主义的好处是，把所有东西放到同一个天平上去称量。

这有效地突破了现实主义的严谨。

如果某一段写起来很困难，就有两种可能：第一，这一段很重要，你用功的时候到了；第二，这一段是多余的，你应该放弃它。

107

有许多关于小说的定义，这些定义既互相补充，也互相对抗，这是不是可以证明，小说没有定义。一个不能定义的文体，实在是好，它为写作者的自我发挥，留出了没有边界的空间。关于小说的全部边界，都是写作者自身能力划定的。但是，当我们阅读过不同流派的大师作品，发现尽管很难描述，可小说毕竟自有其内在的规定性，这种规定性不是从发生的时候开始，而是开始于结局，也就是说，所有好的小说，都能达到一个基本类似的功能：既帮助写作者发现和丰富自己，也帮助读者发现和丰富自己。

苏珊·桑塔格有句话：无论我们身边发生了什么事，都有另外一件事情正在别处发生。

小说用力的地方，就是那"另外一件事情"。

但是到了今天，小说面临着前所未有的困局。速度挤压了空间感。小说的重要元素，空间感，正在丧失或者说已经丧失。苏珊·桑塔格的"别处"，已不复存在，现在没有别处，千里万里，都成了邻居，千里万里之外发生的事情，我们在一天之内，甚至几分钟几秒钟之内，就能知道。如果我们的写作只是着眼于这个并不存在的"别处"，那就连新闻也比不上。一两百年前，西方就有人担心文学会沦为新闻，现在连这样的机会也不给予文学。

幸运的是，我们自以为知道的那些事情，只是知道了碎片，知道了泡沫，如果有一种作家，能够缝制这些碎片，穿越这些泡沫，对生活和时代的本质，有一种洞见、把握和概括，他就能为小说确立尊严，赢得荣光。伍尔芙在读过托尔斯泰和陀思妥耶夫斯基的小说后，说：我不知道除了他们的作品之外，世界上其他的创作，是否还有必要。作为伍尔芙那样一种风格的作家，竟说出这样的话，而且毫不迟疑地认为，《战争与和平》是世界上最伟大的小说。欧洲也曾经搞过一个文学评选活动，评选位居第二的小说，因为第一不需要评，那就是《战争与和平》。——这证明，凡是从事写作的人，都知道那种能发现和概括生活本质的作品有多难写。因为难，所以对待这些作家作品的态度，通常有三种，一是诋毁，二是另辟蹊径，三是有高山而不仰止，一步一个脚印地，甘于寂寞地，在高山旁边，垒造自己的山峰。

19世纪那些经典作家的写作，非常令我神往。他们那种力量感，如巨人钻入茅屋，每一个细节，都被他们尽收眼底。我总是从他们的书里，理解辽阔、深邃、生命、尊严这样的词语。有人担心那种写作不符合当下人的阅读习惯，习惯或许不符合，但我们之所以阅读，一方面是丰富自己的人生，另一方面是对速度的抵抗。其实这是同一个问题，只有用慢来调整快，人生和心灵，才会得到真正的丰富。现在是快餐和娱乐的时代，有人主张小说应该去深刻化，否则没有读者。从现实层面上看，好像是的，但恰恰因为这样，我觉得，在中国，没有哪一个时代像今天这样更需要深刻的小说。好小说的使命，本身就不是供人消遣和调剂。速度挤压了空间感，但时间还在那里，空间是横向的，时间是纵向的，在纵深处，小说大有可为。爱默生认为人的所有问题都是心理问题，小说在人心的深渊，大有可为。

其实，我们今天的困惑和焦虑，早在 18 世纪就有，可经典照样在产生，到 19 世纪更是爆发式产生，这是不是可以说，经典作品在当今，包括在当今的中国，依然在产生。我们并非生活在一个没有经典的时代，而是生活在经典并不重要的时代。

第二辑

路边书

乡村永存

"乡村永存"这种观点，来自于苏联作家阿勃拉莫夫。十余年前，当我第一次读到这句话时，几乎认为它是一句废话，没有田土、村寨和农民，人类将何以为食？乡村如此重要，永存就势所必然。

但现在读这句话，却看到了作家超越时代的眼光。

乡村就在我们的眼皮底下慢慢消失了。

我的老家位于四川东北部，与重庆、湖北、陕西三省（市）交界，那里有条河，清溪河；有座山，老君山。听听清溪河这名字，就能想象出她的姿容，秀气、温婉、明澈，从遥远的地方流来，依山蜿蜒，一直延伸到苍茫的天尽头。水被自己的力量所鼓荡，跟水鸟一起发出欢乐的合唱，水光幽蓝，如婴儿的目光，并因纯净而宽阔、深远；举目远望，河水像悬浮的飘带，白得发亮，犹如另一面天空。终年四季，河沿鲜花盛开，浅草平铺，黄牛和野兔在草滩上进食，弄出滋润饱满的声响，若有人经过，野兔警觉地竖起耳朵，牛则含羞带愧地停下来，望着人影远去之后，才继续向土地和草垛喷吐热辣辣的气息。老君山海拔千余米，从山脚到山顶，除自然生长的植物，就是带状梯田里的庄稼，春天，大山苏醒，绿色自下而上，徐徐呈现，仿佛绿色在长高；这种苏醒的过程很难说有什么时间概念，如盐溶于水，无声无息，却在不经意间浸透了大山的血脉。夏天，绿色便成为山里唯一的主题，庄稼和树木绿了，土地绿了，山羊的嘴绿了，连太阳照在叶片上的闪光、鸟的鸣唱和女人的笑声，也是绿色的。农人在秋天把谷物搬进粮仓，只留下褐色的草垛；冬天里雪花飘落，大地沉睡，生活，在静默中从容地延续……我一直把我的故乡当成中国山地乡村的典型，农人遵从祖先的习俗，日出而作，日入而息，有了钟表，有了电视，他们信赖的依然是鸡鸣。我觉得，我的故乡是远古遗留下来的一个梦；我甚至认为，即使全中国的角角落落都变成了城市，我的故乡也会以乡村的面貌呈现世人。

这想法没有多久就被粉碎。

信息早就透露出来。首先是鸡啼再不准时了。千百年来，雄鸡是乡间的更夫，农人从它们的啼鸣声中掌握时序，然而，不知何故，雄鸡再也闻不到露珠的气息，再也把握不住夜晚的深度，不到子夜，就打鸣三次！我父亲就不止一次吃过亏，听到鸡叫三遍，立即起床煮猪食。按他数十年的经验，猪食煮好，天就蒙蒙亮了，就可以扛着锄头铁锹下地去，但现在已经不行，如果天上没有月亮，外面就一团漆黑，父亲只好又上床睡觉，往往睡一觉醒来，天还没亮；不过这算幸运的，如果有月亮，父亲就把月光当成了晨光，下地之后，往往翻了一大片旱地，才发现天色不是越来越明而是越来越暗了。

再就是以侵略的姿态深入山野的音乐。乡间音乐只属于天籁、牛哞、羊叫、鸡鸣、恶狗厮斗、飞禽启翅、走兽低嗥，包括小儿的哭叫、妇人的对骂，都属于天籁的范畴，当然更不必说风走林梢、枯叶委地、泥土叹息……可近些年来，已经很难听到这种声音，至少因为不够纯粹而使其丧失了本质。我是听着天籁长大的，灵魂里只熟悉淳朴的言语，我一年一次或一年数次回家，一是看望父亲，二是享受兄弟姐妹间的亲情，第三就是想听听天籁。但我已经听不到了：有人将自家的高音喇叭挂在门前的核桃树上，整个白天，都播放着时下流行的歌曲。这些歌曲，在城里听来是再自然不过的，可在乡间，却别扭得让人发慌；在城里，那些对虚假爱情的吟唱很是时髦，在乡间却土得掉渣。这真是不可思议的反差。好几年来，每当我回到故乡，就情不自禁地思考这种反差的成因。我觉得唯一的解释是它破坏了天籁。天籁才是最高级的音乐，它永远流行，因为它是我们血脉搏动的声音。

当这些前奏演绎完毕，故乡就从乡村的行列中悄然退出。

2000年夏天，我举家迁往成都，住址选在西门，这里靠近乡野，出门走十来分钟，就进入广阔的田原。成都与我的故乡不同，成都一马平川，一旦进入庄稼地，就被庄稼地融化。我们不知道天有多大，但在我的观念中，成都的沃野就如天空一样辽阔。风起处，庄稼倒伏，墨绿色的波浪摇曳至无边无际的远方，就像一片浮起来的土地。每隔一段时间，飞机从头顶飞过——在平原上，飞机总是飞得很低，洁白的机翼在太阳下闪着微光，轰隆隆的声音你不觉得是噪音，而是外面的世界带给田野的另一种信息，讲述着另一种生活；它不会打扰田野本身的镇定。农人的住舍散布在庄稼和竹木丛中，几乎是清一色的白房子，然而不走进翠绿的围墙，却发现不了它们，那种不事张扬泰然自若的安适，蕴含着一种令人怀想和感动的因素。田野里的动物，与人类和平共处，一同享受着大地的馈赠。

只要有闲暇，我就到田野里去，站在褐色的田埂上，我的心归于宁静和踏实。去田野参观，不设门槛，无人站岗，也没人收我的门票，与农人交谈，没有任何庸俗的礼节，更不会受虚荣心的驱使而夸夸其谈。我满足于这样的生活。我希望这种格局能够持续下去。

然而这同样只是奢望。我来后不到半年，城市就向西边延伸，速度之快，让人无法不惊叹现代科技的威力：不到三年，想看到田野，就必须曲里拐弯地穿过新建的成片小区，去数公里之外才成。

与农田一起消失的，是乡村和农民，是滚荡着绿浪的庄稼，是飞禽走兽的乐园。

今年秋天，我意外地观察到一只水鸟。绵绵的秋雨刚刚停下，可雾气弥漫，天空还一片阴沉，我穿过带鱼状的花园，来到一条小河边。这是一条肮脏的小河。水很少，河心露出伤疤似的土洲。土洲的颜色，与河水相似，黑黝黝的，仔细看，又闪着绿光，上面还有破布、竹篙和一些叫不出名字的脏物。这实在不是一个可爱的去处。我在河岸站了片刻，正准备离开，突然发现一只鸟影从涵洞下穿出。当它在土洲上站定，我看见这只鸟尾翼雪白，身体却黑得发亮。它显然饿了，四处瞅，却没有动作，长时间过去，都只呆呆地站在原地。我怕是因为我的缘故才让它迟疑，便有意站得远了些。然而，它依然保持着固有的姿态，像个哲学家似的思考。在这一刻，我感到惭愧。是人类破坏了它的家园。这里，以前是一条清亮俊逸的长河（村民可以直接把河水舀起来饮用），长河的周围，被大片庄稼和林木覆盖，林木里的走兽和飞禽，沉浸在古老的梦里，过着快乐无忧的日月。但是，轰隆隆乱鸣的机器铲掉了绿荫，修起了高楼……那只鸟定是这片土地的后代，站在荒凉肮脏的洲脊，正凭借想象，复原关于它们家园过去的故事，并以一只鸟的智慧，追想家园的繁盛和毁灭的历史。

它到底开始捡食了。以前，它们的食在水里，与它们的心思和姿态一样，处于流动和飞翔的状态。现在它认不得水了，在它身边涌动着的，不再是水，而是另一种物质。水是大地的灵物，它的名字就是它的使命——让大地接受女性般的孕育。水不可能是这另一种物质！在这只鸟的眼里，这种物质既卑贱，又强蛮。它不愿意走进另一种物质里，只能在土洲上捡食。因站得远，我看不清土洲上有些什么，只见水鸟的头轻轻点两下，又无可奈何地抬起来，四处张望。我相信它的心一定是悲凉的，它大概在想：看来，我必须搬家了。它显然不愿意走；要走，早就走了。它要成为这块土地上最后的守望者。但是，这块土地已经不属于它，它祖先的尸骨，被压在沉重的高楼之下，成为凝固的时间，成为未来的人类自作聪明的考古发现。它是孤单的。孤单和回忆成为它最后的财富。

雾散开了，那只水鸟已经在土洲上站立了整整一个小时……

我常常想，我是不是一个悲观主义者？或者说，我是不是太自私了？我享受着城市文明的好处，却希望乡村永存，是不是想自己在厌倦了城市生活之后再去寻求一个避难所？对这种质疑，我真是无法回答，因为事实摆在那里：我没有搬到乡下，而是生活在城里。这让我异常尴尬。我只能说，这是由于自己还缺乏足够的坚定和能力。而且，每个人都有自己精神层面的追求，对乡村的热爱，其实是对一种道德的忠诚。我相信，人类最美好的品德，是从土地里生长起来的。散文家苇岸曾这样写："看着生动的大地，我觉得它本身也是一个真理。它教任何劳动都不落空，它用纯正的农民暗示我们：土地最适宜养育勤劳、厚道、朴实、所求有度的人。"乡村永存，就是善意永存。

但这几乎就是一种观念了。事实上，在把城市化进程当作衡量一个国家文明程度高低的现代社会，"乡村永存"早就蜕变成了一种观念，阿勃拉莫夫如果是从观念出发喊出了那句话，他就永远不会失望，否则就只能是无奈的呐喊。这种无奈，根源于人类要求太多。对那种简单朴实的生活，我们很难懂得欣赏，我们从个体的攀比延伸到民族和国家，并由攀比而发展为攫取，不仅攫取资源，还攫取其他物种的尊严乃至生命。——如果是这样，即便全世界每一寸土地都是乡村，也与阿勃拉莫夫"乡村永存"的理念相悖。

　　每一个飞上太空的宇航员，冲口而出的话都是"地球真美"。地球之所以美，是因为它的色彩，更因为它负载的繁荣生命。

最后的香格里拉

除夕的前一天，我和林强踏上西去之路，目标是川滇边界的亚丁。

那里被称为"最后的香格里拉"。

1933年，美籍英国作家希尔顿在他《消失的地平线》一书中，描写了一处风光秀美、社会祥和、人人友爱的东方圣境：香格里拉。十年后，好莱坞将这部畅销书搬上银幕，使香格里拉名声大震。之后的若干年，寻"香"之旅和争"香"之战从未间断：1957年，印度国家旅游局公开宣称，克什米尔喜马拉雅冰峰下的巴尔蒂斯镇为香格里拉所在地；1992年，尼泊尔把该国边陲小镇木斯塘予以同样的定位；五年之后，中国云南郑重宣布香格里拉在迪庆州的中甸；同处一省的怒江和丽江当仁不让，也找到了自己才是香格里拉的"铁证"；四川亚丁则后发制人，在云南中甸改为香格里拉县不到半年，就将自己辖区内的日瓦乡更名为"香格里拉乡"，并以"最后的"加以限定，企图结束这场没有硝烟的战争，同时强调亚丁作为正宗香格里拉的可靠性、权威性和绝对性。

我和林强无意加入"寻香"的合唱，但不能说没有受到"最后的"诱惑，否则就无法解释为什么一开始就选定了亚丁。从成都出发，穿过成雅高速路，城市的喧嚣便像岁月一样消逝。沿青衣江、大渡河下行，路上都有房有人有车，却呈现出荒凉的气氛。荒凉是土地本身的气息，更是一个不惯于接近大自然的人几近荒败的感觉。途经雅安、天全、泸定、康定、雅江，次第翻越二郎山、折多山、高尔寺山、剪子弯山、卡子拉山，两天两夜后到达甘孜州理塘县。理塘县城坐落在枯黄的毛垭草原上，因其"世界高城"（海拔 4014 米）的身份闻名海内外。理塘至稻城约 170 公里，又窄又陡的土路，曲曲弯弯地在弧形山体上爬行。

当地人把这片地域辽阔的高原，叫作海子山。

表面看，谷中海子密布，因而得名，实则此山原为海洋，亿万年地壳变化，隆起为山。科学家在山上发现了大量鱼、龟化石。车行百余公里，荒无人烟，只有獐、鹿、豹等生物潜踪匿迹。四野乱石，草地稀疏，唯烈风送走日月，不知豹们以何为食，如何安寝。它们的生存能力，有一种大气磅礴的力量之美，为人类所不及。绝壁深谷，早在意料之中，没想到有这么大的风沙。旋风横蛮地扭动着身躯，铁骨铮铮，迎面扑来，似要将车掀入谷中。土路颠簸，玻璃滑开，黄沙直贯车内。车里沙雾弥漫，睁不开眼。眼镜片上积了厚厚一层沙土，头发变黄，摸上去像陈年的地衣。

林强高喊："开窗子，让空气流通！"

他比我年长近三十岁，我不会开车，一路闲坐，他的神经却片刻不能松弛。

窗户全打开后，车里的沙尘果然减少，眼睛勉强能睁开，可风杀进来，气吐不出，只有张大鼻孔嘴巴呼吸，太阳穴像要爆裂。因缺乏经验，我们都没戴面罩和手套，天气异常的寒冷，手脚、耳朵像要冻落，我可以把手插入军大衣的袖筒，林强却必须裸露着双手，冷急了，就一会儿左手握方向盘，右手揣入怀中，一会儿右手握方向盘，左手又置入怀中。

至稻城天已黑透。我们去一王姓师傅家修车。王师傅六十余岁，老家在河南南阳，在稻城当兵复员后，再不愿回去，娶藏妻，生四子。我望了望可怕的荒山，心想，人们不管落脚何处，祖祖辈辈都这样生活过来，不是悲哀，而是奇迹。但我还是问他：南阳是个好地方，为什么不回去？王师傅说："我在这里，上至县长，下至普通百姓，都可以打交道，已经不想离开了。而且，"他抬头望着天空，"这里多好！"空中群星拥挤，也像在过春节。

翌日晨备去亚丁，即"最后的香格里拉"。亚丁距此尚有110公里，路未修好，不要说我们开的奥托，就是吉普、越野，也难攀越。何况正值隆冬，路上暗冰四伏，稍不留心，就滑向万丈深谷，不熟悉路况的，绝不能轻举妄动。王师傅说，他去年送两个香港客人去，车颠簸缓驱，看见身下绝壁，客人吓得惊叫，继之痛哭，半途而返；又有一云南客人，吓得心脏病发作。诸般事端，不胜枚举。

可他越这么讲，越激起我和林强探险的欲望。

他不愿送我们，我们就打算租他的越野车，自己开去。

"我宁愿不要钱。"王师傅说。

"要是你们是两条光棍,"王师傅又说,"我不管。要是还有家人,就该活下去是不是?"

我和林强面面相觑。

次日,我们打道回府,于回程中再过海子山。

渺无人迹的高原上,阳光强烈,一石一土皆成反光体,使整座高原通体透明。阳光之下,银白的远山,呈现出神怪而圣洁的奇观。任何人长居于此,都无法不对神产生敬畏之情。伟大的自然环境,形成了藏人的宗教。时有经幡,风读之,把藏人的真理传到山里山外。虽风沙如故,可我的心情格外轻快,因为这是在回程中,正奔赴自己习惯的家园。我到底不是"在路上"的人。我灵魂的硬度,远不及修车的王师傅,更不及常年在这荒漠上行走的动物。

林强边开车边唱歌,歌声在高原上铺开,苍凉悠远。他有一副好嗓子,这条嗓子加上他对音乐特殊的敏感,帮助他从凄苦的身世中走出来。他是遗腹子,从没看见过父亲,从没喊过一声爸爸。他四岁的时候,当地一恶棍要跟他妈"好",遭到拒绝,恶棍派人在一个晚上闯入他家,在狭小的屋子里,几个大汉站定几个角落,把年轻女人当皮球玩。母亲的裤管里,掉下一片血淋淋的布带,几个大汉哄然大笑。林强见母亲受欺负,用瘦小的身躯护住母亲。可他被一脚踢开。他的头撞在墙上,脑子里发出金属般的啸叫声。这时候,电灯熄了,大汉们的嬉闹也停下来。蜷缩在墙角的林强,觉得没有电灯是多么美妙的事情，没有电灯，他们就不欺负母亲了。他不知道黑暗更能掩盖罪恶。他很快听见母亲一声接一声的惨叫。后来，林强成了某钢铁厂工人。再后来，他到成都创业，开起了一家钢琴厂……

尽管我们出门不过六天，与家却有三秋之感！望着遥不可及的高原之外，林强加足马力，车以风快的速度穿越阳光和风沙，荡起一片烟尘。

我们太轻视这片高原了，因此必须付出代价。

上午十一点半左右，车翻下了乱石沟。

一切都是在几秒钟内完成的。

我感到头被猛烈撞击，但并未失去知觉，因为我立即听到了对方和自己呼痛的声音。这声音是被吓出来的，真正的身体的疼痛，还没感觉到。接着，我们抬起头，互相对视了一眼。我看到了林强噩梦般的脸。这时候，我意识到：没有死，都没有死。这意识很模糊，自己也不甚清楚。四面的玻璃是怎样碎裂的，全不知道，我的手掌上布满了玻璃的碎碴儿。林强的脸色变得更加难看，因为他看到了我厉鬼般的面孔，"没受伤吗?"他问。我举起手。他没说什么，先钻了出去，并大声吆喝，让我赶快离开车身。我取下手掌上的玻璃碴儿，稠稠的鲜血吃力地爬出来。见我许久不出，林强愤怒："不要命吗!"我小心翼翼地钻出去后，看见林强的两只手上黑红黑红的，左手臂厚厚的毛衣磨穿了，额头上吊起一个大青包。

车头栽向崖口，本是要扎下深谷，可一块巨石阻止了它，便四脚朝天，尾部高翘。

"照相吧，这是真正的历险。"林强说。

我从车里拉出完好无损的相机，两人分别与暴露着肚皮的汽车合影留念。

照完相，我们的神志才算清醒过来，也才彻底明白了自己的处境。

此地距稻城，大约八十公里，距理塘相当。我们打算去理塘找交警帮忙，可这长长的路程上，不仅荒无人烟，手机也没信号。留给我们的唯一出路，就是步行。

阳光强烈得割眼，却冷得打抖。只要太阳下山，气温会迅速下降到零下二三十度。

事实上，天黑之前，我们根本不可能走到理塘，因为每走一步都异常艰难，脚趾须死死抠住地面，不然随时可能被风抬走。走不到理塘，其结果，不是被冻死，就是被饥饿的豹子吃掉。然而别无选择。两人各从车底下拉出一瓶饮料，一袋干粮，上路。

求生的欲望驱赶着我们颤抖的双腿。

孤鹰高翔，雪山相接；窄窄的、坑洼不平的土路之外，处处悬挂着绝壁深谷。

仿佛走了一年，回头一看，那四脚朝天的汽车却近在眼前。

悲哀和绝望抽去了我的筋骨，步子明显慢了下来。林强接过我手里的干粮和饮料说："现在，你知道什么叫高原了，到高原来的人，没有高原的硬骨，是不行的。"我默然无语。林强见状，故意做出无所谓的样子，又开始唱歌。

这时候，我恨透了他的歌声！

一风袭来，我们不敢举步，只有站定脚跟，躬下腰去。等那恶风打着旋子扑向远处，才敢直起身。如果再这样走下去，不需一个小时，我就会倒下。我明显地感觉到自己的意志在一点一点地丧失。

林强唱了歌，又讲笑话。

可是，我恨透了他！

他看出我的情绪，说："我又不是故意把车开翻的。"

二人默默地又走一程，我越来越沮丧，脚步也越来越慢，林强大声说："再磨蹭，冻死事小，要是被游走的匪徒发现，你老婆想收个全尸也不行！"这话很管用，我加快了脚步。从成都出发时，朋友一再告诫：荒野上若遇到人，尽量躲开，如果有人搭车，千万别理睬，游走于高原的匪徒惯用这种手段，杀人越货；他们心狠手辣，一刀下去，身首异处……

谁知，刚刚拐过一道风口，不远处就兀立着一个人！他头发张扬，身体精瘦，长长的、绣着花纹的腰刀赫然刺目。见了我们，他大声喝叫。风声猎猎，根本听不清他叫些什么。我和林强同时止步，头皮发麻。林强凄惶地看着我说："兄弟，是我害了你。"我情不自禁挽住了他的胳膊，好不容易躲过风的硬弓，换过一口气说："他只有一个人。"林强摇了摇头。右侧百米处，有栋低矮的灰色石房，大野荒烟之间，鬼眼般怕人。

那人一面喝叫，一面指那栋石房，见我们不应，就朝这边走来。风声送过腰刀的摇响。

林强叹息："可怜我那刚去美国念书的儿子……"言未毕，潸然泪下。

正在千钧一发的时候，身后突然传来车声。

一辆黑色桑塔纳卷着烟尘直扑过来。

林强猛地抢到路当中。

车戛然停下，林强扑到车头大叫："师傅，救我们!"

师傅一脸紧张，企图从旁边绕开，可林强死不让道。这不怪他们见死不救，他们也怕引狼入室。我也跑上去堵在车前，快速地说："师傅，我们的车翻了。"师傅一定见到过那辆翻倒的奥托，定了定神，望着步步逼近挎着腰刀的人，打开车门说："快!"

我们身子一趔挤进车去，师傅猛踩油门，那人向旁边一闪，摔倒在地。

车上是一对三十余岁的夫妇，女人说：是老天爷派我们来搭救你们的，我们本来决定明天走，临时改到今天；本来打算从云南回去，可无法翻越大小雪山；一个钟头前，我们下车看冰冻海子里的鱼，耽误了些时间，不然就会在你们的前面。男人说，他们早上出来不久，就看到山谷里一头死牛，那牛是放牧时踩虚脚滚下山崖的，跟我们的车一样，四脚朝天。我和林强两股战战，浑身瘫软，车开到理塘县交警大队门前，只听他们说话，我们一声没吭。

交警队里只有个四十岁上下的人，穿藏靴，着藏服，脸膛黝黑，体格剽悍，桌前的记事本上写着一个名字：昂旺斯郎。林强介绍了情况，斯郎沉吟片刻，拨了个电话，随即倒来温开水让我们清洗血迹。几分钟后，门口开来一辆中巴，跳下一个二十来岁的年轻人。斯郎说："这是小余，他来顶班，我去帮你们拉车。队里只有一辆巡逻车，执行紧急任务去了，我只好用小余的车去试试。"

斯郎驾车，我和林强坐在后面。

"我去年在深谷里发现一对翻车的男女，"斯郎说，"据尸骨判断，已死三年。"

后怕攫住了我们。斯郎一路说话，可我们听不清他说些什么。

在浅灰的天色中看到那栋石房的时候，我和林强心里一紧。然而，斯郎偏偏停下车，朝石房大喊。我们见过的那个人跑了出来，看见我俩，他怒气冲冲地嚷了一阵，说的全是藏语。我们听不懂他的话，但见他单衣手肘处破了一个洞并有血痂，那一定是在路边摔伤的。斯郎打开车门，那人上来了，将腰刀放在车头，和斯郎用藏语激烈地交谈。随后，他亮开嗓子，放声歌唱。他的歌声透亮，缥缈，只有深广的草原和银白的雪山才能孕育出这样的嗓音。

高原和天空争夺着壮美，可这样的景致无法进入我们的内心。恐惧和不祥的幽灵在我们心里牵丝结网。我小声说，还是逃不过。林强说，不会吧，斯郎是警察。但他又说："谁知道呢，说不定警察刚刚出去，他去那里玩，恰好被我们碰上了。他叫那个小余来，无非是做做样子，让我们相信他而已。这话并非没有道理，斯郎是警察，为什么不穿警服？"早知道这样，在理塘搭班车回去，把那辆破车扔掉算了，何苦自讨短命……"林强说着，闭上了眼睛。

他一定又想起了刚去美国念书的儿子。

我也闭上眼睛。疲惫和恐惧，使我们只有束手无策地等待命运的判决。

风更加强硬，沙尘吹着响哨，铮铮然有钢铁之音。车再次停下时，我们睁眼一看，竟已到了那翻倒的车边。不等我和林强回过神，斯郎已把钢丝绳系在两辆车底座的横梁上，那藏民掀着翻翘的车尾，斯郎驾着中巴，往公路上死拖。由于石头阻挡，几次都没成功。斯郎和那藏民用双手扒开埋住石根的泥土，将一块块沉重的石头抱开。斯郎很有蛮力，可那藏民的身体弯成了弓，细碎的脊梁骨清晰可辨。我和林强这才慌忙上前帮忙。那藏民朝我们大声吆喝。斯郎翻译说：他说这么重的体力活，你们干不了。我和林强对看了一眼。

足足一个小时，才把那些石头清理掉。斯郎的一根手指被砸得红肿发亮，藏民的手背上被挂掉了一块皮，鲜血直淌。可斯郎发动中巴的时候，他又去帮忙掀车。

车拉上来时，天早已黑尽。

幸运的是，我们的车虽然表面残破不堪，但还能开走，连前照灯也没坏！

我和那藏民坐在斯郎的车上，走在前面，林强驾着破车，紧随其后，一路向理塘进发。

至石房处，藏民下车，大声对我们说话。斯郎说，他祝你们平安幸福。林强听不见斯郎的翻译，以为藏民索钱，马上掏腰包。钱没掏出来，藏民已走到黑暗深处。林强又急忙拿出几袋饼干，喊他收下。他走过来，只是摇头。斯郎劝他几句，他才很不好意思地接了过去。

车继续前行，身后，响起那藏民深情悠远的歌声。斯郎说，他在为你们唱祝福的藏歌。又说，你们开始误解了他。那栋石房是个道班，他是道班里唯一的养路工，干了三十多年，看到你们在荒野上走路，定是遇到了难处，想帮助你们，你们却把他当成了土匪。

我朝石房望去，可什么也看不见了……

到理塘，已近子夜。吃罢饭，去旅馆住下后，虽然疲惫得浑身散架，我却无法合眼。

我想，正如希尔顿在书中描写的那样，香格里拉并不一定确指某个地方，而是对一种精神及信仰的崇敬和向往。——最后的香格里拉，只存在于人们的心里。

三峡笔记

一

三峡的前缀是长江。而试图去描述长江是不对的。之所以产生描述的欲望，是因为我去长江游走过，加上认识几个字，就觉得有了资格。这是自大，更是无知者无畏。长江存在于那里，两亿多年，实在不需要你那几句赞美或叹息。与那些古老的事物相比，人类的历史很短，文字的历史更短。而自从有了人类，我们在长江上的活动，就无非是捕捞、战争、截流或者泅渡。我们没为长江增添一滴水，却往往将其视为标准，来凸显自己的壮丽人生。长江是独立而完整的生命，它自有标准——奔腾的体态和方向，就是它的标准。我们夸大着文字的神秘和神性，其实它就是延长的手臂，是扩开的眼睛，是加粗的喉咙，文字，包括由文字承载的想象，从来就没跳出过由人类自身构成的宇宙，甚至比自身更狭小，更幽闭，在恣肆敞阔的江河面前，它难以出阁。

但有件事的确让我好奇：谁为长江命名？

长江曾经是十分霸道的，典籍里面，一个"河"字，就知道是说黄河，一个"江"字，就知道是说长江，这架势，分明君临于一切江河之上。可到了东晋，到了王羲之那里，却很不解风情，偏偏加了一个字，把"江"说成"长江"，他在给人的书信里写道："今军破于外，资竭于内，保淮之志非复所及，莫过还保长江。"资料显示，王羲之是"较早"为长江命名的人，但既然暂时不知道"最早"，我姑且把他的那封信，当成长江之名的发端。我猜想，在王羲之的家乡，也有一条江，那条江给了他很多美景、灵感和安慰，他还从那条江里取水、烧饭、煮茶、清洗笔砚；对王羲之本人而言，"江"只是一个概念，他家乡的江，却是他生命的一部分，正如木叶之于枝条，枝条之于躯干和根须。对"江"专指长江，他有了意见，觉得是一种湮灭——既是对天下江河的湮灭，也是对长江本身的湮灭，于是，他的笔尖多跳动两下，加上了那个字。

从此，长江有名，天下江河有名。

命名，是一种尊重。

二

我对中国古代的石刻艺术，向来缺乏欣赏，尤其是彩绘石刻，真让我难过。这可能与之传达的主题有关，还与人物造型有关。他们都过于富态了，眉眼投射出的内心，是没有止境的隐忍，即便是凶神或恶煞，也让我深深体味着隐忍的悲情。我的这种心思，已被菩萨知道，在大足宝顶山，给观音、如来、智慧菩萨拍照时，不管从哪种角度，焦点都能自然而然聚在他们的眉心，给德行菩萨拍照，却怎么也不行。他生气了，觉得我不懂得隐忍在我们的文化传统中，特别在我们的民族性格中，占据着多么重要的位置，又有过多少感天动地的承担。

尽管他生气，我还是没改变态度。

相距数公里外的北山石刻，我更喜欢些，可能是风格多样且少彩绘的缘故，中有一少女，情态宛然，听当地文化干部讲，汪曾祺曾来这里，看了这尊雕像，汪老说："拜菩萨不如拜少女。"这是汪曾祺的情趣，也是汪曾祺的"小"。汪的文字我是热爱的，但那是在读过一本杰出的大部头之后，用他的文字为雄伟的山峰点缀花草。正如唐宋，唐的磅礴，宋的婉约，便是山峰和花草的关系。当山峰不在，花草便失去依附，一个民族就慢慢走向枯萎和衰落。

磅礴既可是一种成就，也可是一种废弃。

对此，涪陵 816 地下核工程可以为证。该工程动用了 6 万工程兵，挖洞子历时 8 年，安机器历时 9 年，共费时 17 年，但机器未安装完毕，就叫停了。我们看见的，是它的"停顿"。一个人还没长成，就不再长了。停顿因此成为废墟，成为终结。它最终以无用之物面世。但也未必，人们从洞里退出来，都禁不住一声叹息，仿佛有所得，又有所失，进而震撼、思索。想当年，它的开挖是秘密的，甚至那个镇子的名字也从地图上抹去，而今再次走到太阳底下，却成为被瞻仰的遗迹，还为这遗迹唏嘘不已。我因此有了疑惑：整个工程是在山里，并未从外在地貌上带来多大改变，后来人为何不能以从前的目光——也就是没实施这项工程之前的目光——去看待它？回答是当然不能。别说耗时 17 年的巨大工程，就是随便挖一锄，世界也会有所改变。"你行动，你留下"，人们思索的，就是这个。

<h2 style="text-align:center">三</h2>

即使在三峡地区，龙缸也是一个令人震撼的存在。龙缸是天坑，位于长江中游，东西直径三百余米，南北直径近二百米，深五百余米，它为何要如此巨大，穷尽想象，也不能自圆其说。其实它不需要说明，它只是以缸的形态，存在于那里，让人惊叹。

登上狭窄山脊，风碰撞着风，飕飕而鸣。阳光以它诞生时的面貌，干干净净地洒下来，把天坑注满，再从缸沿溢出，漫过游客的脚背，泻入万丈深谷。

人很多，但要与大自然交流，必须独自进行。所有的盛宴，如果没把心带去，对你而言都不是盛宴。天坑周围的一棵树，一只鸟，一粒小石子，都是天坑的语言，也是树们鸟们小石子们自己的语言。我知道，如果我没在一棵树前停留，哪怕停留一秒钟，我就没有资格说自己看到了漫山遍野的林木；如果我没有专注地看龙缸上空一只鸟飞翔的姿势，看近旁一粒石子静卧的表情，我就不好意思说自己去过龙缸。我既然去了，就是与它千载修来的缘分，我必须对得住这缘分，必须从它的身上，学会理解浩瀚的意义，并重新认识时间和生命。

能置身于如此博大的奇景之中，我是有福了；也正是它的博大，让我明白了自己的渺小。我想，世间戚戚于小我者，沉醉于名利者，尤其是那些为一己之私而践踏法律和道德者，若能抽空去龙缸走走，或许能涤荡一部分鸢飞戾天之心。遥想当年，长江上龙争虎斗，樯倾楫摧，血流潮涌，与长江近在咫尺的龙缸，望着这幅景象，该是一种怎样的心境？

在龙缸旁边的山壁上，有图示介绍天坑的形成过程：地下水长期冲蚀，形成地下大厅，地下大厅坍塌，形成天坑。这里的"长期"，有个相对具体的数据："6700万年以来"。它以岁月的悠远绵长，静静地为我们揭示一种哲学：关于"慢"的哲学。慢不单纯是指速度慢，而是说，不要急，更不要抢，把每一个细节都做到位，日久天长，自能成就卓越。

四

走三峡，其实是走历史，到任何一个地方，都会跟历史碰面。

比如到飞凤山，就会说已有将近两千年历史的张飞庙。张飞与这里本无任何关系，他们为张飞建庙，依赖的只是传说。一段传说成就一种文化，世界文化史上很普遍。在人类的某个时期，传说本身就是历史；甚至到了今天，传说照样构成命运的一部分。一些虚虚实实的故事，见证了张飞由人到神的转变。在这一段长江，张飞不是普通的神，而是张王、张王菩萨。他们拜张飞庙，是去拜菩萨。有些人很鄙视中国人拜菩萨，说是有所求，其实，人生中的许多事，都是恨海难填的，自己解决不了，求菩萨帮帮忙，非常正常，没必要鄙视。我们可从另一面去理解：有所求，必有所畏——敬畏。敬畏二字，是因果的关系，因为敬，所以畏。这里的畏不是害怕或恐惧的同义语，而是由敬衍生出来的，对威严和崇高的衷心仰慕，对底线和正义的自觉守护；它与害怕离得远，与虔诚离得近，上接传统，下指未来。

比如到丰都，就会说世代相传的鬼城。我曾在一部小说里描述丰都何以成为鬼城：十万巴人被秦军围困，比黄昏围困大地还要严密，可一夜之间，十万众神秘消失，连声叹息也没留下。这是巴人至今未解的谜。我喜欢这段类同传说的历史，它预示着任何一种围困，都能在天地间找到出口。天快黑进鬼城参观，停电，只能倚仗手电筒才能勉强看清。我第一次见到那样的阎王像：端庄而美。面对这样的阎王，我只有一个想法：问问我父亲、母亲和外婆。作为阴界最高长官，阎王自然不会对谁格外开恩，但我想要打听的都是好人，阎王是如何评判他们的？他们现居何处？过得怎样？我问了，但阎王没回我。不过那夜我睡得特别安宁。我很难睡得这样安宁过。这让我对一切疑问放心，并对人的归宿充满感激。

比如到奉节，就会说白帝城托孤，会说李白、杜甫和刘禹锡在奉节作的诗歌，尤其是杜甫的两句："无边落木萧萧下，不尽长江滚滚来。"大气苍凉。由此我想到香港诗人黄灿然所写的《杜甫》："从黑暗中来，到白云中去/历史跟他相比，只是一段插曲；/战争若知道他，定会停止干戈；/痛苦，也要在他身上寻找深度。"

五

走三峡，既是跟历史碰面，也是跟现实碰面。

比如到万州，就会说江天辉映的美丽新城。新城在旧城 80 米之上，行于滨江路，便是行走在城市之上。长江就在身边，可它已不再奔流，因为它现在不叫长江，而叫库区。我总感觉到，水面 80 米之下的旧城，还活着，还在演绎人和万物的歌哭悲欢。我对身边一位诗人说：你写首诗吧，就叫《城市之上》；你要写出城市之上的现实，和现实之下的城市。

比如到巫山，千百年来都在说的神女峰，自然还要继续说，但更要说当年的一县跪哭。巫山旧城被淹时，漫山漫坡，跪着全县男女老少，长号着为旧城送终。那是为一个神圣的老人送终，其情其景，感天动地。此外还说红叶。神女峰上满是黄栌树，去三峡看红叶，主要就是看神女峰上的黄栌树。可仲秋时节，树叶仅微露红意，并不让我们观赏那遍山霞染的美景。我站在树下催它：快红！快红！它只是不听。难怪当地人要把黄栌树叫"黄聋子"。

比如到云阳，这里建有世界城市最长人字梯，号称"天下梯城"，我去这年，云阳举办摩托车城市登梯竞技赛，选手从指定台阶直冲上顶。其中某位选手，本在广东打工，赛前两天，急忙赶回故乡，找熟人借车参赛，结果赛程未半，就连车带人荡于空中，几个旋转，重重落地，人当场昏迷，车起火燃烧。那人从医院醒来后，却无半点悔意，只是囊中羞涩，无钱还车，便主动去车主家里，为他打工抵债；按车价和工钱折算，需半年之久。看着那个腼腆的瘦弱男人，我心里叫一声：汉子也！生存之外，还有梦想，这让他的生命变得宽阔。每个人的心都带着屋顶，生命便是屋顶下的房间。有些人的屋顶很低，低到尘埃里，房间也很窄，窄到非但容不下别人，连他自己，也只能匍匐着，这样的心和这样的生命，注定了局促、枯涩，光阴对于他的意义，是变老而不是生长；而另一些人，屋顶可高与天齐，房间能与大地并称。像那个瘦弱的汉子，热爱赛车，有了挑战的机会，便奔赴而来，完成对自我的塑造。当梦想受挫，不自伤，不气馁，更不消沉，这让他的生命不仅宽阔，而且明亮。宽阔是明亮的前提。无钱买车赔付，又主动典身车家，这种诚信的底子里，埋藏着侠士的古风。

从俄罗斯馆说起

去世博园，我最想看的是俄罗斯馆。

这缘于我对俄罗斯文学的热爱，尤其是对列夫·托尔斯泰的热爱。一度时期，俄罗斯文学（苏联文学）成为中国文学的至上典范，但20世纪80年代后，它在中国的地位，便呈现出衰落的景观，人们的话题和视野，转向了别处，卡夫卡、马尔克斯、博尔赫斯……一个个光芒四射的名字，让先前尊奉的作家，黯然失色。那段时间，我也比较集中地阅读了上述作家的著作，他们表述世界的角度和方法，真是别开生面；但我最终发现，唯俄罗斯文学能成为我长久的营养。我从托尔斯泰、陀思妥耶夫斯基、莱蒙托夫、艾特玛托夫、肖洛霍夫等人的文字里，更能看清自己的面貌。当开了不想开的会，见了不想见的人，说了不想说的话，感觉灵魂明显下坠的时候，我回家的第一件事，必是拿起托尔斯泰的小说，读上几页，直到把某些东西"洗去"，心里才会舒坦。有一次，我跟几个写作者谈到托尔斯泰，座中一人很不屑，说："托尔斯泰不深刻。"我的回答是：在这个世界上，既有尖刀的深刻，也有普照万物的阳光的深刻。托尔斯泰属于后者。这是更具有宽度的深刻，它要达成的目标，不是撕裂和破坏，而是缝合与生长。

我去俄罗斯馆，就是希望寻找那种深刻。

俄罗斯馆位于 C 区，十二座高耸的塔楼，被称为俄罗斯民族舞蹈"环舞"的建筑版；塔楼白、金、红三色相间，采撷了俄罗斯民族服装的色调，分别代表圣洁、繁荣与欢乐。对中国人而言，这三种颜色，都长长久久地融入我们的日常生活和基本想象，因而特别的具有亲和力。堪称巨大的馆厅里，呈现出似乎从未启用的世界：天篷形似树冠，枝蔓绕梁，万花绽放。其设计灵感，据说来源于苏联儿童文学作家尼古拉·诺索夫的作品《小无知历险记》，诺索夫说："最受孩子们喜爱的城市，才是最好的城市。"孩子们喜爱的，自然是诙谐而迷幻的童话仙境，因而，有放大数十倍的蘑菇、草莓、牵牛花、向日葵，有水磨坊、稻草人和鲜花环绕的树皮小屋，有天空中的点点繁星和各类航天器，有被太阳能驱动的汽车，有隐秘小路上的惊喜发现……林林总总，构成一座太阳之城、月亮之城、花海之城。

俄罗斯馆的主题是"新俄罗斯：城市与人"，与本届世博会的主题"城市，让生活更美好"，扣得十分紧密。它给我们的启示在于：什么样的城市才会让生活更美好？

——从俄罗斯馆里，我们读到的是欣赏和赞美，而不是使用。

现代人使用得太多，觉得世界之所以存在，就是给人类便利，因而在缺乏节制并逐步丢弃伦理的探索中，形成了放任本能的趋向。某些人，把本能（他们习惯称之为人性）的尽情释放，当成美好生活的象征，把"有用"视为价值判断的准则。我在自家楼顶上，种了数十盆牵牛花，从夏到秋，蓝色和红色的花朵，把清晨开得生机勃勃，而我的邻居看见了，总是摇头："那东西，没祥！"他说的"没祥"，就是"没用"。对"没用"的事物，我们已不屑一顾，更不会去欣赏和赞美。而事实上，"世界的动人之处远多于它的实用之处"（梭罗语），只是在意这些的，实在不多。有几个人还在仰望天空？还在说星星多亮、月亮多圆、云霞多灿烂？当然，城市上空的星星可能不再亮了，云霞也不再灿烂了，为此，我们天天都在忧虑和愤慨环境的恶化，之所以忧虑和愤慨，是觉得那都是别人的过错，是别人的过错影响了"我"的安适与健康，而"我"本人，却没有什么需要自律和收敛。不断膨胀的欲望，让我们放弃提升自己的努力，不仅如此，还心甘情愿甚至迫不及待地，典押自己，出卖自己。"宁愿坐在宝马车里哭泣，也不坐在自行车上欢笑"，这是新近走红的名言，且别忙于去讥笑，先扪心自问：她是不是也道出了我们的部分心声？在比谁使用得最多、谁使用得最好的竞赛中，我们是不是也跟她一样，已经丧失人的完整性，变成了被彻底物化的躯壳？

　　阿尔·戈尔（《濒临失衡的地球》的作者）说，他对环境危机的研究越深入，就越加坚信，那是人类内在危机的外在表现。对他的这一论断，我深表赞同。也正是在这个意义上，我觉得俄罗斯馆可谓匠心独运。它意在修复，修复环境，修复人与环境的关系，也修复我们陷入危机的心灵。对后者的修复是至关重要的，是前提，也是根本。看似遥不可及的事物之间，也存在着不可估量的联系，个人必是由相互关联的生命个体——包括人、植物、动物、水、大地和天空——组成的世界共同体中的一员,只有我们不再以征服者和攫取者的面目出现,而是把自己视为共同体中平等的公民,才可能达成人与环境的和谐共生、和谐共荣(利奥波德称之为"土地道德"),未来的城市,也才能像"小无知"所见到的那样,不仅花团锦簇,连街道也以鲜花命名:风铃草大街、母菊林荫路、矢车菊街心花园……俄罗斯馆呈现了这样的意蕴,这里的一切,都与大自然息息相通,且极尽夸张,把对大自然的尊重、敬意、欣赏和赞美,当成目的。看到馆内那些自由自在渲染生命光华的事物,我不禁想起巴尔蒙特的诗句:"来到这个世上,为了看看太阳。"当一个人来到世上的目的竟是如此单纯,其灵魂将会获得多么通透的解放。我还想起普里什文翻阅"大自然的日历"时,那种与世间万物荣辱与共的谦卑与博大,想起托尔斯泰的"向精神呼吁"、素食主义和关于爱的阐释和信心。

他们,都是俄罗斯人。

表面上,俄罗斯馆跟我希望看到的相去甚远,其实有着本质上的联系。

但并非没有疑虑。

去之前,我对世博会的理解是有误的,至少是部分的误解。我以为世博会不是憧憬,而是回望。回望成就、智慧与美好,同时也回望伤痛,像法国馆的世界名画、丹麦馆的美人鱼和西班牙馆的《格尔尼卡》。或许,这种误解本身,代表了我的一种愿望,我觉得,我们憧憬得太多,回望得太少,我们被驱赶着，不停地往前走，很少有时间能够站下来，把自己透彻地审视一番，将其中好的部分放在一边，不好的部分放在一边，再想想办法，将不好的克服掉，让自己向高尚靠得更近些，让脚步走得更尊严些。这个世界，终究是被成人主宰的，以儿童的视角去憧憬，很难唤醒成人内在的自觉，成人们会居高临下地说：嗬，童话！然后走出馆厅，在炽烈的阳光下，挥汗如雨地去忙碌和追逐。

童话的虚幻和缥缈，也难以成为俄罗斯的可靠描述。若干年前，托尔斯泰坐在音乐厅里听《如歌的行板》，这是柴可夫斯基根据民歌《瓦莉亚》创作的，从大提琴流淌出的旋律，滞涩，凝重，仿佛一个走投无路的人在拍着胸脯。托尔斯泰哭了，说："我看见了俄罗斯经受苦难的、正在呻吟着的灵魂。"俄罗斯在经受苦难，而她的伟大作家为之哭泣，又让我们分明感觉到，俄罗斯的灵魂绝不只是在经受苦难，更重要的，是他们的知识分子看到苦难而受伤，正如别尔嘉耶夫所说，他们的作家进行创作，"不是由于令人喜悦的创造力的过剩，而是由于渴望拯救人民、人类和全世界，由于对不公正与人的奴隶地位的忧伤与痛苦"。这种宗教般的神圣感和可贵的文化精神，才是俄罗斯的魂。

它属于俄罗斯，也应该属于全世界。

仔细想想，我们把这种精神丢得太多了，也丢得太久了。

我们目前更需要的，不是对童话世界的浪漫憧憬，当然更不是对锦衣玉食的现实诉求，而是时不时地从"岗位"上回去，思考、检点和反省，尽量完整地"拥抱自己"。

我的 "只有表面" 的故乡

自从离开故乡，每年我都会回去一两次，开始是血缘的、自然的回归，从事写作后，许多时候就变得"有意"了。有意，并不意味着携带明确的目的。我没有目的。特别不是像有些朋友问候的那样："又回去搜集素材啦？"我反感搜集素材这种话，它把写作者当成了运货车，车与货物，是可以随时分离的，分离之后，车少去了载负之累，货免掉了颠簸之苦，彼此相宜；而能够形成作品的素材，不是这样的，它必须跟写作者一同生长，一同受挫，一同快乐和烦恼，他们是一体的。这样的素材，靠临时抱佛脚的搜集，不可能得来。那至多是一种储存，一种启发，一种照亮——这种作用，比素材本身更重要。如此也可表明，我"有意"回到故乡去，并非完全没有目的，否则就无法解释，为什么总是在写作遇到困难的时候，丝毫不过脑子，就急吼吼地收拾行李，坐上回乡的火车。坐上车心就定下来，就被故乡的气息缠裹。故乡并不单指我的出生地，而是延伸到我回乡的起点，哪怕相距万里。这时候我会发现，一切困难都是暂时的，它并不是绝路。故乡能让我站在世界之外，去除浮躁，趋于宁静——我宁静地观察到，在我的某个时间单元里，并存着无限宽阔的空间。角度由此确立。角度一变，路就通了，素材还是那些素材，写出的小说，却肯定是两个样子。

　　然而，我心目中的那个故乡，已经越来越脆弱了。变化之巨，令人瞠目结舌。它不是沧海桑田似的，而是转瞬之间，就面目全非。十年前，我老家发现了巴国古都，八年前，发现了储量居亚洲第二的天然气田，前者断断续续地发掘，后者热火朝天地开采，并因此拥入大量外来人员，包括几个大胡子的德国专家，河流两岸青山，竖起了白色井架，搬迁了许多人口。这些搬迁户，一部分是处于警戒线内，被迫搬迁，一部分是外出务工挣了钱，就抛弃祖居的老屋，去镇上买房子。政府鼓励这样，要地就批。城镇化似乎是大势所趋，不如此就显出落后相。本是小小的集镇，迅速膨胀，沿河建房，绵延数公里。因规划的彻底缺失，房屋都建得龇牙咧嘴，售价却不低。售价再高也得买，因为你买了，我没买，我的儿子就打光棍。镇上有房，是结老婆的首要条件。加之不问青红皂白地拆去村小，孩子入学，山再高，路再远，也非去镇上不可，大人只能跟去，照顾孩子的吃穿——远超负荷的镇中心校，根本无力提供食宿——这群人同样得买房，实在买不起，就租。房价高，菜价也高，菜价竟高过了省城！外来人和不断拥入的村民，共同铸就了镇子的繁荣。

　　当时我就想，这种繁荣，到底能存续多久？结果是没有多久，气田竣工，将管道穿越千山万水埋到上海等地，工人就撤走了，只留下零零星星的三五个，守在各井田附近，偶尔，才见他们穿着大红的工作服，来镇上走一趟。这可怎么好呢，歌舞厅有了，汗蒸堂有了，金银铺有了，野味馆有了……这些，本都是为他们准备的，怎么连声招呼也不打，说走就走了呢？从上街到下街，接二连三响起店铺关门声。昔日喧嚣的场镇，像断了脊梁的蛇，骤然沉寂的萧条，触目惊心。

住在镇上的村民，没事干，没钱花，白天就跑回老家，种田之余，挖兰草、捉蛇、捕锦鸡、套山羊。把一座山挖空了，蛇捉尽了，锦鸡和山羊，是刚刚恢复的山野生机，因为野味馆的存在，便遭灭顶之灾。他们甚至不放过林中的小鸟，也不放过田野的青蛙。开采队走了，不少店铺关了门，野味馆却一直生意兴隆，因为有那么多搬迁户，他们得了土地赔偿金，腰包鼓着，要过高品质生活了。更主要的在于，每个地方都有自己的上级，上级来人，不请到野味馆去，就显不出敬意。还有年终送礼，给领导送腌制的山羊腿，成为近两年的时尚。此起彼伏的屠戮声，加上遍布河中的采沙船，让人觉得，这里并不萧条，这里依旧繁荣。

我曾以匹夫之勇，特去县里，想找主要领导说说这种"繁荣"。但领导们都很忙，不是在外地开会，就是在本地开会，日程排得满满当当。我没见着。回成都后，我给县委书记写了封长信，那封信强烈的抒情色彩，让我想起来就汗颜，因此不打算在此引用。主要是说环境问题，特别提到锦鸡和山羊，还是保护物种，而我走了县城上游的三个镇，每个镇都有将它们蒸煮烹烤的野味馆，且食客不断。书记回了，还盖了大红公章。见到那枚公章，我就有了不祥的预感，就看出了表面严肃背后的真实虚假。果然，满口公文腔，大半句子，明显是秘书从文件上抄来的，结尾是"严肃查处"云云。下次回去，见野味馆的生意更加火爆。

支撑镇子繁荣的，当然不只野味馆的杀戮声和采沙船的昼夜轰鸣，还有遍街的麻将铺，奇怪的是还有六合彩，这东西我在成都也没见过，却在我老家公然销售。那些得了赔偿金的村民，祖祖辈辈没见过那么多钱，以为几十万块，是一万辈子也花不完的，又无任何机构为他们开过培训班，教他们如何创业，于是去赌。一赌就输。有个得了六十万赔偿金的男人，已在街上讨口大半年了。赌博滋生高利贷。到时还不出钱，债主就进行肉体折磨，让欠债人在齐腰深的水里，站一天半天，不许稍动；我听说，去年大雪封山的日子，某债主历经千辛万苦，将那还不出钱的家伙（债主的表弟）押至山顶，让他脱得精光，在雪地里跳舞。当然，不是折磨之后就免了债务，一分钱也不免，那是比国家法律严厉得多的民间法律。

这样一个故乡，与我精神上的联系日渐稀薄了。那些去天南地北务过工的故乡人，回家说话也不用方言，而用普通话，其间夹杂广东腔、福建腔、上海腔……比如刚从广东回来，无论说啥，每句话后面都必然要拖一个长长的"啦"字，在"啦"字前面，加一个"的"，变成"的啦——"。这让我觉得，故乡的语言也被颠覆。老实说，近两年来，每次回到家乡，屁股没坐热，就让我不适，让我拒绝，让我想一顿饭不吃，一口水不喝，立即跑掉。

可我为什么还是要一次一次地回去呢?

我一直在想这件事,但没想明白。这次我干脆回家待得长些,让自己从容地重新审视那些熟悉而又陌生的山川和人群。狄更斯的声音时时在耳朵边响起,美好的时代和糟糕的时代,绝不是泾渭分明的,往往融流于同一条大河。关键是发现。发现冲撞和搏击的力。我特别去了搬迁户安置点——那些搬迁户,小部分去了镇上,大部分安置到了距镇三公里外的一块平坝,修了一期、二期,规模仅次于县城。但那是一座空城,规范整齐的菜市场,无人卖菜,当然也无人买菜,统一的天蓝色门窗,基本上都关得严丝合缝,走了数条街道,走得直不起腰,拖不动腿,却很难找到一个说话的人。不过我终于看到人了,是三个老太婆和一个十一二岁的男孩,四人凑成一桌,正格外认真地打扑克。我没去搅扰他们惊心动魄的寂寞,离开了。我知道,这些人的儿女或父母,都去了远方。将山民集中安置在一个地方,没田可种,没地可挖,做生意么,只能内部消耗,他们感觉到,自己的那点赔偿金,还暂时经不起消耗,于是去外地务工。毕竟,不是所有人都像镇上的那个讨口子,把钱全在赌桌上输掉,绝大部分人,懂得生活的法则和人生的义务。我走到一期城边,看到两座新坟,便在那坟头前坐下了,内心寥廓而沉静。那群人,那群去了远方的人,终究是会回来的,这里埋着他们亲人的尸骨了。到时候,眼下的这座空城,会变得生龙活虎,成为一座真正意义上的城市。

他们的后代,也会有一个全新的故乡。

如此一想，我就开始怀疑自己：我以前对故乡的描述，是故乡的真实面貌吗？我发现，自己并没和故乡一同裂变和成长，我描述的，只不过是记忆中的故乡，而记忆和想象是很难分别开的，因此也可以说，我描述的是想象中的故乡。那个想象中的故乡曾经帮助过我，这是毫无疑问的，也是我心存感激的，但它在帮助我的同时，是否也成了对我的某种限制和束缚？如果我对故乡的现实悲欣置之不顾，又怎么能说自己热爱故乡？如果我还想继续写下去，就必须具备一种能力：在远方发现故乡，在故乡发现远方。时代的烙印，捡拾一枚，就能辨出是骡子是马，故乡再小，也五脏俱全。写作者的责任，是留下有气味和体温的历史，如果我的写作仅限于镜中花水中月，血缘的故乡也好，文学的故乡也好，都将与我远离。

这样看来，"只有表面"的，不是我的故乡，而是我自己。

所以，我应该重新上路。

别人的果子

邻居的院坝边，有棵杏树，高过房顶，躯干笔直，枝丫丛生。院坝底外七八米深处，是水田，每到农历六七月间，成熟的杏子脱离枝头，掉进田里，噔——，那声音美妙极了；我们这些割牛草的孩子，如果正从那田埂上过，刚好听到响声，神经就会绷直，踮着脚尖，目光越过稻梢，盯住扩展开来的波纹。等到四周没人，立即挽起裤腿，小心翼翼下田去，把被水埋葬的果子抠起来。果上粘着泥，在水里涮一涮就干净了；水田里堆积了许多牛粪为稻子提供营养，但在我们眼里，牛粪是不脏的。洗净的果子有紫色的斑点，带着奇异的重量，那种漂亮无法言说。轻轻一掰，它就成了两瓣，杏仁光光生生地窝在里面；塞进嘴里，甜酸味儿直透肺腑。

在我们坡脚，有户姓蒲的人家，他的院坝边也有棵杏树，院坝很窄，几乎只是一条路。要吃到蒲家的杏太难了，杏树底下是旱地，掉一个，就被守屋的老太婆捡一个，砸得稀烂也捡走。但我们照样有办法：几个人联手，先引出那条凶猛的狗，老太婆听到狗叫，必出门张望，还好心好意想为我们把狗撵开，但我们拿着棍棒或石子，故意逗出狗的斗性，边逗，边往屋后撤，狗紧逼过来，老太婆也跟到屋后，对狗骂骂咧咧的；这时候，另一拨人潜到院坝边，猴子一样攀上树，一抓一个地往荷包里塞。遗憾的是，这诡计只有两次得逞，后来被老太婆发现了，她不再骂狗，而是骂我们这群"狗东西"，她跟愤怒的狗站在一起，守卫着树。我们无可奈何，只好天天去蒲家屋后的青冈林，望着杏子由青变黄，由黄变紫。最后，老太婆的儿孙终于提着背篼，爬上树去，把果子一个不留地收回家，只剩下青色的杏叶，还有因无私奉献了自己的果实而显得又疲惫又坦然的枝条。

我快上小学的时候，队上分绿豆——我们生产队地域宽广，从半山一直延伸到河底，那回分绿豆就是在河底，我陪我哥去河底背分得的粮食，刚走进铺着青石板的院落，我就饿得不行。这院落三面是瓦房，另一面临河，却不能一眼就看到河面，因为一棵果实累累的杏树把视线挡住了。我轻声对哥说：我想吃杏。哥有些为难，但还是蹭到一个中年妇人身边，悄声说话。那妇人很慷慨，将脸一正：想吃就去摘嘛。哥感激地笑笑，上树去了。哥一上树，别的人也跟着上树，动作又快又狠。当时在场的至少二十多人，二十多人怀着攫取的心同时上树，其情形是可以想见的了，不仅摘光了果子，还撇断了好几根粗壮的枝丫。妇人心痛果子被一扫而光，更心痛被残害的树，可她又不好说什么，只讪讪地红着眼睛。我至今记得她那被河风割得相当粗糙的圆脸，至今记得她欲怒又不好怒的神情，至今还深感内疚。

这么饿杏，像从没见过那东西一样，其实我们自己家就有棵杏树。这棵树在我出生之前的好些年就开花结果了。它主干高不过两米，之后分出两个枝杈，呈马鞍形，因皮面粗糙，四五岁的孩子也能爬上去，骑在"马鞍"上寂寞地出神、望天，或者盯住屋后瘦弱的小路，盼大人快些从田地里回来。日久天长，"马鞍"被磨得光滑如镜。那分出的两枝，枝上生枝，南北伸展，婆婆娑娑，季节一到，开红花，结白果——果子硕大，银白如雪。但奇怪的是，我对自家杏树最深刻的记忆，只是20世纪70年代中期，川东北七十三天烈日炎炎，滴雨不下，稻不出谷，花不结籽，竟致万木枯焦，我们家那棵杏树没有死，却也在成熟之后第一次没有孕育，那年六月的一天，隔院一妇人来找我爸，说她山山岭岭跑遍，都打不到一朵猪草，她家的猪快饿死了，她能把我家的杏叶剔去喂猪吗？爸迟迟疑疑地答应了她，她把蔫不拉叽的杏叶剔尽，装了大半花篮。我就记得这个，至于果子的滋味儿，完全想不起来了。说它吃起来又面又甜，不是我自己的记忆，而是别人告诉我的；它不是我的感觉，是别人的感觉。

由这件事我想到，世间的果子，都是被别人吃掉的。

这条说不上真理的感悟，适用于许多领域。初听起来，仿佛令人沮丧，其实不必，我们孕育了果子，让别人吃掉，别人的果子又让我们吃掉，在这种相互喂养当中，沟通了血脉，建立了联系。从生物学的意义上讲，别人的果子也比自己的更有味道，更有营养，花盆需要翻土，人们需要学习，都是这个道理。作为一个小说作者，别人的人生会唤醒我内在的自觉，从而发现日常生活的新奇和价值。最近一些日子，我接连读了几部诗集，维吉尔、泰戈尔、昌耀以及《法国九人诗选》，感觉灵魂格外丰沛，说明一个小说作者不仅要读别人的人生和小说，还要读别人的诗歌，学习诗歌的节奏感和直达核心的能力，尤其要学习诗人至死不变的赤子之心和纯净情怀（赤子之心和纯净情怀，在小说作者那里越来越稀少）。同理，诗歌作者也可从叙事文学中寻求借鉴。我们这样吃下别人的果子，目的是让自己变得更好，更完善。

食和名的贪欲

所有的生物中，只有人才把"食"的本能扩展为欲望。成语中的"饕餮之徒"，是用传说中一种凶猛进食的野兽来比喻那些贪吃的人，其实动物吃的数量无论多么巨大，都是本能而非欲望。吃得太贪，不可能具有明达的思索。人的欲望通常此消彼长，同时具有多种强烈欲望的人是少见的，连举世闻名的恺撒也不能够，他有狂暴的野心，并享受着许多女人，可于吃食方面，却以节俭著称。之所以如此，是害怕人们怀疑他的德行。事实确乎如此，对饕餮者灵魂的清洁度，我们不可能抱太大奢望。

人类的贪吃，哪是数量所能涵盖的？为吃得有"品位"，人成了最残忍的物种。

纪晓岚在他的书里讲过一个"许方屠驴"的故事：有个叫许方的屠户，屠驴时，先挖个洞，洞上放块板，板上凿四孔，将驴蹄陷其中，并给驴套上嘴笼子，让它不能出声；有人买肉，以买肉多少和所需部位，先用滚烫的开水在驴身上淋，使毛脱肉熟，再将那块熟肉割下来。说只有这样，驴肉才脆美。驴"目光怒突，炯炯如两炬，惨不可视"，一两天过后，肉尽乃死。——这种做法，并非纪晓岚时代才有，前些日有人还在山东等地发现多起。

报载，某地"点杀"人工喂养的鳄鱼，先一棒将其在水池里敲昏，再拖到案板上，刳鳞去头，被剁掉头的鳄鱼并未立即死去，本能地用后爪勾住刀斧，向人类做最后的求情或者抗拒。

听朋友讲，南方有一种食物，叫"三吱肉"：刚出生的老鼠。去窝里捉时吱一声叫，放锅里烫时吱一声叫，送嘴里咬时又吱一声叫。

吃猴脑的故事大概许多人听说过：把活猴固定在器械里，在它天灵盖上扑地一刀，猴脑流溢而出；据说一旦有吃客前往，猴子就惊慌不安，被选中的猴，锐声哭叫，到客人面前打躬作揖，乞求赦免——它不知道，越是这样，吃客越觉得它聪明，越要用它的脑髓来补自己不发达的大脑，而且，吃客把它们的乞求，当成了不可多得的表演，以此激活强大的胃酸。

"生抠鹅肠"这道食品，不少城市都有，其制作工序是：在活鹅的屁股上旋一个洞，之后用脚在它肚腹用力一踩，肠子便从血洞里往外泄，再将肠子抠出，打整后或炒或烫。

著名的凯区纳博士，在他的《大厨圣经》里还记录了另一种吃法：

> 准备一只鹅或鸭，或其他活的家禽，拔光其羽毛，只留下颈处的毛，然后在其四周生火，不要让火太接近它，以免烟火呛到它，也避免火马上烧到它。但也不要让火离得太远，以免它逃走。在火圈中旋转小杯的水，并掺与盐与蜂蜜，再准备大盘子，上面装满浸渍的苹果，切成小块。鹅肉必须涂满油脂，再把火围在它四周，但不必太

急，因为当你开始烤的时候，鹅受热四处走动且飞起，却又被火网关在其中，使它降落下来喝水止渴纳凉，而苹果酱可令其排粪，清除肠胃。在烤的过程中，记着用一块湿海绵擦洗它的头与腹部，当你见到它因跑而晕眩，开始颠簸时，它的肚子缺乏水分，就算熟了，可以立刻上桌，在宾客面前切下任何一部分它都会大声叫喊。在它还没死前就已经被吃得差不多了。

初听这些故事，我为那些动物们流了泪，随着阅历的增加，我明白了，怜悯心是一点作用也不起的。凯区纳博士上面那段话的最后一句是："这真是一幅教人心旷神怡的景象！"你的眼泪有屁用，人家正心旷神怡！世界需要的是勇气而非失望，是健康与活力，而非病态的怜悯和颓唐的悲戚。对那些恶声恶气"点杀"动物的人们，我的鄙夷多于愤怒。我始终坚信，从最基本的"食"，可以考察人的品性。一个人在吃上要求越简单，意志往往越坚韧，灵魂往往越干净。我们总是不断暗示自己要增加营养，仿佛自己正干着经天纬地的事业，需摄取大量动植物的血肉才够消耗，其实并非如此。梭罗说："我认为一个人如果要简单地生活，只吃他自己收获的粮食，而且并不耕种得超过他的需要，也不餍足地交换奢侈的、更昂贵的物品，那么他只要耕种几平方杆的地（相当于中国的几分地）就够了。"上文提到过恺撒，作为古罗马杰出的统帅、政治家和作家，比普通人干的事业要大，可他吃饭不仅量少，且非常素朴，有一次，他下令鞭打他的面包师，原因是面包师送给他的是特制面包而非普通面包。毛泽东作为领袖和诗人，所干的事业，比一般人要大，可他最钟情的食物，却是红烧肉和辣椒。与此相反，有的人别无所能，唯在吃上挑三拣四，精益求精，这种人自以为高贵，其实是退化了。

人类也是自然的物种，是地球的一员而非一霸，因此，只要遵循自然法则，非常普通的一点食物，就不仅能让我们生存下来，还足够让我们干大事业。

我时常想，古希腊和古中国，可以说是最出泰山北斗似人物的地方。古希腊，只说出苏格拉底、柏拉图和亚里士多德，或者他们其中任何一位，就和历史本身有同样的重量。古中国，孔子、老子、庄子，无不集人类智慧之大成，著述虽短，却能吞吐宇宙。读世界多国著述，都可以看到对上述人物的吸收和阐发，他们的思想穿越时空，照耀人类。前些年，有人评出"世界十大杰出文化名人"，中国的孔子名列其中，希腊是谁，我没在意，但至少有一个甚至多个。

由于这一现象，我想到了同是文明古国的埃及。埃及从公元前305年起的托勒密统治时期，成为地中海东部重要的经济文化中心，在文字、历法、艺术、科学等诸多方面，对西亚和欧洲产生了巨大影响。他们的文字"埃及圣书字"，是人类最古老的文字之一；尼罗河沿岸的金字塔，迄今依然以"奇迹"呈世。可是，你听说过古埃及有诸如亚里士多德和孔子一般的人物吗？或许怪我孤陋寡闻，我是没听说过的，知道一个祭司曼涅托，撰过埃及史，可那又怎能与上述人物相提并论？整个古埃及的文明，就跟金字塔一样，在我心里成了一团谜。直到最近读一则掌故，我才解开了谜底：古埃及人擅酒，饮者喝到一定量的时候，店主必免费上一道菜：骷髅。他们把骷髅抬上桌，然后又抬下去，意在提醒食客不要太过放纵食欲。随着时间的推移，经济的发展，人多了，餐饮店多了，大概找不到那么多骷髅了，就向宾客展示死神画像（画像上也是一具骷髅），侍者举起画像，在桌边高喊："喝吧，吃吧，你们死后就是这副模样！"然后离开，再把这道"菜"端给另一桌。

多么光辉的智慧！只有真正的智者才能想出这种办法，也只有真正的智者才能平静地接受这道免费的菜。这就是说，埃及的智慧存在于民间，存在于那片干旱而神奇的土壤里。这比起几个伟人的出现，必将显示更加壮美的力量。读完那则掌故，我合上书，走到大街上去，观望各家酒楼。灯红酒绿之中，食客满头大汗，面红耳赤，劝酒声、喝彩声、划拳声，混合着被吃者临死前的惨叫声，使整条大街充满了凄凉的醉意。几天后，我向一个朋友讲述了古埃及人的掌故，并对他说：如果我某天突然发了横财，也开一家酒楼，也效仿埃及人试一试。朋友连声说：可以可以！不过，只要能保住你的狗头不被当场砸烂，第二天关门大吉就算运气的了。

再来说对名声的贪求。追逐名声，可以说是最能够得到宽容的，因为它被称为"智者最后的弱点"。大前提是人皆有弱点，而在弱点之前加上"智者"和"最后"，这弱点差不多就成优点了。遗憾的是，世间没有那么多智者，许多人追逐名声，不是智者最后的弱点，而是愚人最初的弱点。因一部《茶之书》而为世人熟知的日本人冈仓天心，把这问题说得更加本质，他认为，人们之所以热衷于推销自己，根子在奴隶社会，奴隶被赶到市场上去出售，为尽快找到买主，推销术是必不可少的。

作为一个希望凭知识和才华立世的人，没有什么比过分追求名声更损害心灵的了，它必然形成这样一种局面：关注外部世界胜过关注自己的内心，并往往依赖外界的评判，来左右自己的价值取向和行为准则。其虚荣的实质，让我们对别人评价过低，对自己评价过高。这种评价的失当，会使我们丧失基本的理智。人生就像一部交响乐，作为演奏者，必须把弦调到合适的音调，最高的音，在演奏时是用得最少的音。如果一律是尖厉的高音，谁受得了？连神也受不了。据说，古希腊叙拉古僭主大狄奥尼西奥斯对自己的诗歌评价过高，就受到了神的惩戒：让他在海上遭遇风暴，他的船被撞得四分五裂，幸而保命。这是一个相当极端的例子。

有人认为，大狄奥尼西奥斯太倒霉了，而在我看来，他却是幸运的，因为神提醒了他。许多自命不凡的人，却遇不上这样的好运。我有一个熟人作家，对他的写作，在别人看来，无非算是消遣，胜过把精力用去吃喝嫖赌罢了，而他自己却认为每个字都与伟大结缘。他的妻子和女儿也一唱一和，共同维护他的虚荣，如果看到朋友发表的文章或编写的电视剧，他先带头糟蹋一番，接着是他妻子，大叫道：别看了，恶心啊！再就是他女儿：哎呀老爸，你怎么交这么没品位的朋友！他就在这种非凡的自我感觉中沉醉并走向老朽，永远看不清别人，也看不清自己。有一次，他的一部小说出版，请人写评，评文开篇即是：××小说深受《悲惨世界》的影响，展示了壮阔深邃的历史画卷。文章在一份小报发表后，撰文者前去请赏，万万没料到会被骂得狗血淋头："我没受任何人的影响，我的小说是彻头彻尾的独创!"自此，二人断交。我的那位可怜的熟人，就抱着他的小说，到处给那些以吹捧别人混饭吃的家伙撒钱，结果，他本人花了不少钱，别人也卖了不少力，作品却很快被忘记了。

我们希望得到别人的赞扬，需要的往往是名声响而不是名声好，看重的往往是捧场者的人数而不是捧场者的才德。为了名声响亮，我们不得不腾出很大一部分心思，关注怎样做才能达到目的，并因此去迁就，去迎合，让自己深陷虚伪、俗气甚至卑鄙。这样的现象，在今天的时代，更是显而易见的了。遗憾的是，背德者抬高一个人和贬损一个人，都凭一时的兴致和利益的权衡，而不是根据其实际价值。因此，大凡有识之士，对此都持非常谨慎的态度，因为他们懂得，"要引诱妇女失贞，让他们同别的男人私通最合适、最寻常的办法，是用赞美的词句把她们说得心花怒放。"2002年诺贝尔文学奖得主伊姆雷·凯尔泰兹说，追逐名声，类同于老年男人的手淫；法国画家马尔凯对名声极端厌恶，当有人推举他做院士时，他几乎病倒了，他提出抗议，请求人们忘记他，他还抱歉地对世人说："请原谅我……我只会用画笔说话。"

北川一日

我去北川，距"5·12"地震已过去两个星期。

坐上友人陈国林的车，从西三环驶入成（都）绵（阳）高速路，我的心就提起来。不知道什么时候，就会看到七拱八翘墙倾楫摧的残败景象。但是，一直到过了绵阳，进入安县，入眼都是山清水秀，整体垮塌的房屋也非常少见。不像两天后的5月28日，我从都江堰穿友谊隧道进入阿坝地区，往汶川的漩口镇和震中映秀镇赶，微风一吹，也飞石粒粒，路上到处是被石头拦腰斩断乃至碾得粉碎的车辆，公路下面，是紫坪铺水库，水库对面的狮子山、白云顶，绵延数十公里的山体，被剥了皮，露出黄色的肌肤或雪白的骨头，那真个叫山河破碎。而在这里，天空湛蓝，公路右侧，野生的蔷薇花开得格外艳红，两只麻雀，为争一条虫子上下翻飞。这些花花草草和飞禽走兽，跟人类一起，经历了这场大灾难，也跟人类一样，已经开始了生活。远远近近的田野上，割下的油菜晾晒在阳光里，战士们在帮农人插秧；他们的军营，搭建在山下的野地，每天夜里睡觉，都听到沙沙的响声，开始以为是流水声，可次日清早起来一看，旁边的山变了样子，才知道那不是流水声，而是余震引起的山体滑坡。

到北川擂鼓镇边界，情况有了变化。

隐隐约约的，我闻到了死亡的气息。

警察在此设了关卡，除紧要的救灾物资和必需的救灾人员，别的人禁止入内。行前，我和陈国林也注意到这件事，因为媒体已广泛宣传，政府也多次发布公告，说唐家山堰塞湖已处于极度危险期，下游的十余万民众，已经着手转移，在去北川的路上，实行全面交通管制。陈国林是个体户，我也是个没有身份的人，自然弄不到什么可以穿越的铁证。陈国林提醒我，你不是有作协会员证吗，带上吧。想想也只能这样了。本以为这东西管不了事，谁知在紧要关头真还派上了用场，检查到我们的车辆时，陈国林把我的会员证递给警察看，我则拿出本子写写画画，不闻不问。警察把证件翻了翻，迟疑片刻，说："赶快出来，今天可能要炸堰塞湖。"然后朝里挥了挥手。

仅一界之隔，外面差不多是风平浪静，而在擂鼓镇里面，公路翻翘，大地开裂，房屋毁损，一块两层楼高的巨石，压在路边，给人心惊胆寒的森严感。途中关卡甚多，幸运的是一辆警车开到了我们前面，陈国林紧随其后，过卡时目不斜视，只管朝里开；为不露怯相，他戴上了墨镜。警察没再阻拦。

到曲山镇任家坪路口，全副武装的消毒员站成一排，凡从里面出来的车辆和行人，都从头到脚地喷射。消毒液气味浓得打脸。警车没往里走，向左一拐，从一面斜坡开到了一个土坝上。我们也跟着开进去。刚停下，警车又开走了。我们不管，决定先在这里看看。土坝的那一端，是成山的废墟。

我从斜坡下来，见一老人独坐房前，便走过去和他搭话。

来北川之前，我就给自己定下规矩：绝不问当地人家里的事，尽管那是我特别想问的，特别想知道的。跟老人说话，我尽量不触及地震的话题，而是谈些别的，问他的年纪、他的身体。老人却相当兴奋，站起身，说他今年八十八岁，从没见过这么大的地震，只听"吭"的一声，地面先像抖床单那样抖，然后又像筛筛子那样筛，对面的火盘山，石头土块像倒粮食那样往下倒！黑压压的烟尘把天都遮了，人被摔出丈多远，又被折回来。地震过去半个钟头，就从里面抬人出来了，大多已经死了，有的当场没死，过一会儿就死了；马路两边，密密麻麻地摆着死人。随后，老人有力地拍着身边的墙壁："我这幢两层楼房修起了二十多年，又没钢筋，就下面一个圈梁，上面一个圈梁，地震的时候甩圆了，可只裂了两条缝！哪像……"

他朝我们停车的方向指了指。

那里，堆积如山的废墟，就是北川中学。

没有了校牌，只在校门右侧，有个门卫值勤室，左侧一方不起眼的蓝色匾额上，写着"四川省北川中学警校共建工作站"；校门上方，用簇新的红布拉着长条横幅："热烈欢迎各级领导莅临我校指导工作。"想必，地震发生前，这里召开过什么会议，举办过什么活动。

我们停车的土坝即是北川中学的操场。两个陈旧的篮球架完好无损，背靠背地站立着，昔日，事实上也就是半个月前，有一群孩子，曾在这里蹦蹦跳跳，而今，那群孩子去了何方？

操场外的水泥地面上，有间简易帐篷，帐篷外活跃着从沈阳来的消毒员和医务员，别的人很难见到，更见不到一个孩子。操场中央一棵榕树上，大约十余米高处，绿叶丛中藏着一只高音喇叭，喇叭的外壳，已经生锈，证明挂上去有些年头了。它本是用来传递声音的，可现在什么声音也没有。消毒员躬着腰，默默地往并排着的塑料桶里加药水。天地寂静。那只悬在高处被人遗忘了的银灰色喇叭，大张着嘴，像在惊讶。

没有人不感到惊讶，短短十几秒钟，一幢楼就碎成一地瓦砾，碎得那样彻底，连框架也不复存在；它隔壁的五层教学楼，瞬息间被大地吃掉了两层。废墟。只有废墟。

早上五点过，我们在清晨的微光中上路时，远处的天边乱云堆积，似要下雨，这时候云开雾散，近乎毒辣的日头，从两山之间照射下来，使废墟发出刺目的光芒。

发放救灾物资的时间到了。救灾物资囤积在消毒房背后。从东边过来几个当地人，背着背篓，去领矿泉水、饼干和大米。他们从废墟中间走过，我以为那里是路，也走上去，结果发现不是路，而是废墟的一部分。上面布满了交错的脚印。一个四十来岁的妇人从我身边擦过时，说了句："我女子就死在这里的。"我转过身看，她已经走远。她回来的时候，又说："我女子死在这个位置。"她指了一下，摇了摇头，像在说别人的事情，脸上是枯萎的悲伤。当她第三次从我旁边经过，再一次说："我女子……我女子好哦。"身后跟着她丈夫，那光着上身的男人瞄我一眼，从裤兜里摸出手机，递给我看；手机盖面上，是他们女儿的照片。一个长着瓜子脸的漂亮女子。男人说，他们的女儿叫欧阳凤娟，不满十五岁，身高就超过一米六六，写得一手好字。压在废墟底下，女儿还在唱歌。她是第四天才被掏出来的，他把她抱起，开始身上雪白，见了光立即变乌，嘴里吐出一口水，死了。其实女儿早就死了，但欠着见亲人一面，要等到见了亲人，她的魂才会走，吐出的那口水，叫"欠亲水"。

不远处，不知是谁放了束金黄色菊花，太阳底下，菊花已失去水分，孤独而凄楚。

花束旁边，是一个淡红色书包，还有只白色旅游鞋。

这个丢了书包的孩子，还活着吗？那另一只与之配对的鞋子，又去了哪里？

我蹲下身，察看散落在废墟上的书本。里面还有众多遗体未能挖出，空气里散发出热烘烘的尸臭味。不知是前几天下雨的缘故，还是因为随时喷洒消毒液，书本都是湿漉漉的，我将它们翻开，让太阳晒。一本《中国历史》上，划了许多蓝色杆杆，显然是老师指出的知识点。一本语文书上，有《背影》《大堰河，我的保姆》等课文，这些课文，是我念书时读过的，也是我十多年前教书时教过的，此刻，我很想站在这里，给那些失去了生命的孩子，认认真真地讲解这些饱含至善情感的美丽诗文。

在北川，当地人互相问候，最通常的话是："你家里出脱了多少人？"

整个家庭都安然无恙的，极其少见。

从北川中学出来，我们去几公里外的县城。离县城两公里处，施行了特别管制，武警和解放军联合执勤。我下车跟拿着对讲机的警官交涉，表示我们不开车，步行进城。他直摇头，说任何人也不能进，还把对面的几个人指给我看，说他们是中央台记者，同样进不了。"虽然严格消毒，但谁也保证不了绝对安全；还有唐家山堰塞湖，尽管正在想办法疏导，可万一疏导不及呢？"头顶上，俄罗斯来的直升机吊着几十吨重的大型挖掘机，飞往唐家山，一趟接一趟，自我们进入北川，就没停过。我给警官散了支烟，准备上车回转。这时，一个满面愁苦的女人，提着包袱，高着嗓门对警官说："我娘家在唐家山大水湾村，家里出脱了十六个人，我要进去看看！"警官说，你进去啥也看不见，那边山垮了，大水湾村全被埋了。女人带着压抑不住的哭腔，说她晓得，她就是想进去望一眼她的娘家。警官说，再等些日子吧，这些天不行，这是为你的安全着想。女人不依，说她刚去杭州打工，这边就地震了，马上赶回来，天天往这边跑，天天被警察拦。警官耐心解释，我也帮警官劝说。

妇人好不容易平静下来，告诉我们，她叫刘明兰，二十年前嫁到了安县，这次地震，让她父母和父母的兄弟姐妹，都死了。他们大水湾村一组，只有一家人存活，那家人住在半山腰，山坐下去，又从那边冒起来，半山腰的那一家六口，竟躺在新冒起来的山顶上，毫发无损。目前，六口人安置在绵阳九洲体育馆。

陈国林说，既然你家在安县，我们回去的时候把你带走。刘明兰很感激，可上了车，返回到北川中学附近，她还不死心，说她是本地人，知道有小路可绕到县城。为满足她的心愿，也满足我们自己的心愿，陈国林把车又停到北川中学的土坝上，三人顶着烈日，从背后徒步翻过豆荚遍地的任家坪、矮树和杂草丛生的西山坡，到了席家沟。从席家沟越过沈家堡，就能下到县城里去。可席家沟的梁嘴上，有两个值勤的警察。我们还在老远的坡地上，警察就大声喊话，叫别下去。我说我们送当地农民去看她老家，边说边加快脚步。一个体胖的警察迎过来，我们下到沟底，他把我们截住，问怎么不听。刘明兰说，她家里出脱了十六口人。从我们见到她，直到把她送回安县，她都不停地在诉说这件事，报了总数，然后就挨个数，姨娘家几个、二叔家几个、大姑家几个……警察闻言，没再说啥，带着我们往梁嘴上走。

走到梁嘴就是极限，我们再不能往前。

不过这里能够清晰地俯视残破不堪的新县城了。

——已经没有老县城，老县城被垮塌的大山完全掩埋。

站在梁畔，我调整焦距，拍下了几张县城的照片。以前，我没来过北川，它在我心里没有历史，现在我来了，看到的却只有历史。

离开席家沟时，我问两个警察的名字，胖的叫周文龙，瘦的叫林小龙，都是北川县城的交警。周文龙说："我们都是龙，能飞，压不死。"地震那天，周文龙在开会，林小龙在马路上值勤。林小龙说，那时候他变成了篮球，被无形的手在地上拍，耳孔里钻进的灰尘，结成一块，几天都掏不出来，好在他和家里人都没死，周文龙却死了六个亲人。刘明兰一听，想起自己的亲人，悲从中来，热泪长淌。周文龙的眼里也是泪花烁烁，但他没让泪水流出眼眶，还劝刘明兰节哀，说这是天灾，伤心也没用，等事情过去后，去亲人被埋的大坑旁，烧几沓纸，敬几炷香，然后好好活，认真活！他舌头有点大，说话语速较慢，字字坚定。

刘明兰显然受了感染，我们带她回到安县，请她及另外两个半途坐到我们车上来的受灾百姓吃饭时，她能够喝下一碗粥了。此前连续三天，她啥也吃不下。

半途坐到我们车上来的两个人，一人死了丈夫，一人死了父亲和儿子，都是从废墟里扒出来不上一个钟头，就死在他们的怀里；而今，他们被安置在绵阳九洲体育馆。

灾情发生后，九洲体育馆一度安置了三万多灾民。现已没那么多，剩下的，大多来自北川。由于疲惫、悲痛和对未来的忧愁，成人大多茫然地躺着，孩子们却不。一个五六岁的男孩，煞有介事地拿着一张报纸看，他看的是张图片：一只牧羊犬，端端正正地坐着，伸出前爪，让它身边的男孩跟它握手。面前的这个小男孩，是否曾经也拥有一只牧羊犬？大概是，他叽叽咕咕地跟图片上的牧羊犬说话，还去扯它耳朵，搔它痒痒，始终天真地微笑着。几米外的一个女孩，抱着玩具娃娃摇来摇去。另两个稍大的女孩，在馆外的太空漫步机上荡秋千。

敲钟人

我没能看到他怎样老去。我见到他的时候他已经很老了。他的家在学校食堂旁边，双扇门总是敞开着的，我们在土坝上排队打饭，他家里的景象就能一览无余：门槛足有两尺高，傍影壁放一张红漆斑驳的八仙桌，他扶着拐杖，坐在桌边的木凳上，不错眼珠地盯住外面。他的眼珠深陷在眉骨底下，却聚着阴气和锐利，像能看穿人的骨头。学生们都不喜欢他，不知道他是否年轻过，年轻时是干什么活的，甚至也不知道他姓什么，只知道他是梁师傅的丈夫。梁师傅名叫梁明英，是这一带少见的高壮女人，身上什么都大，脸盘子也大，但长得并不难看。梁师傅才四十多岁。

别人不知道的事我知道一些，因为我们村以前有人到这里读过书。这所学校，普光中学，别看它孤零零地坐落在三面环水的半岛，却是有百年校史的县立重点中学，能考进这里的学子，被当然地视为必有出息。我们村的那个人，中学毕业后回去就当了会计。他已经当了二十年会计了。他说他在普光中学的几年，最忘不了的人不是老师，而是黄师傅。黄师傅是学校的工友，专司敲钟。普光中学呈方长形摆在大片农田之间，教学楼东边是操场，操场东边是洋槐夹道的碎石子路，碎石子路有百多米长，两边是男、女生宿舍，尽头是食堂；那口大铁钟，挂在傍操场的洋槐树上。黄师傅是个没有声音的人：几乎没听见他说过话，走路也悄无声息。他只把声音留给那口钟。上课、下课、就寝、起床、集合……都听黄师傅敲钟。他迈着均匀的步子走近洋槐树，从宽大的袖筒里取出铁槌，深深吸一口气，就一槌击打出去。每次都这样，每次都分秒不差！相对于敲钟人而言，钟挂得高了些，黄师傅提起脚跟，头微微仰着，眼里含笑。他像是被自己敲出的声音迷住了。

黄师傅就是梁明英的丈夫。我那同乡说，他中学毕业那年，黄师傅娶了梁明英。那时候黄师傅已经五十多岁，梁明英才二十出头，她愿意嫁给他，是因为她是农村姑娘，要找个"工作同志"，确保一生一世的饭碗。两人结婚不满一个星期，学校就安排梁明英进食堂做了师傅。

这么说来，我那同乡毕业不久，黄师傅就退了休（他退得很及时，要不然，学校装自动电铃后，就没有他的事了），难怪我去普光中学的时候，他老成了那副模样。我自然从没听他说过话，也从没见他迈出过门槛。他给我的全部记忆，就是坐在八仙桌旁，不错眼珠地盯住外面。

——只有高老师进去的时候，他的眼珠才会动一下。

高老师是总务室的，我们去保管室交了米，便去他那里领饭票；菜票也在他那里买。他个子不高，却有着中年人的壮实，春夏秋冬，都是满脸的胡茬子。在我的印象中，除了高老师，别的教职员工没有人进过黄师傅的家。高老师的家人在半岛之外的城里，他跟我们一样，每顿饭都去食堂买，他那口碗是白瓷的，大得像个洗脸盆。盛了满满一碗饭菜，他不回自己寝室去吃，而是进黄师傅的家。他把那个家进得自自然然，当着众人的面，右脚一跨，再左脚一跨，就进去了，然后将碗往桌上一放，坐在条凳上吃。他跟黄师傅没有过半句话的交谈，黄师傅也只是在他进屋的瞬间，才把眼珠动一下；他像受到惊吓的样子，很不高兴地睖高老师一眼，随后又恢复原状。

过后不久，我们就听到消息，说高老师跟梁明英有一腿儿。那时候还不兴说"有一腿儿"这个词，而是直截了当地说他们有男女关系。学生们议论这些事，既兴致勃勃又相当抽象。但某个周末，高老师的妻子来学校闹了一场，闹得很厉害，大声武气地吵，还把高老师那个像洗脸盆的白瓷碗也摔碎了。

就在那当天，我去食堂打饭，特地注意了黄师傅的眼神。他还是那种眼神。

根据我同乡的描述，黄师傅的眼神应该是柔和的，什么时候变成了这样？

他仿佛在提防着每一个人，但对真正伤害了自己的人，却最多只能不高兴地睖上一眼了……

我读到初二快进初三的那个春天，黄师傅死了。他死在自己家里，停放在学校礼堂。他婴儿般瘦小的身体上，没盖白布，而是盖着一块红布。昏黄的灯光下，红布的一角被风轻轻掀起，露出黄师傅穿着皂鞋的脚。同学们都很害怕，夜里把尿包憋坏，也不敢起来上厕所。我们上厕所，要从礼堂外过。

随后的整整一个月时间里，梁明英眼睛红肿，手臂上缠着黑纱。对丈夫的死，她很伤心。

从普光中学毕业这么多年，我时不时会想起黄师傅。我曾在一篇小说里写到过一个敲钟人，只写了几句，说他敲出的钟声，带着暖暖的香气，在整座半岛上弥漫；说那钟声是从土地里生长起来的，先于花朵，先于果实，带着彻底的忠诚和坚定。我写这些话的时候，心里想的就是黄师傅。其实这只不过是浪漫的抒情，普光中学早就搬进了城，半岛上的那个长方形，青蒿掩膝，破败不堪。

今年七月，我回了一趟母校（确切地说，是回了一趟母校的废墟），在傍操场那棵洋槐树的一根粗大的枝条上，竟发现了一个深可没指的凹痕。那是曾经挂铁钟的地方。那是黄师傅改变过的世界。

怜　惜

　　普光镇娶亲，新郎要往新娘家抬些东西去，称"抬货"。抬货的多少，据家底而定，但这几样是必备的：活鸡、活鸭、猪蹄、给新娘父母的衣物，还有走拢即放的鞭炮。清早，雾气很浓，两个女人拎着鸡鸭走过来，鸡红冠黑身，鸭子雪白。鸡显得比较从容，像是习惯了自己的使命，鸭却惊惶失措，不停地扭着脖子。我没看见是怎样把鸡鸭装上抬货的。我承认，我是不忍心看。

　　第二天晌午，我出门散步。走到老街，见二十多年前是戏园的石坝里，又放着五六架抬货，是有人要嫁女了。迎亲的人已到，鞭炮已经燃放，地上铺满红纸屑，空气中弥漫着硬度十足的硝烟味儿，那个着一袭婚纱的新娘，喜盈盈地站在门边，被几个伴娘围住，是准备出发的样子。这一次，我看到了倒挂在抬杆一端未及卸下来的鸭，抬杆很低，鸭嘴触地，因做厨泼水的缘故，地上湿淋淋的，鸭眼闭着，肚子一鼓一瘪。我快步走过去，可又禁不住转过头看它。这时候，它的眼睛睁开了，乌溜溜的。它好像知道我在看它。我对它说：鸭啊，坝子里围了这许多人，但没有人注意你，更没有人心疼你，在他们眼里，你不是一条命，而是工具，是食物；我祝那个脸冻得通红的新娘一生幸福，可是鸭啊，我该送给你什么样的祝福！

走到老街尽头，我看见一只土狗，被铁链套住，忧郁地坐在倒扣的铁皮船上，细瘦的前腿，支撑住它苍灰色的身体。不远处就是河，河风虽没怎么吹，可总有吹的时候，它不冷吗？在它身边，有几个人在烧电焊、割钢条，它也跟我一样，害怕那刺目的火花和锐利的噪音吗？沿土路上行，一只似乌鸦却比乌鸦小的黑鸟，用飞行的方向提示我向后看，我看到了很不起眼的"巴人街"的木牌；木牌旁边，是一座无人居住的小房，房子西侧是田野，生长着油菜。我站了一会儿，继续上行，到公路上，就是新街的尾子。我又看见一只狗，被拴在傍崖的小树上，也是那么忧郁地坐着，一动不动的，天这么寒冷，给它的活动空间又是那样狭小……

昨夜里，我们还围着电烤炉谈到狗。

姐夫的堂妹说她养过一只狗，有亲戚来，从未谋面它也不发出吠声，亲戚走，它要送下河（那是将近十里的山路），目送渡船划到对岸，它再回转；她的孩子每个周末从学校回来，它都按时跑到山弯去接。有次，她家一只兔子不见了，过两天见狗在角落里把兔子往外拖，她以为是狗咬死了兔子，一棒打在它背上，狗惨叫一声，飞奔而去，天黑也不回来。她女儿说，狗肯定没咬兔子，是它发现了死兔子，想把兔子拖出来交给人。她一想是这道理，因为狗从没咬过兔子，就到处找，大声唤，全家人都唤，但狗不见踪影。当呼唤声停下来，它却在山里汪的一声，是放信，说它在，只是害怕而且委屈，不敢也不愿回来。它一夜也没回来。次日清早，她刚把后门打开，狗一下扑进来，后腿直立，前腿抱住她，头在她身上蹭。后来，打狗队来了（若干年前，内蒙古有打狼队，现在又有遍及全国乡村的打狗队），它认得那是打狗队的，跑进山躲藏起来，两三天不归，直到打狗队离开。再后来，她和丈夫外出务工去了，狗交给爸妈，爸妈将狗关进屋里，让打狗队收了它的命。

我又给他们讲了一条狗，是有次开会，听别人说的。说他家养过一条黑狗，后来房子拆迁，狗离不了故土，坚决不走，便每天十里八里地给它送饭去，可总不能一直这样，就用铁链将它套了，拉到新住处拴着。它不知哪来那么大的力气，挣断铁链，跑回已成废墟的旧居。它在那里坐了两天，就走向高处，让脖子上的铁链搭在树枝上，把自己吊死了。

关于狗的故事，随便一个，都会让我们泪流满面。

出了新街，继续向西，听到羊叫。抬头一望，羊立于山坡，绳子的末端系在倾斜的电线上。是一只黑山羊，个头不算大，但骨节很大，看来是只公羊。走到弯口，有条路通向河沿，路上有散失的煤块，证明这里是码头，上行至黄金镇，下行至清溪镇和宣汉县城，都从这水上过。水里草叶濛濛，是跟岸边一样的茅草；茅草不当在水里生长，却也不嫌弃生活的不便，欢欢喜喜地青秀着，给萧条的冬景增添了生机。返回时，我又听到那只羊叫。我望着它，它也望着我。这时候，我们的心是相通的。我跟它是兄弟。

可是羊啊，我是人，你是羊，你怎么能跟我比！你生来就是上帝的牺牲品，你这草地上柔弱的性命，波涛滚滚地从我的生命中流过……

在这个世界上，不少人嘲笑心软，包括诗人、作家和艺术家，说这是道德的洁癖。而我的确是有洁癖的，连生活习惯在内。我出门散步，哪怕手一直揣在怀里，回家来也要洗。前些天看报，说英国科学家的研究表明，经常洗手的人，会丧失判断力，法官在判案前洗过手，也会对犯人从轻发落。这则新闻是想表明，因为心软而生的道德洁癖，不仅是一种病，还会丧失公正。

对此，我有什么话好说呢。许多时候，我几乎要认可他们的观点。我实在希望从湿重的心理负荷中解脱。然而我还是想问：什么是世界的公正？灭狗以防伤人，是对人的公正，可在这背后，是狗们悲凉的眼神；拿熊胆治病，是对病人的公正，可在这背后，是黑熊惨绝的哀嚎……因此面对世间万物，我依然要心软，要怜惜。生命本就是叫人怜惜的。黑塞说，人的一生很短暂，但人们却在比拼着丑化生命，让生命变得残忍和复杂。生命应该柔软，应该简单，唯此才可能走向尊严和完整。

马在路上

当我知道了自己的生肖，很是后怕，心想，要是母亲晚生我十余天，我就不属马了。我实在是喜欢马。这几乎说不出理由，我的故乡在山区，过去不养马，我第一次在电影里看到马，还以为是变了样子的牛。直到上了小学，见课本上的图说，才知道它的名字。亲近感不是猛然产生，而是倏然间化出来的，我觉得自己跟马互为实体，又互为影子，按布洛茨基的说法，我和我心目中的马，互为底片。"它来到我们中间寻找骑手"，这是布洛茨基《黑马》中的最后一句，马寻找和辨认的，不是骑手，是它自己——自己的气质、想象、精神和命运。

世间如果没有马，我觉得许多词语就不会产生，比如辽阔。辽阔是马赋予的。它以它的奔腾，赋予草原的辽阔，大地的辽阔，我们的目力被它引领，撞开一道道他设和自设的栅栏，从平原和岗岭上越过，指向远方，直达天际。无论白马黑马、红马花马，都能让人方便地联想到天空中自由不羁的云，进而联想到九天之外的所有星群。再比如速度。速度也是马赋予的，寂寞的古驿道上，一匹马疾驰而过，得得蹄声敲醒荒山野岭，男性的汗味唤醒沉睡的激情，孕育饱满的生命。它的起点和到达，联结着游子和母亲、相思和相思、需要和需要。它知道燃情似火，军情如山，因此，疾，或者说快，便成为它的另一个名字，也铸就了它的使命。它是懂得把激情化为使命的灵物。如果世间没有马，贵为贵妃，也吃不成荔枝。还比如奉献，在胜利的欢呼声里，骑手别上了军功章，而飞踏战火的马，却兀立一旁，静静地去回忆某个非凡的时刻，去舔舐自己新鲜的伤口；至于骑手们要在马头上佩戴一朵大红花，那是骑手的事，马并不索求。如果世间没有马，许多的孤独将得不到抚慰，许多的终点将不能抵达，人类的夜晚和冬季，也必将更加漫长。马，温暖、照亮和成就了悠远的历史。

马是美的，它的安静、忧伤和驰骋，都美得让我怦然心动。它的嘶鸣发自生命内部，因而连血带骨，震颤灵魂。三年前，我在若尔盖草原见到一匹马，它雕塑般站立于鲜花丛中，宏大的晚霞从天而降，把大地变成另一片天空，那匹白马，迎接着潮头般奔涌的血色霞光，突然后腿直立，仰天长鸣。那是对天地的诉说，它的诉说感动我，也穿透我。

生为马人，其实是有压力的。我生怕辜负了马的属性和德行。十余年来，我从事写作，便始终愿意称自己是写作者而非作家，之所以如此，不仅因为写作者给人行动着的感觉，作家却给人功成名就的印象，更因为，作家在我心里有着崇高的地位，我不配享有；再说作家不是社会身份，而是精神身份，精神身份是不便拿出来说的。我出生的时候，正值隆冬，大雪漫野，百草枯黄，这似乎预示了我的一部分命运，同时也考验我直面艰困的决心和意志。书上说，按生期推算，我属行路马，这是我喜欢的——或许是驽马，但我一直在路上。

高原白马

七月的海螺沟，万山葱绿，白水奔流，即使无雨，也是"空翠湿人衣"，何况雨淅淅沥沥，从早到晚地下，太阳偶尔出来，把山亮得轰隆一声，匕首般切割出谷地墨绿的阴影，随即退场，将这一方天地，重又还给细雨。清早，从与磨西镇一河之隔的贡布卡乡村酒店出发，迤逦上山，过了红石滩，再到情海露营地。极目眺望，山如半开的扇面，高与天齐，扇面上林木森森，藤萝交错，岚烟横逸；那岚烟白得只能用白来形容，稠稠的，能用刀割下来，也能用瓢舀起来，舀一瓢送到嘴边，吃进肚里，就能养活人世。这山里的神仙，该是吃岚烟为生吧？但当地人说不是，神仙吃树上的"面条"。沿路的松柏和杂木，枝条上密密实实挂着条状物，就是他们说的面条，其实样子和颜色，倒更像粉条。要长出这东西，空气质量需有绝对要求。神并不遥远，干净即神。当地人告诉我们，人若食之，可舒肝利胆，养气蓄精。由此看来，"面条"并非神的食物，而是神对"干净"的揭示。

海拔扶摇直上，未到情海，已近3500米，但翠色不减，雨势更盛。石板铺成的便道右侧，是一面斜坡，坡上黄花点点。正是在这里，我见到了那匹白马。

马共有四匹，另三匹一棕、一黑加一匹黑马驹，它们在坡顶悠闲地吃草，唯这匹白马，独自来到路旁，面对七八个游人。旅游区的狗也对四方来客麻木，马何至于如此好奇？它的个头大于马驹，小于成年马，前蹄分开，后蹄并拢，在草地上静穆地站立着，比身体更白的鬃毛，披于前额，遮住眉檐，黑葡萄似的眼睛微微低垂，有着少女般不能言说的心事，像是刷过的睫毛上，似有若无地滴着雨珠。人人都朝它按快门，用相机或手机，它无动于衷，只沉浸在自己的忧郁里。可是人怎么可能去理会一匹马的忧郁？一人进入草地，要去抚摸它的头，它却并不领情，喷着响鼻，将头扬开，且灵巧地转过身来，以屁股相对。幸亏那人是行家，知道它转过身的目的，是要踢他，于是跟它拉开了距离。尽管它并没有踢，连踢的意思也未显露半分，却不依不饶，朝那人步步紧逼。那人扬着手，慢慢后退。直到他退出草地，马又才安静下来：如先前一样，前蹄分开，后蹄并拢，静穆地站立着。

雨越下越大，眼帘挂着瀑布，衣服从外到里地湿。下这么大的雨，竟听不到雨声，雨落在人身上，落在马背上，落在树叶和草棵上，都无声无息。天宇间铺天盖野的静，淹没了所有的嘈杂。而人是不能没有嘈杂的，人没有嘈杂，几乎就等于没有生活。像这般静如往古之地，到底不宜久居，于是，三两人继续前行，更多的选择下山，总之是离开了那片狭窄的草地。这时候，我看见，那匹马，那匹忧郁而静穆的白马，完全变了模样，兴奋地抖抖身子，甩动独辫似的长尾，昂首向坡顶驰去，跟它的同伴汇合……

"那时候，马和野马已经分开"，这句《旧约》般简古的言辞，把与马有关的人类活动，清晰地立定了边界。我一直以为野马跟人没有关系，几年前去黄河长江分水岭的红原草原，碰到一个名叫色儿青的藏族女子，才从她的描述中知道，自从马成为人类生活的一部分，世间就没有真正的野马了。色儿青说，牧民将马放之草场，一年半载甚至三年五载也不收回，马在日光和星光底下，自由放牧，谈情说爱，生儿育女，浴风驰骋。马的驰骋延伸着草原的辽阔。那时候，它们就叫野马，野马是站着的草原，也是可以奔跑的草原。到某一天，有个骑马的汉子来到野马群中，他的手里举着套马杆，他要把相中的一匹野马，变成马。那是草原上的英雄仪式，汉子与野马的合体，书写着速度与文明。

那么这匹马呢？我是说，海螺沟的这匹白马呢？很显然，它和它的三个同伴，还属于野马，它们与人类文明没有关系，与不远处仓央嘉措的情诗碑林，与深藏于针叶林中被称作"情海"的海子，也没有关系。白马独自对人，不是对人的好奇，而是要保护它们的草场。实在的，相对于野马而言，那片草场太过狭小了，下面更平整更宽广的地界，成了"情海露营地"，给了人，它们生活的地方，如刀身的两面，刃立高原，白马和它的家族，在刀脊上游走，所谓驰骋，几乎是说不上的。而这片"刀身"，不仅养着马，还养着两头牦牛和一群山羊，生存成了唯一需要，难怪一只山羊要后腿直立，前腿搭在灌木枝上，冒着摔下山崖的危险，抓过树叶来吃，也难怪那匹美丽而忧郁的白马，要把人从草地上赶出去。

我一直对野物深怀敬意，尤其是高原上的野物，它们的满身筋骨，都蕴含着推山填海的力量美。我崇敬它们，除了这种力量美，还因为，它们可以愤怒，不会忧郁，可以站立，不会无处可去。

一匹无法驰骋的野马。

一匹心事重重的野马。

一匹不得不亲自保护草场的野马。

——是对野马的矮化。

从你开始， 从你结束

毕业十一年，我辞职。那时候我在故乡达州市的一家报社。我未来的路，打算用一台电脑去走。电脑是我最重要的家当，也是我当时最值钱的家当。我想潜到人群的深渊里去，在电脑上写字，写我对精神困境的侦察和思考。十一年来，我当过四年教师，七年记者，正常的工作之外，光阴虚度，而现在，此刻——2000 年 8 月的某一天中午，我明显听到胸腔里有低吼之声；这不是比喻，是真正听到。那个声音对我说：你已经不年轻了，再这么混下去，你就老了。老是所有人的归宿，倒也不值得悲伤，更不值得畏惧，但那个声音是有所指的，它要我立即动手，专事写作。如果"生涯"这个词可以具象化，我要把自己三十三岁以后的人生，奉献给写作，或者说"写作生涯"。我觉得自己必须如此。

这种憧憬是早就有的，读高中时，我们班有多人订文学刊物，交换着看，有一阵我十分入迷，差一点就忘记考大学这件事了。好在考上了大学，读了倾心向往的中文系，且有幸碰到一批识见高迈的老师和志向趋同的学友，虚幻的憧憬便找到土壤，可以埋下去，生根。大二大三两年，每到黄昏，校园里响起《春江花月夜》的古筝曲，我们几人便提着水壶，手头宽裕时还买瓶白酒，买点卤肉和鱼皮花生，去中心花园的草坪上坐了，边喝，边谈文学，还把自己写的文字，借高悬的路灯大声念，念过后听朋友的点评，有一说一，有二说二，大刀阔斧，不留情面的。我们班还办了油印刊物，叫《泥土》，学校也有油印刊物，叫《嘉陵潮》，我主持过，但我缺乏公共事务的热忱，之前各届主编，都办得相当好，到我这里就不好了。不过气氛一直在。那本就是个单纯的时代，理想可以照亮一切，文学的理想更是；我们老说文学要反映现实，其实文学的本质是去现实化，文学的光荣使命，是创造另一种现实。有些人一旦被"另一种现实"召唤，就像被下了蛊药，不能自解；有些人能够，生活的圆润或粗粝，会帮助他们金蝉脱壳，在日复一日的光阴里去经营自己的山河岁月。

自毕业以后，我似乎过得很忙，尤其是在报社的几年。忙的意思是迷恋喧嚣，不观照自己：对自己既不感兴趣，更不擦拭和清洗。2000年8月的那天中午，我独自坐在办公室抽烟，突然看到那个自己了，他端坐在我的对面，瞅着我，目光里带着陈旧的哀怨；再仔细看不是哀怨，而是一片打蔫的花瓣，在它眼里，风晨雨夕，都是别人的事情，它只是没有选择地蔫下去，只是平心静气地陈述着坚硬的事实。我从对面的自己，看到了我的"事实"：草木委顿，日渐荒凉。用上恐惧这个词是不过分的，我被恐惧震慑住。稍稍定心，便捉笔展纸，写辞职书。下午交上去，未经批准，第二天就走人。当年我们单位主动辞职，可得三万元抚恤金，但我未被批准，就一分钱也得不到了；马上到手便宜得像送的集资房也放弃了。这些都无所谓，我等不及，我的那片草原快要干死。于是不管不顾，背着电脑，到了成都。

写作不一定辞职，也不一定要离开旧地。但我的工作性质，决定了没有可供自由支配的时间，同时认识许多人，今天饭局，明天茶局，后天牌局，周末结伴游山逛水，不去么，人家三请四请，三请四请还不去，人家就说你不给脸。一口一个"人家"，其实根本怪不着人家，你不去，丝毫不影响别人吃喝玩乐的心情，你没那么重要；你就是自己想去，到一定时候，没人请你，你自己就坐立不安了，心绪烦乱地期待着某个电话响起，你在电话上作古正经地推几声，是要给自己一个交代：你看，我本来不想去的，推不掉啊！

所以，我辞职和离开旧地，从根本上说，是要与过去的那个自己告别。

这话怎么听都带着些矫情的英雄气概，但我是认真的。只是，该如何启齿给家里讲啊，尤其是父亲。我六岁那年，母亲去世，父亲为我读书，含辛茹苦。如果我说扔掉了在别人眼里很不错的饭碗，要躲到一个地方去写作，这成什么话？不仅不好给父亲讲，连给我本人也无法讲，你不过就在报纸副刊发过几篇散文诗歌，在两家刊物发过几个短篇小说，就想靠了写作安身立命？我会偶尔想到这事，身上禁不住蹿过一股寒流；但不会多想，也就是说，不会经常有寒流涌起。——再不敢讲，也要讲的，父亲果然焦虑了，特别是知道我的钱袋很快就弹尽粮绝的时候。但别的亲人，不相信我有那么穷，他们的理由很简单：如果我现在从事的职业，挣不到比以前更多的钱，我就不会去做。如果我去做，我就是傻子，可他们觉得我不是傻子，所以肯定能挣钱，挣大钱，我是在装穷叫苦。其实我从没叫过苦，我只在他们问起时才遮遮掩掩地说几句。在我，只要手里有买馒头的零钞，就能快乐和安定。钱只有在帮助你活下去时，才是你的亲人，你跟它的关系也才能平等，否则双方就成主仆了。但我的那些亲人和故乡人就是不信，他们四处宣扬，说我写一本书，能挣多少多少万，钱不是在帮我活下去，而是让我活得风生水起，花天酒地。

　　不过，他们很快就不这么宣扬了，因为我看上去真的很穷。故乡那些跟我一样考学出去的，陆续都买了小车，逢年过节，几千里路都开着小车回家，车上往往还带着一条刚刚美容过的狗，而我是坐火车，坐汽车，行李是一个万古不变的拉杆箱；因故乡发现了储量巨大的天然气，搬迁啊赔偿啊，使不少人快速致富，他们抽的烟，比我抽的贵，用的手机，比我用的高级。于是他们开始拿怜悯的眼神看我了：这人啊，哼哼，咋那么穷啊，还读过大学呢！我们没读大学，我们初中毕业就跟学校绝缘，但我们比你有钱。比你有钱，也就是比你能干。他们在我面前有些居高临下的了。

　　几年以后，听说省作协把我弄去当了专业作家，又生出另一番景象。他们不知道作协是个什么单位，只听见一个"省"字，就觉得我跟省委书记肯定是抬头不见低头见的，跟省长是互相递烟互相点火的，因此就没有办不成的事，想参军找我，考学分数不够找我，办林业证找我，卖注水牛肉被逮了找我，子女上不了户口找我，甚至有人遭女朋友甩了也找我。且不说这些要求是否正当，文人浮名，本身是不能跟现实碰的，所以才需要创造另一种现实。我满足不了他们的要求，他们摇头，骂我"没球用"，因为我说严重违规甚至违法、根本不可能办的事，别人后来都办到了，我不是"没球用"还是什么？在潜规则横行的世界里，钱权交易，其实已经变成一门显学。钱和权，构成这个世界的两条腿，站立靠它，行走靠它，奔跑也靠它。而我还在相信公正和道义。我骨子里的那份"钝"，让我固执地相信我的相信是对的，所以时至今日，我还是"没球用"。故乡人是彻底把我看白了。

大抵说来，自20世纪90年代以降，世道就不为理想缔造。我是说那种没有或者很少有"实际价值"的理想。人们信奉更加现世的人生。这指不出多大错处。经过80年代的思想解放，人们发现，思想终究不是柴米油盐，喂养不了日子；思想解放的单纯目标，是为欲望松绑——这确实是一个错处，它不该只是这样的。但毕竟好啊，欲望释放生产力，当我看到身边人，特别是故乡人，能吃好饭，喝好酒，穿好衣服，住好房子，我就安定而踏实。

但无论怎样的时代，都应该宽容另一种人生。这种人生所看轻的，正是"实际价值"。这种人生的实践者，不把抵达当成终极追求，他们的志向在路上，他们跟时间达成和解，这一天过了，再是下一天，不慌，不忙，不抢，他们需要的，是慢一点，再慢一点，并在慢当中成就通达和宁静，然后把自己低下去，耐心捡拾生命的碎片，发掘被泥土埋藏起来的阳光，探究罪恶生成的缘由，塑造尊严的面貌，求证人生的可能性。

　　然而遗憾的是，这样的人往往在俗世中受到挤压。我一位很有声名的作家朋友曾对我说，他儿子去年高考，报了某大学文学院，老母亲闻言，忧心忡忡地指责："那读出来不就跟你一样，只会写小说了？"这位朋友说到这里，神情怅然。他写小说，不仅能很好地孝敬父母，在省城买了大房子，送儿子进了好学校，还能经常帮助兄弟姐妹，即便以俗世论，也可说是过得去的了，但在老母亲眼里，写小说到底算不上正经职业，说有钱吧，又不很有钱，权吗？看上去倒是跟领导有接触，领导也很尊重他的样子，可真要他办个事，就像割他心肝，扭扭捏捏给领导打个电话去，又不知道催，更不知道登门拜访，结果往往是水过三秋，还老实巴交地坐在那里等领导的答复。类似的冲突和尴尬，无处不在。就连同是写作中人，许多人眼里也要么是权，要么是钱的，我有个一直写短篇的朋友，前些日决定写点长东西了，煞有介事地跑来问我："写中篇划算还是写长篇划算？"他的意思是，写中篇挣钱快，他就写中篇，写长篇挣钱快，他就写长篇。——由此看出，冲突和尴尬，都是浮在表面的泡沫，如果自身就是泡沫，捋一下自然破了、化了，若静水深流，有稳定的支撑，有丰沃的内省力，有发自灵魂的骄傲感，有海明威那样"日日面对永恒"的内在要求和精神质地，就能在逼仄的生活中有所发现，就能在发现中变得宽阔和深邃。心灵之光照进黑暗，黑暗却不接受光，这无所谓，你所要做的，是不能因此就成为黑暗。

登 山

对我来说，登山不是生活方式，而是生活本身。我老家在川东北宣汉县普光镇的一个山村里，村子的名字叫鞍子寺，我曾在一篇小说里写，那是大巴山深处的一个小村落，小到失去了方位，你可以说，村庄的南方坐落在北方，西方坐落在东方。在村子的任何方向，无论打开哪一道门，都是开门见山，出门走山。因此，我与山的关系，就是过日子的关系，跟油盐柴米没什么区别。也因此，在山面前，我从来就没优雅过，在我和乡亲们的词汇里，登山这个词是不存在的——我们叫爬山。爬是爪字旁，很形象，把人还原为动物，四肢着地。那片山陡得很，听听小地名就知道：楼口门、夹夹石、鬼见愁……面对如此地界，你得自觉收起人的矜持和尊贵，脚蹬，手抠，脊背弓起。那是一种较量，充满力度，当然也不乏悲怆。悲怆本身就是力度。"爬"字的背后还表明：累。我们的全部劳动，都在山上，去去来来，不是背，就是挑，挑的时候，扁担横在肩上，水桶或粪桶，跟肩膀呈一字形；以这种方式挑东西，在我的识见里根深蒂固，以至于我五岁那年第一次下山，第一次看见有人让两只桶在身前身后荡悠，感到格外惊诧，并在暗地里取笑人家。

山让生活变得不便，甚至艰辛，但我确实喜欢山。这与

"仁者爱山"无关，我喜欢山，是因为山养育了我。山在我心目中，不是父亲的形象，而是母亲的形象。我母亲吃着大山里奉献的食物，孕育了我；在那个冬季的一天上午，母亲爬上山梁挖了会儿地，觉腹中疼痛，锄头一放，干净利落地生下了我。我被山搂抱，然后被母亲搂抱。与山的亲缘，在我降生的那一刻就已经建立。山风很馋，但给了我活下去的温度，并让我像别人那样慢慢长大。长大后和祖辈父辈一样，四肢着地爬山，在这长长短短的历程中，我的眼睛和心脏，都与大地无限靠近。开始没注意到，后来我明白，正是爬山的姿势，教会了我谦逊。近几年走了些地方，结识了些朋友，我发现，出生山里的，大多比较谦逊，即便内里浪漫疏阔，还有偶尔的狂放不羁，也以谦逊作底子。这似乎代表了一种文明：山野文明。它跟海洋文明有别。彼此无高下之分，只呈现了各自的生活姿态；从生命形态上讲，登山渡水，都可成就丰盈，也可拣选好汉。很可能，山野文明最终将让位于海洋文明，但山依然在那里，不是以象征，而是以实体存在，它不召唤，更不蛊惑，只是静默地守候，慈悲地接纳和安放那些疲惫的灵魂……总之，山就是如此喂养着我的饥饿：身体的，精神的。再后来，我开始写小说，在我的作品里，"山"这个词出现得一定很多，"爬山"又一定是关于山的中心词。

我不爱听"征服山"这样的说法，也不欣赏"登上绝顶我为峰"之类的豪迈。念大学的时候，有个诗人朋友高声吟哦："男人都是要爬山的/而且要爬上山顶/扛一轮太阳。"类似的句子我永远不会写。我古怪地觉得那是一种冒犯。天底下的许多豪迈，其实都是冒犯。

活到现在，我爬过的山不算多，也不算少，每次爬山我都记得，但记忆最深的，是六前年，我回老家过春节，正月初一早上，我独自爬上后山。后山层层叠叠，仿佛没有尽头，漫天大雪，使天地一统。爬过楼口门和夹夹石，满身热汗，两腿酸软，便往地上一躺。干净的青冈叶铺得很厚，被雪沤了一个冬天，变得很柔软。背上是积雪，脸上是新雪，广大的野地上，没一个人，也没一丝风，雪落的细响阐释着寂静的含义。寂静，已成为山村里最响亮的声音——我的绝大部分乡亲，不是打工去了，就是住到城镇去了。我知道，这是一片遗弃的家园，且必将被彻底遗弃。但我并不悲伤，我闭上眼睛，山即刻变成船，在天宇间漂移。

这个人

在我老家，近两百年来，始终接续着一个人的传说。这个人名叫罗思举。但没有谁对他直呼其名，都叫罗大人。自他以后，我们那带山河，除衙门里的通行称谓，无人敢僭领"大人"的名号。这名号来自民间，来自深层次心理和情感的认同。

罗大人的出生地，距我家不过几里路，在我很小的时候，就常听老人们讲他的故事，说他生于夜间的山洞，天地被黑暗挤压，使一个新生命的诞生显得异常艰难。然而，当这个生命脱离母体，洞中即如朗月当顶。父母一惊、一喜、一忧。父亲说：莫是个贵人呢。母亲说：啥子贵人啰，不当偷儿就该念佛了。罗大人的一生，践行了父母的封赐：先做盗匪，再做贵人。语言构成了他的命运，正如他身后对他的传说。

但在关于他的所有传说里，他怎样做贵人，我几无所闻；当然，知他做过几省提督，且数次被皇帝接见，但在细节上，从没有过任何描述。全部细节都是他如何为盗，说他会变化，偷马时被发觉，就变成猫，越墙而去，但终有遭逮住的时候，将他五花大绑，横放于三伏天的太阳底下，可把他横在哪里，天上的云就奔向哪里，替他挡住开水倾泼似的阳光。大约，这就是民间理解的贵人。在民间判断里，锦衣玉食是富，被天护佑是贵。

罗思举的存在，开辟了一种空间，想象的空间；同时，他的存在也是一种激励，对那片山野的所有后生，也包括对我。后来我出门读书，特别留意外界如何评说这位天佑奇人。结果，罗思举三个字，既从书本上消失，也从耳朵里消失。没有谁知道他。更没有谁叫他罗大人。我从中觉悟了世界的辽阔和时间的无情。你以为了不起的事，了不起的人，当你跨越某个边界，就如恒河之沙、万顷之水。单这一点，就教会了我许多，比如一个人要想成为大人——大写的人，心里就不能有边界，你只能是你，命定是你，你是整体，也是唯一，因此你没有任何理由小看自己，也没有任何借口放弃对自身和对整体的责任。

但另一方面，我确实又相当失望，在故乡如雷贯耳的名字，故乡之外却沉寂如斯。

这个名字由此变轻，变成了一个"地方性"符号。

然而事实并非如此，只不过我需要重新认识。

重新认识罗大人，是一种机缘。今年4月，我偶然听老家宣汉的朋友讲，罗思举写过一本自传，胡适评价甚高，胡适认为，近两百年来，中国的传记文学只有两部"了不得"，其中一部，就是罗思举自传，名《罗壮勇公年谱》。我暗暗吃了一惊。在我的认知当中，罗思举是武将，没想到他还写自传，更没想到他的自传会受到胡适的崇高赞誉。之后没过几天，开江贾载明兄一行来到宣汉，商议出版罗思举自传一事，这让我突然觉得，自己跟那个时间深处的先辈，仿佛有了某种生理上的联系。载明本是诗人，却以学者般的谨严，将"年谱"做了细致点校和详尽阐释。如此，我有机会不是听说罗思举，而是阅读罗思举。除阅读载明发来的上述材料，还延伸至《清史稿》《圣武记》《道咸宦海闻见录》及《中国通史》。我把这种阅读视为我的再启蒙：我从中收获了第二个故乡、第二个童年。

罗思举并非地方性人物，而是清朝中期三大国家支柱之一，其戎马生涯，几乎贯穿嘉庆和道光两朝。他对王朝的重要贡献，或者说他个人的辉煌岁月，是镇压白莲教起义。可能正是这个原因，后来的书家才绕过不提。对这样一位历史人物，我不想过多评述，但我的立场是，自古及今，百姓都希望过安稳日子，不到万般无奈，没有谁愿意弃农具，执戈矛，以命相搏，陈胜吴广的"今亡亦死，举大计亦死"，是历次农民起义的基本动因。

罗思举在他的自传里，态度鲜明，认为白莲教反抗朝廷，对国家和人民造成了巨大灾难。其实这也是近现代许多哲人的观点，马克思在论及太平天国运动时，犀利陈词，说"他们给民众的惊惶比给予老统治者们的惊惶还要厉害"，说"他们的全部使命，好像仅仅是用丑恶万状的破坏来与停滞腐朽对立，这种破坏没有任何一点建设工作的苗头"。马克思的看法是否确当，另当别论，但罗思举是亲历者，他接受的正统理念，他的建功立名之心，他对白莲教义军的实地观察，都让他义无反顾，站在了朝廷一边。脱离具体的历史语境，其中的是非功过，难以言明。我只想说的是，他的这本自传，凸显出了另一种意义。

追随他的军旅历程，我们看到，数十年间，大江南北，民变蜂起。我们不禁要问：这究竟是怎么了？我们相信，没有一个皇帝不望天下太平，也没有一个皇帝不望子民过上好日子，单说道光帝，在位三十年，立志除弊起衰，但最终选才拘挚，中兴乏术，致使贫富加剧，民怨沸腾。个中缘由，道光帝不明白，罗思举更不明白。但在罗思举的书中，却可贵地隐含着答案。他自己早期的经历，已彰显了吏治的糜烂和人心的溃退。当他成了名震沙场的将军，捉住"逆首"唐明万，见唐须长尺许，仪表非凡，就问："尔如此相貌，为何不与国家出力？"唐明万答："予原先充本县乡约，因县主贪酷过甚，事出无奈，始随白莲教滋事。"清军之中，也是钩心斗角，揽功推事，掠民成灾，罗思举记述："沿途人民谣曰：'宁遇白莲教匪之贼，不遇七大人叫化之兵。'"此外，他还录了白莲教灵文，其中一句是："忠孝才是人。"白莲教把"忠"提到如此重要的地位，但他们要忠的，定是能让自己过上好日子的明君。

对社会与他人，直笔书写，对自己行窃打劫的丑事，也从不隐瞒，史书载："思举既贵，尝与人言少时事，不少讳。"因其"不讳"，为后人生动地保存了那段历史。

这构成了罗思举自传的史料价值。

同时，也因其"不讳"，成就了它的文学价值。

我读这部书，无法不联想到《水浒传》。爱憎分明，缘事跌宕，使它具有了"水浒"一般的精神气质和可读性。如果抛开政治身份和"焕于旟常"的人生结局，罗思举从骨子里就是个水浒似的英雄，但他又超越其中任何一人：孤闯敌营的胆魄，蔑视危局的傲慢，与武松无异；结客报仇的义气，怜贫爱苦的慈悲，与鲁达无异；忍辱负重的担当，力胜千军的气象，与林冲无异；因险出奇的识见，以少破众的智谋，与吴用无异；逾屋如飞的功夫，轻贱钱财的洒脱，与众将无异。《清史稿》称他"枭杰"，说他"战无不胜，攻无不取。"能做到这一点，古今鲜见。非但如此，他还著兵法，习中医，救疾苦，并多次捐资，兴办书院，"以培文风"；成都文殊院也由他捐资扩建。如此行径，又不是水浒英雄们能做到的了。

可读性之外，是"不讳"带来的老实、诚朴乃至天真。这也是让胡适特别赞赏的地方。胡适 1953 年 1 月在台湾省立师范学院演讲时说，他过去对中国的传记文学很失望，偶然读到罗思举《罗壮勇公年谱》和汪辉祖《病榻梦痕录》，便特别想推荐给诸位朋友。

胡适没提另外一点，就是这部书的文字好。罗思举念书不多，据他自己说，他能听而成诵，认字却很不在行，进学多日，连个"人"字也不认得；由此看出，他文字的好，不是他有多高的文化知识，也不是他有多强的文学修养，而是得益于诚朴的叙事品性。比如："在云南任提督时，驻扎大理府，城前临洱海，百里许，波涛浩然。玉洱后倚苍山十九峰，夏景冬雪。"比如："四面皆山，深林密箐，军行无路。"比如："一时

203

心机畅然，且歌且舞。回首思之，有喜必有忧。"不绕，不飘，句句有物，绝不让虚胜于实、情多于事。四川尤其是川东地区的读者会注意到，他在文中用了不少方言，都极其恰切，且有很强的表现力。他罗列的地名，今大多沿用，那地名因此变得立体和丰盈，让人触摸到历史的温度。

罗思举本人，也因这部自传，让人触摸到他的肌理和骨骼。

不过我依然要提出一个疑问，这疑问是很早以前就有的：

一个做过盗贼的人，为什么会获得如此深度的民间认可？

我想，看过这部书，每位读者都会得出自己的答案。

再见金岳霖

　　如果他是著作家，你却没读过他的文字，哪怕你是他几十年的邻居，也谈不上了解他，甚至谈不上认识他。我对金岳霖就是这感觉，何况我从没跟他做过邻居。作为卓有成就的导师、造诣深厚的学者，我对他如何教书育人，所知甚少，对他的《论道》《逻辑》《知识论》等名著，也是一篇都没读过。这让我在谈及这位前辈时，如同谈论一具影子。

　　——好在到底不像影子那般虚幻，因为我知道他另外的事情：与林徽因的事情。

　　金岳霖，正是以这"另外的事情"，活在人们的传说中。

　　我忘了首先是从哪里知道金先生这个人，大概是读张中行的文章，要么就是读汪曾祺的文章，觉得这人非常有趣，身上带着某种憨痴和古典。后来就不停地听说他。说到他的时候，必然说到林徽因。再后来，在一次出游的途中，见到了他的半身铜像，导游对他的解说，仿佛他什么事也没做过，一生只做了情种，且是罕世专一的情种，为林徽因终身未娶。

　　去李庄，再见金岳霖。这回是全身铜像：在一个润湿的小院里，他一脸苦相，撒着谷粒喂鸡。他苦，是因为林徽因病了。梁思成在给美国友人的信中提到："我那迷人的病妻……"这封信就是从李庄发出的。抗战期间，夫妇俩在四川宜宾李庄的月亮田，住了六年。金岳霖与他们毗邻而居。他喂鸡，是要让鸡生蛋，用鸡蛋去补林徽因病弱的身子，也把鸡蛋卖掉给林徽因抓药；此前，他已卖了自己的怀表，可能还卖了别的东西，都为了林徽因。

站在金岳霖像前，我问旁边一位陌生的年轻女子："你感动吗？"

"当然啦！"那语气，那神情，证明她是真的感动。

我又问我自己："你感动吗？"

回答是：我不仅不感动，还很生厌。

我是个俗人，作为男人，我的心胸也比较的狭隘些，觉得金岳霖这事做得很不地道。爱一个人，是你的权利，但若是真爱，爱到了刻骨铭心的地步，而对方已有家室，又明确了不跟你走，或者你明确了不跟她走，你就该躲得远一点，把你的关心和付出，默默地给予。金岳霖偏不，他住到梁、林二人的后院，活在他们眼皮底下，还做出苦相在那里为林徽因喂鸡。

这是对别人生活的强力干预。

梁思成的续弦林洙曾透露，某天，梁思成从外地归来，林徽因哭丧着脸，对丈夫坦诚，说她很苦恼，因为她同时爱上了两个男人，不知道该怎么办。这两个男人，一个当然是梁，另一个就是金。如果梁思成不是傻子，立刻就会明白，妻子所谓同时爱上两个男人的话，是哄鬼的，妻子并不坦诚；如果坦诚，就该说成：我不爱你了，我爱上了金岳霖。梁思成是大师，连《中国建筑史》这样的巨著也能写出来，别说你那点小把戏。他一夜未眠，次日告诉妻子："你是自由的，如果你选择了老金，我祝愿你们永远幸福。"一个男人，一夜未眠的痛苦无人理会，话里明明白白放弃的意思也无人理会，我们只说：梁思成大度。

事实上，在爱的国度里，大度跟不爱住得很近，即便不住在对门，也住在同一个小区。

结果是金岳霖帮林徽因选择的。

金岳霖说："看来思成是真正爱你的，我不能伤害一个真正爱你的人，我应该退出。"

这话左听不对劲儿，右听还是不对劲儿。他说不伤害，其实早就伤害了。而且我可以反问：你金先生是真爱吗？如果是，对方也爱你，你们不正应该天经地义地结合吗？可他却要"退出"。梁思成表达了放弃，你金岳霖又要退出，把个迷人的林徽因往哪里搁？既然退出，又为何不稍稍远离一些，让人家夫妇去安心经营自己的日子？你在梁思成跟前为林徽因苦兮兮地忙这忙那，梁思成怎么想呢？他会不会有身份的错位呢？

林徽因听从了金岳霖，没与梁思成离婚。

由此，金、梁、林，三人"终身为友"。

不知道别人怎样看，反正我是不信的。他们之间，除了干预和被干预的紧张关系，不会有太多友谊。我说过，我是俗人，所以别跟我谈什么"超越世俗"，也别谈什么骑士精神、君子之爱，我只能从俗人的角度去理解。在这种紧张关系中，许多东西事实上已经被破坏了。梁思成在回忆录中说，他跟林徽因在一起，"有时很累"，他把累的原因，说成是林徽因思想太活跃，你必须跟她同样才思敏捷才行，不然就跟不上她。但我觉得，他的累还别有意味。林徽因去世后，梁思成突破重重阻力，跟小自己 27 岁的林洙结婚，虽然有渴望慰藉的落魄与老年的孤独可作解释，而我还是认为，梁思成需要的，是爱的补偿。

但我们非要制造这种神话：梁思成和林徽因终身相爱，金岳霖为林徽因终身未娶，他们三人维系着终身友谊。在这出神话里，每个人的真实情感都被遮蔽了，每个人都成了无声的悲剧。包括后来的林洙，同样被遮蔽。有人振振有词地宣称：林洙是林徽因冥冥之中为走向暮年的丈夫安排好的伴侣，她匆匆地走了，却放不下深爱自己和自己深爱的良人，便把这幸与不幸，交与一位平凡的女子去承担。在我的耳朵听来，这说法是可耻的，对独立个体的林洙是不公平的，对梁思成——包括林徽因——照样不公平。有人倒是不屑于那样弯弯绕，直接批评梁思成续弦，说那表明了人"本性上的脆弱"。意思是，如果梁稍稍坚强些，打死都不该续弦，否则就对不起林徽因，更对不起他们的爱情。这种霸权主义思路，让人齿冷。

被遮蔽得最无情的，当数金岳霖。

有资料显示，金岳霖并非终身未娶，他曾跟一个西洋女子结婚，那女子的中文名叫秦丽莲。但这说法立即遭到驳斥，说并未结婚，只是同居。驳斥者超不出这样两个意图，一是道出事实：金岳霖确实未娶；二是维护金岳霖不可撼动的情种地位。若意图在一，当然无话可说；若意图在二，金岳霖的个人历史就可能被篡改。而且我们还要问：难道金岳霖不可以结婚吗？他结婚与否，难道对你比对他本人更重要吗？有人担心金岳霖结婚的事被坐实，连忙申辩：不管金先生结过婚或未结过婚或跟谁结过婚，他对林徽因的一腔挚爱都不会因之打折扣。这样说是什么意思呢？是不是为了你的神话，你就有权把金先生捆绑到对林徽因的"挚爱"这驾马车上呢？你如此论断，对那个秦丽莲（不管同居还是结婚）又作何交代呢？

对金岳霖最严重的遮蔽，是他事业上的贡献。

尽管我没读过金岳霖的文字，但看过他的介绍，也看过对他的回忆文章，知道他是哲学大师，在清华和北大任教期间，培养了大批高素质专门人才，他的《知识论》，在中国哲学史上首次构建了完整的知识论体系。这是了不起的成就，却很少被关注。万众津津乐道的，只是他作为"情种"的泡沫。哲学大师就这样被消费掉了。被唾沫消费，也被虚构消费。即便在李庄，这个抗战期间深具文化和精神标志意义的所在，我们能知道梁思成在这里写《中国建筑史》，林徽因在这里生病，还拖着病体爬上爬下地考察古建筑，却不知道金岳霖在这里干啥——除了为林徽因喂鸡。

那些年的火车

上大学之前，我没有看到过火车。

但早就对火车充满向往。

我读初中是在一个三面环水的半岛上，因那学校全县招生，班上就有一个同学，是从铁路旁边来的，他看到火车的时候，比看到牛羊的时候还多，我立即就崇拜他了。其实他个子小小的，成绩也不甚好，可我总觉得他身上有一种光环，有一种陌生而神秘的气息。这是火车赋予他的。初二那年的暑假，他邀请同学去他家，也就是去看火车；他家很远，坐了汽车，又坐船，车船费要两块多，我们当时三分钱一份小菜，一天的菜钱是九分，两块多，差不多是一个月的生活费，想得发疯，也不敢去冒险。事实上也没法去冒险，口袋里的钞票从没超过五角。物质这东西，或许不会帮助你成就什么，却可以让你不能成就什么。何况于我而言，放假后要立即回家，帮助大人干些力所能及的农活。

但毕竟，有两个同学跟他去了，秋季开学，那两个同学就带着尽量压抑的骄傲，向我们描述火车的颜色、长度和吼声，还有车上的乘客，说有个小孩子，看样子不到两岁，睁着溜圆的眼睛，趴在窗口朝外张望。我穷尽所有的想象，也想不明白那孩子怎么那么有福，不到两岁就能坐上火车。我们去找住在铁路旁边的同学求证，他只是笑一笑；他总是这样，谈到火车的时候，就故意沉默，表明"那没啥好说的"，以此显示自己的优越。

四年之后，我终于有机会看到火车，也有机会坐火车了。

去一个小站买票的时候，跟拿到大学录取通知书时一样激动。然而，进到站台，看到静止的车身，却有些失望了，长是很长的，开始听到的吼声也震荡山岳，却是从头至尾的铁黑，远不像同学描述的那样光鲜。想必，那两个同学当时也是失望的，却把自己美好的想象附加在实体上，给自己耗时费钱的好奇心一个交代，也顺带眼红我们；还可能，这跟我五岁那年，母亲带我去乡场看汽车时的感觉一样，先看到奔跑的汽车，感觉又好看又神奇，后来有一辆停下来，突然就觉得没那么好看了。我猜想，那两个同学舌上生花，见到的定是奔跑的火车。车就是用来奔跑的，奔跑时最美，正如演员在舞台上最美，运动员在赛场上最美。所以当我坐上火车，看到另一辆车从右侧呼啸而去，心情又好了许多。我意识到，我坐上的这辆车，将带我去一个崭新的地方，崭新的环境，让我结识崭新的人群，开始崭新的生活，淡淡的忧伤里，是不明方向的憧憬。

那时候多的是慢车。我们开学也好，放假也好，都是繁忙季，正班车忙不过来，就开加班车。有些加班车是闷罐车，大学四年，我至少坐过三次闷罐车，没有座位是次要的，主要是内急起来，真要把人憋死。尽管我在重庆读书，距离说不上遥远，可因为车速慢，从我们县里的小站到重庆，正常行驶也要

8个多钟头，要是遇上给快车让道或别的什么原因，临时停靠——这是经常性的，有时一停就是三四十分钟甚至个多小时——那就说不清楚了。8个钟头以上不解手，个个面色发紫。车里本来就扎笋子似的挤满了人，转个身都难，特别打挤的时候，头都转不过来，外加内急，再讲究的人也优雅不起来了。然而五谷轮回，并不受环境、耻感和道德的约束，有回见一年轻貌美的女子，实在憋不住，在那里呜呜哭，同车有人带了西瓜，他将西瓜剖成两半，将其中一半瓢子挖空，递给那女子，然后女子周围的男男女女，使力挤出一个空间，让她能蹲下去，她就这样释放了自己的痛苦。

这是至今让我难以忘怀的感动场景。

大二那年的寒假，我们三个高中同学，约好在重庆相聚，然后一起回家。半夜时分，下一个站就是我们的终点站了，几人聊着天，没在意车开了多久，当车一停，重庆大学的兴力，迅速从窗口翻出去；他是要抢着去订旅馆，我们需在小站底下的旅馆住一夜，次日上午才有公交车送我们去各自的乡场，旅馆实在太小，也太少，住不了几个人的，去晚了就只能蹲屋檐。我们都不知道这是临时停车，偏偏这次又停靠极短，兴力刚翻出去，车就启动了。到站过后，我与武汉大学的久国，想沿路走回去找他，可两人的行李再加上兴力的行李，不好拿，于是立在站台上等。隆冬时节，夜气苍茫，寒风如割，等了将近两个钟头，才见那边的隧洞口，隐约冒出个人影，一喊，果然是兴力。三人大笑一场。旅馆是住不成了，但丝毫不影响我们的情绪，在站台外面走来走去聊天，就聊到了天亮。

那件事也给了我们一个教训：坐车要从车门上下，而不是从窗口。

但教训归教训，教训多了，简直就成了经验。在火车特别吃紧的年代，不从窗口，有时候既上不了，也下不了。我读大学的时候已经好得多了，五年前，我曾访谈过一些重庆老人，他们从抗战时代过来，都不是重庆本地人，是"下江人"，谈及当年，最感到艰难困苦的，第一自然是日机长达五年半的"疲劳轰炸"，第二是西迁——上海沦陷、南京沦陷、武汉沦陷……这些"下江人"，便拖家带口，迁往西南大后方，坐了火车，又坐轮船，有的两者都轮不上，就靠两条腿。一个名叫吕慧琴的老人说起坐火车，他们一家老小，都是从窗口翻进去的。当时还兴起一种职业：把一个人从窗口塞进车厢，收一块钱。那时候的车更慢，从上海到南京，要走三天多，在一个地方停了，就可能停个白天黑夜，但你要下去接某个亲人，却无法从车门下，还是只能通过窗口。到我读大学时，半个世纪过去了，各种环境和条件都不一样了，再挤也不至于那般窘迫；但把窗子当门的，依然有。人多车少，停站时间又短，焦虑和急躁，便在所难免。

拥挤也好，憋屈也罢，对年轻气盛的我们，其实都不是什么事，即便如那个女子一般被憋得哭，一旦解决，特别是下车过后，就浑身通泰，满心欢喜。受不了的是旅途的孤单。人多并不意味着不孤单，有时候人越多越孤单。大一那年临近暑假，我到成都参加一个颁奖会，当年重庆到成都，火车要走12个钟头，那是我离家最远的路程了，又独自一人，很是寂寞。可突然间，我见到铁轨两旁的夹竹桃，成片的、激流似的奔涌，顿时心里一暖。我们大学校园里，就有许多夹竹桃，花开时节，烂漫如霞。我觉得夹竹桃在跟我一同旅行，已经熟悉了的校园，还有校园里的老师和同学，甚至包括校园广播常放的古筝曲《春江花月夜》，也在跟我一同旅行。开往远方的火车，不过是我移动的校园——我当时就是这样想的。

眼下是很难在铁道旁见到夹竹桃那种植物了，据说那花有毒。

而我是多么怀念它们。时至今日，每当我感到寂寞难耐的时候，就想起那辆火车，想起车窗外奔涌的繁花；想到它们，寂寞便随之减轻许多，又能凝神静气，安心做自己的事情。

铁道边见不到夹竹桃，可能一是少种植，二是车速快。这些年火车的飞速发展，几乎成为一个时代的象征。这其实是个很有意思的话题，从火车入手，研究整个社会和人文生态的变迁，一定能发现某种规律，得出富有价值令人信服的结论。

如果把人类比作一个星球，那必定是个旋转的星球，或者说是一条腾挪的大河——这比喻似乎更恰当些，人是水性的，流动，不仅是外在景观，也是内心需求，由此及彼，日夜不息。七十多年前西迁的难民，是为活命和不做亡国奴，现在的奔赴，是为了梦想。有梦想才去远方。火车承载着人们的梦想，也成就着人们的梦想。

追寻三河

方位是个很神秘的概念，比如日出东方，由谁首先界定？正是带着这样的疑问，我特别执意于川东北宣汉县境内三条河流的名字——宣汉，宣扬汉之威德，由是可知其建县年代，十余年前，这个大巴山南麓的边地县，因发现中国最大规模的天然气田，被誉为"中国气都"；境内的三条河，名字简单得不可捉摸，分别叫前河、中河、后河；中河与后河，都发源于北部山区，前河发源于东北部山区，所谓前中后，如何确立？

虽不可解，但我相信，那绝非古人的随意而为，每个名字的背后，都有故事和渊源。

20世纪90年代，在中河与后河交界处的罗家坝半岛，发掘出了古巴人遗址，出土文物显示，这里很可能是古巴国中心王都，文化叠层可上溯至新石器时代，是关于文明起源时期的重大发现，罗家坝因此成为中国巴文化地理保护第一标志，并列入国家级重点文物保护单位。由此，那三条河流的命名，也才揭开面纱，露出端倪。

《山海经》载："太皞生咸鸟，咸鸟生乘厘，乘厘生后照，后照是始为巴人。"即是说，太皞伏羲是华夏民族共同的始祖，伏羲第四代孙后照，是巴人的始祖。据此推测，宣汉境内的三条河，不是以方位界定，而是有特定的文化内涵，正确的排序当是：中河、后河、前河。中河是中原河的简称，它之得名，是巴人为纪念自己的根脉；后河本该叫后照河，它之得名，是巴人为纪念他们的世宗；前河，则是前进之河——敌势汹涌，巴人在罗家坝那片膏腴之地无法生存，被迫迁徙，但他们不改勇毅，步履维艰，也要勇往直"前"。

巴人，或者说巴文明，在华夏文明中并不显眼，甚至可以说非常边缘，致使浩瀚的《史记》，也只在《秦本纪》《秦始皇本纪》和《楚世家》中顺便提及，比如"楚自汉中，南有巴"，"西举巴、蜀"，"阴与巴姬埋璧于室内"，几无片言只语对巴做正面描述。但这并不证明巴不重要。据四川省历史学会会长谭继和先生介绍，华夏文明的起源，是满天星斗似的结构，缺失其中任何一块，对整个文明体系就说不清楚；何况，巴人是逐盐而居的民族，在中国最早学会制盐，中华地理对角线，中心地带也在秦巴山区。博学而谨严的司马迁，对此视而不见，除了巴人流动性强，文明不易保存之外，我觉得还暗含着他的某些理念。

我曾在小说《大河之舞》中写，那两条河流（后河与中河）得以命名的时候，世界还相当寒冷，冷冰冰的世界，却孕育出了一支滚烫的民族：巴人。资料显示，巴人不用文字，也不借助说唱艺人，只以战争书写自己的历史。他们在中原大舞台首次亮相，就让其他民族讶然失色。那次武王伐纣，巴人被征召，并作为前锋参战。其战阵亘古未有：兵士集体作歌，歌者继之舞者，歌声和舞步，震荡沙场。战争的结果，是武王大胜归朝。巴人"歌舞以凌殷人"的动人故事，从此在民间传颂。往后的岁月里，每到战争的紧要关头，这支奇异之师便被各地君王征召入伍，拼杀疆场。"勇于战"，成为巴人留给别国朝野的鲜明印象，也成为他们证明自己的自觉追求。然而，他们用于扩张和防御的生存之战很少，多数时候，是以他国部队的前驱出现，是雇佣军。就是说，用战争书写历史，不是巴人自己的想法，是别人的想法。为了"别人的想法"，巴国男人战死，女人成为寡妇，并最终国破家亡。

司马迁要么是对丧失主体意识的厌恶，要么是对迷恋战争者的批判，才在自己的皇皇巨著中，弃巴人不写。但事实并不是司马迁想的那样（假定他是那样想的）。丧失主体意识，非巴人所愿；巴人深受战争之苦（罗家坝出土的骸骨，连小孩身上都布满刀箭伤），不大可能迷恋战争，果真迷恋，就不会千里迢迢，天涯奔走，落脚于西南边地。

更重要的在于，巴人并非只用战争书写历史，他们有自己的文字。

罗家坝的出土文物，礼器、青铜器和刀钺之上，都刻有花纹，这些花纹就是文字，只因我们不识，才以为是没有意义的花纹。面对那些诡异的符号，四川省社科院学者李明泉先生，想到了巴蜀图谱；巴蜀图谱的样式，跟罗家坝文物上的花纹相类，但至今无人破解。

要找到破解的钥匙，最好是去古人生活的"现场"。

后河与中河已亮在明处，从建筑风格考察，这一带受中原文化浸染甚深，巴文化都埋到地底下了，流淌在生活中的相对式微。巴人真正的"现场"，是在前河。

春暖时节，我和摄影家谢兴双、作家石童天从县城出发，逆前河而上。一路上，我想象着古巴人名为前进、实为败退的惨烈。就我所知，直到 20 世纪 80 年代，过了樊哙乡，山野便无人行道，乡民出入，全是穿林莽，攀石崖，下陡坎，走的是蛇蝎倒退、鬼神见愁的所谓"路"；试想数千年前，该是何等蛮荒。而这条河，前河，被山壁挤压太甚，焦躁愤怒，声威不减追兵。或许正因为这样，追兵以为巴人会在绝境中自灭，止步息戈，才使这支困顿行旅得以在此栖身。而今，樊哙、渡口、龙泉等乡镇，是土家族聚居区；土家族的祖脉，正是巴人。

如前所述，过了樊哙（刘邦大将樊哙曾屯兵于此），就进入苍莽峰丛与狭长河谷，这便是与神农架和张家界鼎足而立、共同构成神异地貌金三角的巴山大峡谷。峡谷之水，亦即前河，动处白浪滔滔，静时蓝得发翠。河岸即山，怪石奇之，林木秀之，鸟鸣于远处，云生于脚下；那云，白得空茫，有风奔驰，无风也奔驰，感觉不是云在奔驰，而是群山在急急赶路。走再远的路，也只觉腿软而呼吸平和，是因为氧气多得能舀一瓢就喝。山中多溶洞，号称百洞千景。奇特幽闭的处所，正是生命的繁盛地，巴山大峡谷被视为天然物种基因库，虎熊潜踪匿迹，猕猴随意嬉戏，水里有鲵，即俗称的娃娃鱼，海拔千余米的罗盘村，有世界极危物种崖柏……生活在这里的民众，持本真质朴的天道观，高兴了唱歌，不高兴还是唱歌。大山大水、险恶瑰丽的生存环境，使巴人勇悍刚正、浪漫疏阔，这种禀赋，也遗传给了土家人；而同样因为大山大水造成的阻隔与闭塞，使土家人疏于与外界交流，将那种禀赋留存至今。

但我们此行，到底不是欣赏风光，罗家坝出土文物上的刻饰，究竟是花纹还是文字？能否踏着先民的脚印，找到破译神秘巴人的密码？

我们在龙泉乡再次找到那位名叫赵昌平的女祭司（巫鬼和祭司文化，是巴文化和土家文化的重要组成部分）——前些日，我跟随县委宣传部一行人，已来找过她。纯粹是抱着试一试的心态，有人将拍在手机上的、罗家坝出土文物的印章图案拿给她看，她立即说："拍反了，该掉过来，中间三个字，是盘法王，两边像树枝一样的，左边是五，右边是六，是说盘法王统领十一个部族。"在场的所有人，包括巴蜀史专家谭继和，无不惊讶和兴奋，为她坚定的口气，更为她提供的某种可能性。接着，赵昌平在我笔记本上写了十个字，均为符号类。

这次跟赵昌平见面后，宣汉县境内的地方文化专家、摄影家和作家，包括我在内，一行十来人，特请赵昌平去了罗家坝。那里正进行第四次发掘，赵昌平面对发掘出的灰坑，以及展览馆里的若干图案，都能给出自己的解释。尽管她的解释是否正确，还需进一步认证，但她的话无不言之成理。她由古人留下的蛛丝马迹，复原了数千年前巴人的生活状态，以及巴人"惯行直路"的性格特征和命运轨迹。

北纬 30 度，一直令人类学家着迷，在这条神奇的纬线上，诞生了华夏文明、印度文明、玛雅文明……宣汉县，处于北纬31.06—31.49 度之间，这微弱的偏差，使华夏文明的一支重要源头，至今遗世独立。不过，在三河流域如此追寻下去，或许能与它靠得更近些？

一个山村的秘史

　　住在一个什么事也不会发生的地方，容易使人衰老，但千河村人活到七八十岁也不觉老，因为与山有关的日子，总是免不了辛苦。辛苦是人世间最大的事情。

　　千河村所在的老君山，是大巴山脉的弃子。大巴山从摩天岭出发，斜向东南，一路奔跑，嫌负担过重，边跑边扔下大把的儿女，女儿成为谷地，儿子成为山峰。老君山孤零零地，立于四川省宣汉县的东北角，眼巴巴望着自己的母亲，像个荡妇似的扑向湖北神农架。也不知历经几世几劫，在某个晴朝或雨夕，一行人拖家带口，从大巴山扑去的方向，疲惫地走来。这是明洪武二年事，湖湘民众"奉旨入川"。老君山被母亲遗弃，而今又迎来母亲奔赴地的子民。这群人若再坚持一下，就能走到沃野千里的川西，到不了川西，至少也能走到有小成都之称的开江县——那只需再翻几座山，再渡几条河即可，但他们太累了，不想再走了。于是止步息肩，安营扎寨，斩荆伐木，寒耕暑耘，鸡鸣和炊烟，捧出一带村庄。

　　村庄卧于老君山的肚脐眼，也像肚脐眼那样小，仅三层院落。院落与院落间，有竹林相隔，有沟渠相通。村庄的名字，使人遥想先民所来之地，定是水网密布，河汉纵横。他们被迫离开故土，就把故土的名字打进行李，落脚后又含进嘴里。不仅如此，给孩子取名，也大多含"水"，江、河、湖、海，随便一喊，到处都应。事实上，这整片地界，既无江也无湖，自然更没有海；河只有一条，需站到村东黄桷树下，目光沉落至900米深处，才能见到那条瘦弱的飘带，随山取势，弯弯绕绕，绕到天尽头。他们为什么没下到河沿，而是选择了山，推测起来，很可能是出于安全的考虑。久而久之，山下河流给予的想象，越来越苍茫，在他们的词汇里，已没有"远处"，对他们而言，远处就是高处或低处。

但他们已经认了这个故乡：第一批老人在山里去世了。

父母的坟头长着这里的荒草，父母的尸骨肥着这里的土地，这里就是他们的家。

可是另一群人来了。这群人逆水而上，到老君山脚登岸，先到者霸踞滩涂，后来者继续上行，一路插占为业，指手为界。当时光越过整个明朝，至这群人出现的清康熙二十五年，绵延的战乱，使川人大多没于荒烟茂草；千河村虽居半山，却也不是想象的那样安全，劫难之后，说"十室九空"显得夸张，但的确大多"见毙群氛"。他们正需要人，并且也知道正攀爬而上的，不是土匪，不是八大王，更不是收拾山河的清军，而是跟他们当年的祖先一样，是被迫迁徙的移民——可恰恰因为知道，让他们恐慌。土匪和军队，都是像篦子那样梳一遍就走，移民却是要住下来的。为这片贫瘠的山野，他们付出了数代人的血汗，这里早已成为他们的家园，不愿交给任何人，也不愿与人分享。一场殊死搏斗，在所难免。

千河村本是杂姓，这时候德高望重的长者出面，说我们村的男人，全都改成一个姓！当然要改成村子里没有的姓，这样才"公平"。姓啥呢？正商议间，有人敲了一声准备战斗的铜锣，好，就姓罗！如此，整个村子变成了一个家族，上下同心，协力对外。

战乱期间，村民在村东二里许，修了碉堡，他们叫寨子，此刻见山下来人，男女老少躲进寨子里，放火铳，投飞石，砸滚木。寨子悬垂下去三十丈处，有条千余米长的弧形山弯，是来人的必经之道，来人就在那里，变得血肉模糊。血水吼叫着汇入大河。死者多为打头阵的男性，他们的母亲和女人上来收尸，哭声恸地，泪如潮涌，这条山弯因此叫了泪潮弯。

但千河村到底被攻破。攻破他们的，有说是移民，有说是政府军。村破之日，是又一场血斗。血斗何时结束，以什么方式结束，连传说也没留下。只留下那个名字：泪潮弯。这名字一直叫到今天。不过，凡入住千河村的，不管先前拥有多么高贵的姓氏，除嫁进来的媳妇，一律改姓罗。当地文化人说，这并非为了形成家族似结构，而是后来人对开疆拓土者的尊重。当然同时也是为了融入。一滴水，再加一滴水，不是两滴水，而是一大滴水。

茅草房变成了土墙房，土墙房变成了木瓦房，却始终是三层院落。人口可能增减，但院落没有。许多年过去，这里也没出过一个地主，村民各自营生。地界却可能应时而变，某块做熟了的土地，换个王朝或政策，或许就划给了别村。只有标志性的事物不会变，比如那个寨子，还有学堂，从没离开过千河村；学堂距寨子不过半里地，彼此相望，构成一种象征，一种尖锐的启蒙。变来变去的只有山林和耕地。千河村人在这片土地上种惯了苞谷，别村拿过去，却种上了土豆，他们就骂，说那些龟儿子当不来农民；当别人的土豆丰收，比种苞谷丰收得多，他们就惆怅地舔着嘴唇，说：那块地本来是我们的。

丰收的时候是那样稀罕。要么缺水，要么缺太阳。水和太阳都是天上的，皇帝也管不了天上的事。饥饿随时醒着，随时要来敲门。在关于四川荒年的记述中，川东北的宣汉县总是在册，宣汉县的普光镇，普光镇的千河村，总是在册。剥树皮，掘草根，靠山吃山。当草木俱尽依然"道殣相属"，就吃土；当可吃的土也吃尽，就坐在墙角望天，让满腹荒凉爬上额头。饥饿就这样植入了基因，在体内世代喧哗。时至今日，千河村人吃饭，必用大碗，去外面做客，若主人用小碗盛饭，他们就着慌，生怕吃不饱。他们把大碗叫"懂碗"，意思是大碗才懂他们的心思，才能为他们提供保证。然而，在那年月，千河村人可以饿死，却不吃人肉，无论老人孩子，死了，都可放心地埋掉，绝没有谁趁月黑风高，去把死人掏出来下锅。同一片大山为他们付出的牺牲，已让他们淌着共同的血脉，而且从形式上，不仅大家都姓罗，还排了辈分，算同宗同族。饥饿再野蛮，也降服不了他们对同胞下口。为他们排辈分的，名叫罗思举，此人父母早亡，家贫无计，年少时就出山闯荡，最终成为清道光年间的国家栋梁；因镇压白莲教起义，让他在历史上面

224

目不清，又因写了本自传，让他名垂后世，新文化运动领袖胡适读到这本自传，惊呼这是近两百年来，中国最好的传记文学。

同宗同族，自然不能通婚，男女间也不乱开玩笑，更不能苟且。可最终还是发生了苟且之事。那是 20 世纪 70 年代中期。因上年再次大旱，春播之后，四个多月滴雨不下，稼禾成草，万木枯焦，千河村人厌倦了靠天吃饭的窘迫，去五里高山上修水库。那时候，小学生们在作文里写父母和哥姐，用得最多的词是"披星戴月"。就在披星戴月的途中，一男一女生出了爱情。传言四起，由拉手，说到亲嘴，由亲嘴，说到野合。女子上吊，被救下，再上吊，再被救下，第三次上吊，没人来救，绳子却断了。女子对着大山磕头，说山神知道她遭泼了污水，不让她死，也舍不得她死。但她已无法再在当地过下去了。次年春季的某一天，她从开遍映山红的山野消失了。女子消失的第三天，男子也消失了。谁也不知道他们的下落。

千河村埋伏着隐秘的悲伤。

但生活依然继续。三层院落的争吵和欢笑，依然继续。土地下户以后，村里的声音少了，粮食多了。当木瓦房变成火砖房，墙壁更厚，彼此的隔绝也更深。当年轻人纷纷外出务工，当村东的小学被拆并，孩子们只好去镇上念书，千河村就陷入真实的沉默。先祖开垦出的土地，在沉默中荒芜。留守下来的老人，抢着耕种，但他们已经追不上时光。其实老人也所剩无几，他们要去镇上照顾孙子辈。务工的儿女，在镇上买了房——有钱得买，无钱借钱也得买，否则下辈人就结不到婆娘。开始，老人利用周末，都上山来，在老房子生把火，熏熏蚊虫，再去田土里摸摸索索，天黑许久也不归屋。后来两眼昏花，腿脚麻木，只能坐在街角，面朝老家的方向冥想。他们知道，老家的房子正在朽烂，田土正走向更深的荒芜。他们的嘴角噏动着，是在无声地哼唱一首古歌：一寸田地一寸金，田土才是命根根……

就在这时候，那个因传言出走的男人回来了。在村人的印象里，他是个小伙子，回来的却是个老人。没有人看见他是怎样变老的。他出走，是为找她——先于他出走的女子，但没找到，几十年也没找到。除念叨"她"，他比石头还哑。他回来的是个孤家寡人，看来一直没娶。父母早已去世，房子早已垮塌，都以为他只是看一看就走，谁知他在屋基上搭棚子，是要住下来的架势。当真住下来了。他只种了少少的一点土地，每天的大片空闲，就是从村东走到村西，又从村西走到村东。他这样来来回回地走，走到村子里只剩下他一个人。

但每过些日子，荒败的村庄就会闹热一番，是有人死了，把尸骨送回来安葬。

千河村人不管走多远，死后都要回来，去祖坟里跟先人团聚。

从北到南

一、哈尔滨的冰

哈尔滨是最符合我想象的城市。每去一座城市之前,我都会对那座城市进行想象,并告诫自己:要带着热爱走近它。既然要去,证明跟它有缘。但老实说,许多时候,我的热爱都化为虚无。我从小县城见到的,和在大都市见到的,几乎都是一张嘴脸:一样的高楼,一样的色彩,一样的行色匆匆,又一样的寸步难行——一样的"与国际接轨"。是否真的"国际"了,我不知道,我单知道城市间的行走已失去了基本的意义,城市的个性消失了,更谈不上智慧。哈尔滨却不是这样。我以为,在中国所有的城市当中,"哈尔滨"几个字念起来最上口,我对它的想象,最初就源于念它的声音,平仄平的音节,使之中正而不古板,淡定而又充满生机。事实也正是如此。

作为一个南方人,每次去北国,都给我一种雄浑感,雄浑是雄浑了,却少了润泽,少了可供品味的细节性指引,哈尔滨却偏偏从细节入手。岁末年初,中国南方遭遇了数十年乃至百年不遇的雪灾,哈尔滨却只是不太像样地下过两场雪,但这无法改变它作为冰城的那颗心。割人的风和封冻的大地,成为它的集体面貌,哈尔滨人跟季节一道,沉静下来,不急不躁,精雕细刻,将大自然的馈赠人格化,街道旁边的冰酒吧,中央大街、太阳岛和"冰雪大世界"里的雪雕，都各具个性地说着自己的话，捧出自己的灵魂。作为靠近俄罗斯的边地省会，其异域风情的建筑和淡青色的地板，诉说着过去的岁月，哈尔滨悉心保护着这段历史，但绝不虚构历史，同时它又深知，必须从历史的眠床上醒过来，站起来，只有站起来才能成为自己，才能张扬生命的激情；那些看上去冰凉摸上去却微带暖意的雪雕，生活气息扑面而来，这种生活，属于中国，属于东北，属于哈尔滨，无论乐不可支的老人与孩子，还是花国诸神以及嫦娥奔月的神话，都彰显着一种民族气派，让人切实地触摸到自己的根。即便是以奥运为主题的"冰雪大世界"，其天圆地方的整体构架，其对黄色和红色的偏爱，都是充分中国化的。这座最有资格"国际化"的城市，却因饱满的民族特色和地域特色，成为中国向世界推荐的十座城市之一。

这是自信结出的果实。东北名人于庆成先生的雕塑，凡女人，无一例外都生着大乳，我想，他想要表达的，其实也就是对"源泉"的追述，也就是自信和力量。

对一座城市的阅读，类同于对一本书的阅读，有些书让你惊喜，有些书让你安详。哈尔滨没让我惊喜，它让我安详。没什么可惊喜的，因为一切都自然而然——它本来就应该是这个样子。在外面走上几分钟，回到房间里，脸上就窸窸窣窣地响，那是冰在融化；那种弹拨而出的爽脆，仿佛不是冰在融化，而是有某种东西在脸上生长，根须欢欢实实地直往心里扎。松花江穿城而过，但这时候它不再是江，而是一条与陆地相连的道路。江畔的冰场，马车辘辘，人潮涌动。这景象让我情不自禁地联想到冰层下的流水。大地封冻了，流水却到了冰层之上。流水就是那些欢乐的人群。他们溜冰，滑雪，跟这片土地一样，既遵循自然的法则，又灵动疏阔地释放生命。哈尔滨的冰，不是让人冻结的，而是让人释放的，甚至是让人狂欢的。再怎么狂欢，冰心犹存，站在江堤上面，你几乎听不到冰场上的声音，更说不上喧闹。即使处在运动状态，哈尔滨也让我感受到一种静思的魅力。

在对"哈尔滨"的众多释义当中，我最喜欢来自满语的"晒渔网"和来自女真语的"天鹅"，二者看似不相干却暗含因果，静中有动，动中有静，因劳作而丰收，因劳作而高贵，劳作是它的外化姿态，高贵是它的内在气质。有了这些，它自然不会手忙脚乱，自然显得大气从容。凡到过哈尔滨的人，多以为这座城市时尚。我也这样看。只是，它的时尚不是猛然间就逼到眼前来的，它把时尚藏在骨子里；世间有"第二眼美女"，哈尔滨是"第二眼时尚"。可在这座公认时尚的城市里，我在中央大街上散步，从好几家商场路过，听到里面播放的竟都是《走过咖啡屋》《我们是八十年代的新一辈》等几十年前的歌曲。这其中的意味，是大可咀嚼的。

哈尔滨最难得的地方，是能守住自己。

二、重庆女声

前不久去西安开会，某体型剽悍的杂志社主编拦住我，很认真地对我说，他会后有话给我讲，问我的房间。夜里 10 点过，他敲门来了。我想无非是约稿吧。最近没写什么，最怕别人约稿，那会让我愧疚。可人家根本没找我约稿，几句寒暄过后，他问我，你老家在重庆？我说不在重庆，只是离重庆较近。但他不管不顾，立即拍脚打掌："你们重庆好哇！"这么吼叫一声，眼神迷离起来。那眼神从一张宽皮大脸上照向我，给我的感觉是在崇山峻岭间突然遭遇一片海子，很不真实，却格外动人。我将就他的话，问重庆好在哪里。"声音，"他说，"女人的声音。"

然后他给我讲一件事，话没出口，就满面通红，是激动的。那是十多年前的事，那次他从重庆路过，上某处（他说不清地名）一座天桥，向某女问路，某女告诉了他，路他没听清，因为他被那声音迷住了。那年他三十岁，也就是说，他在世上活了三十年，从来没听到过那么好听的声音，以至于十多年过去，他一直被那声音养着，见到重庆这方的人，就要表达他的赞美和抑制不住的感激之情。

该老兄实在是幸运的。重庆的美女有名，这是事实，美在哪里，各有说法。有次碰到诗人舒婷，她说：重庆女人不就是腰扭得好嘛！听上去有些不服气，但她毕竟也承认，重庆因是山城，出门就上坡下坎，上坡时朝前倾，下坎时朝后扬，日久天长的，女人们的腰肢自然细长、灵动，安安静静地坐在那里，也给人舞蹈感。还有人说，重庆女人的脸好。这其实是一个伪命题，每个地方都有脸好的，也有脸不好的，人们往往根据自己看到的第一个女人做出判断，是个体判断，并不代表整体。就像传言成都春熙路的女人漂亮，当真去看了，会失望的；尤其不能白天去看，美女不属于白天，她们属于黄昏，属于夜晚。这是题外话了。据我的观察，重庆女人之美，美在英气。那回我在小龙坎，见一高挑女子过马路，披件呢子大衣，步子迈得急了些，大衣下滑，她目不斜视，肩膀一抖，大衣重新归位，那模样实在潇洒。总而言之，我从没听说过重庆女人的声音好。

重庆口音跟我老家极相似。这有地理的因素，都是大山大水；也有族群的因素，都与巴人牵连；还有性格的因素，都尚快意恩仇。在冷冰冰的时间深处，川流峡谷间活跃着一支特异而滚烫的浪漫精灵，以渔猎为生，以弓弩为图腾，瑰丽的生存空间，让他们得山水之滋养，疏阔流动，乐观开放，能歌善舞——甚至在临阵杀敌时也纵情歌舞；长时期的迁徙，又使之不畏艰险，韧劲十足。这就是当今重庆人的前身。他们的口音是"向外"的。不像成都，与重庆的水性相对，成都更重土性，发达的农耕文化，使蜀人恋土重迁，视交流为畏途，因此，成都的口音是"向内"的。放在女性身上，向内的口音当然比向外的好听，向内的更具有肉体的质感，且能带出心情，引领倾听者融进去，甚至能让倾听者自以为跟说话的女子有了某种秘密的呼应。

我怀疑，那位体型剽悍的主编在生活中是缺少朋友的，因为重庆女人说话，属"干燥型"，如果你没跟她们见面，只在电话上听她们的声音，你会觉得，这不是一个"姐们儿"，而是一个"哥们儿"在跟你说话——我以为这是重庆女人最显著的特征，你既可视之为姐们儿，也可视之为哥们儿。她们从不弯弯绕，有什么事，就跟你说什么事。日子过得不容易，大多数人心事重重，而这时候，要是能听重庆女人说几句话，你会即刻发现，世界其实没那么复杂，世界其实很简单。重庆女人的声音是一双手，动作麻利，三下五除二，就把你发霉的心事摊到太阳底下。晒过后你才恍然大悟：白天黑夜折磨自己的，竟然是那样的微不足道。

不过我这里说的是方音，现今重庆好些家伙都说普通话了。普通话的确好听，只是没有方音的味儿了。去年 5 月，我一个熟人去重庆某大学进修，一位重庆籍女教师用夹生普通话说："这里有四川来的同学，恐怕听不懂普通话，课后找同学抄抄笔记吧。"这就玩过了。还是去年，重庆一对夫妻带着六岁的女儿来成都，我请他们吃饭，席桌上女儿又唱又跳的，真是聪明又可爱。孩子让我跟她做游戏，她讲的是普通话，我对她说，这游戏要说四川话才好玩儿，孩子的母亲眯着眼睛，很骄傲地告诉我："我们女儿不会说方言。"看来，两口子在家里都是跟孩子说普通话的，只是见了我，两口子怕我听不懂，才勉为其难地说了祖传的方言。那一刻，我差点儿就要学习鲁迅先生，大声疾呼"救救孩子"。没有方言，我们如何通过语言去找到回家的路……

但不管怎样，我大体上跟那主编有着相同的爱好：喜欢听重庆女子说话。如果她们忘记了方言，说普通话也成。

三、去郫县看平原

郫县的"郫"字，除专为郫县而造，别无他用。这真是郫县无上的荣光。仓颉造字百鬼恸哭，其伟力可想而知；任何力量的背后，都是内敛，正因此，仓颉才不会把字造那么多，一字多音一字多解的事，才频繁出现。唯"郫"字例外。它就像一盏独一无二的灯，悬挂在川西大地。

有人解释说，在卑湿之地排水筑城谓之郫，这又为抽象的地理名称注入了血液，让她活泛生动起来。是那种丰腴的生动。郫县境内七河并流，近十万亩花卉果木，带给人的不只是秀丽的实景，还是郁郁葱葱的想象。这里的大地和天空，呈平行的两扇门，或者说，大地成为天空的影像，起伏的不是峰谷，而是云卷云舒的气度与雄心，行进其间，仿佛所有词汇都褪去了，只存两个字：宽阔。空间的宽阔，人心的宽阔。这份宽阔感提醒我：郫县是我见过的最具平原气质的地方。

我生在山里，十八岁第一次到成都，才看到平原。大山和平原的区别，乃在于一个往高处看，一个往远处看。平原给我的感觉，是可以无穷无尽地走下去。对山里人而言，这感觉暗含着脱胎换骨的冲撞。然而，若干年后，当我在平原入住，才发现许多地方已经算不得平原了，林立的高楼，形成鳞次栉比的人造山峦，"现代化"体现在城市规划上，成了整齐划一泯灭个性的代名词。幸好有郫县在！郫县的大街，从建筑到人们的步态和言谈，在我眼里就是一副副呼吸着的"巴蜀图语"；不事张扬、微微颔首的川西民居，呈现出现代城市少有的从容。

当然，我说的平原气质，不仅指这些。平原的延伸性，使郫县人懂得探望时间的深处，追忆自己根在何方，怀想曾经走过的道路。自教化农桑的古蜀王在此定都，已有近三千年历史，郫县的点点滴滴，都体现了对历史的尊重，说唱俑、杜鹃鸟、古蜀农耕图，都巧妙地融入了城市建筑，东、西大街上展现古蜀劳作及娱乐场景的灯饰图案，更是匠心独运。——哪怕设置一个果屑箱，也捧出浓郁的、别具一格的文化气息。其间熔铸的是浑厚的积淀，也是烂漫的活力。虔敬的尊重和传承，使郫县人才辈出。作为写作者，我自然对汉代扬雄和当代韩素音更熟稔，我至今记得自己秉烛夜读扬雄文选的情景。但我还未及去扬雄墓，听说那是一个荒凉的所在，这样好，荒凉代表宁静，代表大。

有旅行经验的人都知道，真正难行的不是山路，而是平路，要把长长的平路走下去，没有十足的耐心和韧性，难以为继。读《华阳风俗录》，上有关于郫筒酒的记载："郫县有郫筒池，池旁有大竹，郫人剖其节，倾春酿于筒，苞以藕丝，蔽以蕉叶，信宿香达于林外，然后断之以献，俗号郫筒酒。"我不知道现在是否还有郫筒酒，但这种绝美佳醪却不温不火、低调出之的过程，足以构成某种精神象征。

四、界　线

县境之外，我最先知道的地方，除了北京，就是松潘。那是1976年8月，某天夜里，房舍震荡，犬吠牛鸣，我从虚楼跌入了牛圈。第二天进学堂，老师说昨夜发生了地震，地震的地方叫松潘。从此，地震和松潘同时植入我的脑子，并成为同一个概念。

多年以后，我走过了许多地界，其中大部分都忘记了——但松潘没忘，尽管我从没去过。在我的观念里，甚至血脉里，松潘是一个灾难性的名词；这里的灾难并不与恐惧相连，而是暗含着某种教诲和启示，在我很小的时候，松潘就教我懂得，人是大自然的一部分，并不天然地拥有凌驾于规律之上的特权。正因此，无论如何，我得去松潘走一趟。

去松潘的里程，就是探寻一条河流的里程：逆岷江而上，过汶川、茂县，到达岷江源头，就是松潘了。话虽如此，从成都出发，开车却需大半天。沿途山势奇伟，远处雪峰隐隐，路边槐花正繁，阳光和风，将花香蒸腾拂动。松潘城卧于山谷，古城新城并势，藏回羌汉杂处，其扼控江源、邻接陇藏的地理位置，使之历朝历代都是兵家重地，虽有薛涛流放期间才人加女人的《十离诗》，但松潘究竟属于男性，松潘城也是一座男性的城。

可它确又有女性的干净、祥和与丰饶。街沿店铺林立，各族民众，近乎安静地做着生意，收来的虫草，盛进筐箩，在清晨的街面低头打理。去藏民德嘎家做客，厨房设于餐厅，女主人轻巧的步态和内敛的眼神，男主人纤尘不染的歌声，捧出的正是草原和蓝天；那种在汉地见不到更吃不到的饮食，如何做出来，如何呈给你，点点滴滴的过程，也是一种香。去羌寨和回民拱北寺，一样会受到热情接待。曾经，民族间因生存、习俗和信仰而时起争斗，使松潘以"不易抚绥"闻名，而今，那些事都已埋进史书。划分民族缘于尊重，因此本不是为了确立界线，而是为了抹掉界线。事实正是如此：花灯舞来自北方，被藏民接纳，水晶乡藏寨的川盘花灯舞，还成了非物质文化遗产；羌族锅庄里，有藏族锅庄的神韵；回民小调里，又饱含汉族音乐元素。这种相互学习与借鉴，是对"界线"一词的最好阐释。

还不止于此。

我们是怎样走来的，我们现在怎样，我们又会朝哪里走去，诸如此类的问题，是人类永恒的疑难，而在松潘，这些疑难不是让你猜想，而是让你感知和看见。百余年前，英国植物学家和探险家威尔逊来到松潘，拍下了松潘古城的照片，百余年后的一天清早，我与几位朋友登上城背后的西门顶，俯瞰古城，发现大体格局，与威尔逊的照片并没有多少走样的地方。在这里，城垣逾百代，栈桥越千年，凡来过松潘的历史名人，都被满怀敬意地挖掘，或塑像纪念，或勒石成碑。这是一座把历史记忆植入日常生活的城市，历史和当下，如水融于水中，并在生活里淙淙流淌。就连汶川地震后安徽援建的新城，也充分考虑了川西民居特色，与古城保持格调上的一致。但这丝毫也无损于它的现代感。真正的现代感必与传统相接，其核心是个性。世界文化的前景，并非趋同，而是本土化，这是有见地的人类学者的共同主张；因为只有这样，彼此间的尊重、沟通和丰富，才会真正成为可能。

县城笔记

一、大叶榕

两棵，相距不过二十米。我多次从这里走过，但没注意到它们。没注意到，它们于我不存在，我于它们也不存在。今天早上出门，猛然间望见其中一棵，有些惊异。树身老迈苍凉，底部破开，分出黝黑的两扇，侧面生满苔藓，数米高处才有枝叶。树腰钉了块绿色牌子，标明：树种，大叶榕；树龄：468 年。

推算前去，它生于 1548 年。那是明世宗嘉靖二十七年。这一年里，明军在收复双屿港的战斗中，击毙葡萄牙军八百余名，并古怪地俘获了一批善于制造火绳枪的日本人，另外蓬莱发生了地震，文徵明手书了行草七言律诗长卷，有人为葡萄牙皇后伊莎贝拉画了肖像，意大利思想家布鲁诺、中国歌妓马湘兰以及被称为"日本张飞"的本多忠胜在这年出生，塞万提斯刚满周岁……对于热爱历史的人，这些对我都很重要，但此刻，那些遥远的人事跟我一点关系也没有。公元 1548 年，世上最伟大的事件，便是这棵树的诞生。

这是在我老家的县城里，当年却不属城区，而是傍河的一带荒坡，因此可以肯定，这棵树并非手植，它是自然生长的，如果它母亲不在附近，那么带它来的，就是鸟，或者风，那只鸟,那缕风,也有将近五百岁了,早已化在时光的烟尘里。但这棵树活着,活过了明朝、清朝、民国直到今天。其间经历了很多事,包括战火,却没伤害它,这是这座城市的光荣。漫长的时日里,有许许多多人跟我一样,从它身边走过,还有人站在树下,握手、寒暄、密谈、亲吻,然后分开,走向各自的生活或共同的生活,再然后,病了,老了——老是最大的病,华佗再世,也无能为力。这棵树目送他们,看见他们生了白发,驼了脊背,身体低下去,低进黄土里。那么多苦乐和生死,都在它眼里游荡,如果它有心,它需要容下多少的感叹,如果它无心,人间事便只是南来北往的风。

万物有灵,怎么可能无心。在这个阴沉的早上,我注意到它,不是我有心,是它有心。它在人流中选定我,要我认认真真看它几眼。它的身上,挂了红绸,想必是某些得了怪病的人,或者想升官发财的人,需要它的保佑。岁月赋予它神性,人们以它为神。一个被需要的神。而它自己,它本身,却被忽视。被忽视数百年,它感到了孤独。

好在二十米外,还有另一棵树,跟它同样的名字,同样的年岁,连长相也很相像。你们是兄弟或者姐妹,当城市睡了,你们可作倾心交谈。没有谁打搅你们,连鸟也不会;据说,对年过百岁的树,鸟也心怀敬意,不在上面做窝。

你们随便说出一段掌故,都是活色生鲜气息扑面的历史。

作为写作者,我感激你的召唤,并衷心珍惜。

二、断尾猫

这只猫走在前面，没有尾巴。它的尾巴断了。这让我想起一件事，是二姐夫告诉我的，说他曾经养过一只猫，去别人家捉老鼠，老鼠在洞里，它便伏进去，只留尾巴在外面摇动，那家主人眼花，以为猫尾是只老鼠，一铁锹砍下去，猫惨叫一声，跑了。尾巴被砍断了，但没彻底断掉，后来是烂断的。

走在前面的这只断尾猫，又有着怎样的故事？我不想看见它，可是它固执地在我眼睛里移动。走了好长一段路，终于不见了，然而，快出小区时，它再次出现。没有尾巴的平衡，它走得不够快，也不够稳。出门就是街，我们是去街上吃饭，它是要去哪里？很可能，它饿了，也是去找饭吃。我们暂时不知道去哪里吃，但满街的餐饮店，只要想，随时可以走进任何一家，它呢？或许游荡完整个黄昏，甚至整个夜晚，也找不到吃的。

这让我悲伤。我见不得动物受苦。几年前，在住家附近的公园里，见到一只个头不大的狗，大概是遭了车祸，整张皮几乎都被揭掉了，紫色的肉露在外面，两条后腿完全不能支撑，走路，就把后半身提起来，悬空，用两条前腿，像在耍杂技。当时人比较多，它怕，就朝旁边的草丛里躲。刚下过雨，地上泥泞，它一步一滑。我想它是很久没吃过东西了，跟过去，看住它，让妻去买来火腿肠，喂它吃。它不吃，只朝我身上偎。可是我不能收留它。家里养了好几只流浪猫，它们过不到一块儿去。——这只是借口。老实说,这只是借口。我亲眼见过猫和狗成为朋友,亲热地打闹。我是没有勇气收留它,我不敢保证自己有那么多精力和钱财,去为它治疗,给予喂养,也不敢面对它必然会有的死亡。

多么可怜的人。因为有那次经历,我羞于说自己见不得动物受苦。不能拯救,就不要去说。但实实在在的,我确实见不得,比如这只断尾猫,又让我心痛。当我们进了火锅店,我就强迫自己不要去想它,点菜、喝茶、抽烟,过无心无脑的日子。

吃过饭,却又在街上看到两只鸡,被捆了双脚和翅膀,放在路边,等待出售。天黑许久了,它们以这样的姿势,待了有一整天,至少半天,没吃过,也没喝过,无声无息的,只微微抬起头,睁着乌溜溜的眼睛,望着行人匆匆的脚步。我急忙转过头。

同行的一位朋友,以前写小说,现在不写了,他说自己现在的主要任务,就是把自己变傻,然后研究中医,保命。他要让自己长命百岁。见我神色异样,他问起,我便告诉了我的不安,他说:这对你不好,这会磨损你的心,消耗你的元气,对健康不利。

三、河

现在要看到奔腾的河水已经很难了。前年走三峡,自重庆至宜昌,一路上的河面,都是水泥路那样平,除了轮船的马达声,听不到丝毫涛声,这就是说,连长江也不再奔腾了。当然，江与河只是约定俗成的称呼，二者并无本质区别，如果愿意，长江也可以叫长河。

一条不再奔腾的河还叫不叫河？按字典上的解释，河，是指陆地表面成线形自动流动的水体。这里有两个关键词，一是自动，二是流动。现在的许多江河，成了湖，比如重庆至宜昌段的长江，不叫长江，也不叫川江，而叫库区，流是流的，却不再奔腾，也不再"自动"。它受制于人造的闸门。还有我故乡的中河、后河、清溪河、州河，同样受制于闸门。如此，它们要么不再叫河，要么给河重新定义。

来到县城后，无数次去州河边，今天又去，见到的都是同样的风景，眼底无一波一浪，今天下着小雨，也无法在河面激起波纹。河被凝固，河水所代表的自由，被凝固。涵洞里倒是有哗哗的水声，那是城市污水，直接排进河道。问扫地的老人，说污水咋能这样排，她说那有啥办法？的确也是，她有什么办法呢？而且我很清楚，我去问环保局，问县政府，他们的回答同样是：那有啥办法？只是肯定不会像扫地老人说得那样质朴。他们可以找出一万条冠冕堂皇的理由，来说明自己的有办法和没办法，都是为了百姓。

幸好有白鹭沿河飞翔，昨天十一只，今天两只。还有两只黑背水鸟，一只行在岸边，一只浮于水面。有只小鸟飞到排污口，站在土坡上看了片刻，又飞走了。不知道它在想什么。

真的需要那么多水电站吗？也未必。曾去大渡河，大渡河成了一根香肠，一截一截被切断，转个弯修个电站，再转过弯又修个电站，能有多少水势用来发电？修电站真的成了切香肠，为某些人填欲望。有年去都江堰，听人说截断岷江的紫坪铺水库，日亏损五万元，耗巨资修个电站，却用来亏损，且亏损得那么可怕，我理解不过来。

听电视台的人讲，短短的前河也修了电站，只是不能发电。筹备期间，某上级领导下来视察，他是刚退休的，说视察也说不上，属旅游性视察，是一种福利；可因为他退了休，县环保局局长就对他很冷淡，估计别的领导也对他冷淡，因此那人愤怒了，回去过后，不知做了怎样的汇报，同意在那里修电站，而电站修好，却不许发电。县里人见识短，连老虎死了还有余威在、大船烂了还有三百钉这样的常识也不懂得。

四、鱼禅寺

县城里最著名的"寺"，有二，一为多宝寺，一为鱼禅寺。

把"寺"加了引号，是因为它们是两条街道名，而不见寺。

多宝寺还有个来源，也有形迹。我租住的地方，就是多宝寺的中心，当然是曾经，现在没有了，20世纪50年代就被毁了，变成了林业局和森林警察的驻地。但关于多宝寺的文字记载和民间传说还存留着。说它始建于唐开元年间，香火兴盛，高僧辈出，法筵宏开。文化馆一位朋友对我讲，当年，寺外有一狗槽，和尚倒碗饭进去，可供全城的流浪狗吃饱；那狗槽能因缘而生，放钱生钱，放粮生粮。后来，日本人听说后（日本人到过这里吗?),要来强占,方丈将狗槽踢了一脚,狗槽顺坡而下,滚进了坡下的洗马池,洗马池里的马尿马粪,培植出密集的水藻,日本人下水去摸,终不可得。前几年,政府拨地,在城外前河与清溪河交界的半岛上,重建庙宇,为此,有无名氏作赋云:"聚沙成塔,布地为金,使香火重旺于古寺,钟鼓再鸣于虚空……咸植福而种因,尽迎祥而弭患。于是燕至仍家,僧归有宿;钟鱼互答,梵呗相闻。"昨天,我跟县书法家协会去项山顶上的养老中心,为他们现场写字,能隔河望见半岛云雾寨上的多宝寺大殿,阳光之下,金身冉冉,佛田广大,颇具法相。

可鱼禅寺的历史,却给人欲言又止的印象,在网上查不到,也没听人说过。

只有现实的鱼禅寺,就是那条街。

是一条冷僻的街,很长,很窄,有些弯曲,坡度比较大,与我住的地方,也就是与多宝寺旧地,紧邻。刚来县城,把房子租下过后,有人就跟我开玩笑,说我住的地方"安逸",离红灯区近。他们说的红灯区,就是鱼禅寺。

有次我从文化中心走回来,从鱼禅寺顶端,迤逦而下,见左侧的店铺,都像是开在山洞里,有五金店、文身店、裁缝店、烟酒店,总之没什么特别的。只是人少。人少得让我喜欢。一种跟一头一尾格格不入的质朴气息,让我想起我在县城念高中时的情景。连人的脾气也是质朴的。走到中段,有一妇人高声怒骂,听了几分钟,没听出原委,她门前的街道上,倾了一堆垃圾，好像是怪罪谁把垃圾放到她门前了，她怒不可遏，就把垃圾倾到了街上。另一老头子在咕哝，是说这街上设的垃圾桶太少，或者是说以前有，现在拆除了。那妇人一骂，满街响，因为除了她的声音，再无人声，车也很少。她骂的话，全是乡村妇人的骂法。

记得有次去车站，走路去来不及，出租车又打挤，就坐了摩托。摩托车从鱼禅寺过，司机很有兴致地给我讲这条街上的故事，说它是老年活动中心；在这里卖笑的女人，都是三四十岁甚至更老，来这里买笑的，也多为老年男人。一次二三十元，贵不过五十元，要便宜起来，就便宜得没谱，五块。那些上了年岁的男人，进城卖了菜，到这里"耍一盘"，再舒舒坦坦地回家去，家人一般看不出破绽，真要查问，就说今天的菜价贱，或者自己不小心把钱弄丢了。如果本身就住在城里，找老婆要三二十块，说出去打牌，其实是来这里打炮。司机还给我指，说你看坐在门口的那个婆娘，就是卖×的。可车行太快，司机指了好几次，我偏偏就一个也没看清。我甚至觉得他的话和众人的传说，都只是一种虚构。

前天，我从县二中回来，又从鱼禅寺过，这回是真看见几个"那样的"妇人了。的确，年纪都不轻，说半老徐娘，几乎是对她们的夸奖。天气冷得很，我穿着双层夹克，又走了那么远的路，还感觉凉飕飕的，可我看见的那一、二、三个妇人，下身都只穿了肉色长筒丝袜。两个坐着，一个站着，但不仔细的话，真是看不见她们，她们的店门小得仅容一身，在门里一站，或坐，你还以为不过是堵着件什么东西。里面完全看不见，听说一般有两间，外间做出理发的模式，里间卖淫；有时几个老头子去，外间在说笑，里间的声音也清晰可闻。

都那么大年纪了，儿女都大了，说不定还当奶奶或外婆了。

她们是怎样走上了这条路，又是什么让她们持之以恒？

五、夜恐症

我有夜恐症。中医说，阴虚多梦，阳虚善恐，但我觉得这只是物理性的解说，因为我从小如此，夜夜做噩梦，做了几十年，一直做到今天。我以为这主要与生活经历有关，母亲的早逝，让我对未来的每一天都感到害怕。

不只是在睡里做噩梦，睡之前就心怀恐惧。分明睡在家里，家里人分明都在，却总是觉得房间里魅影幢幢：有人朝我走来，有人在抠我脚板，有人要掀我被子……只好亮着灯睡。可这也帮不了多少忙，眼睛一闭，就闻见陌生的鼻息，每隔三两分钟，便猛然把眼睛睁开，整夜如此，苦不堪言。要是出差，睡在宾馆里，便更糟糕，几乎要通宵开着电视，不然就没法片刻入眠。而电视也有助纣为虐的时候。上个月在京西宾馆开会，在一作家朋友的房间里聊到很晚，困得不行，再回自己房间睡觉，却照样睡不着；又把电视打开，打开就是中央台法制频道，讲的是一个案子，节目名字叫"床下有人"。好在这是京西宾馆，军管区，戒备森严，兵气炽盛，鬼啊魂的，想必也不敢孟浪，否则这一夜的睡眠必定是彻底完蛋了。

到县城后，一个人住在十楼上，百多平米的房子，情形可想而知。

何况天气阴沉。我第二次来，连续好些天，不是雨就是阴，完全见不到太阳。

没想到可怕的情形并没维持多久，就好了。原因是我借了一本书来。那天朋友请去他家，帮他看小说，我见他书桌上放着本布鲁姆的《巨人与侏儒》，下楼吃饭的时候，开口说借。他有布鲁姆的两本书，本想把两本一并借给我，但另一本没找到，就将《巨人与侏儒》给我了。当夜读，好喜欢！选编者张辉的导言写得好，布鲁姆的朋友唐豪瑟的回忆文章写得好，译文也好。布鲁姆追忆他的老师施特劳斯、雷蒙·阿隆、亚历山大·科耶夫，探讨柏拉图与苏格拉底，解析莎士比亚和博雅教育。这部书有不少伟大的见解，阅读着的我，也觉得自己跟着伟大起来。弃书就寝的时候，满屋子充盈着智慧的光芒。如此，还有什么好恐惧的？

的确也是，在我床上，放着托尔斯泰、卡夫卡、普鲁斯特、加缪、卡尔维诺、鲁尔福、汉姆生、亚当·斯密等人的著作，有他们相伴，就是有神灵相伴，实在不应该感到恐惧。

真的，我连续睡了几个好觉。

六、公交车

本来可以不坐，但县城里——无论哪座县城——的公交车我从没坐过，便想尝试一下。

旧，引擎盖上的皮都烂了。也脏，旧本身就容易给人脏的印象，何况是真的脏。乘客有的背着背篼，因是下午 5 点左右，背篼里可能有没卖完的菜，还有没卖出去的鸡鸭。

上来一个女学生，看上去读小学二三年级的样子，她从后门上来，灵巧地从引擎盖上爬过去，把钱给了，又灵巧地在引擎盖旁边找到座位。

上来一个老人，我观察着有没有让座的。没有。他们似乎还没有给老弱病残让座的习惯。但交车钱都很自觉，从后门上的，都把钱递前去。我给那老人让了座，旁边座位上一个年龄跟我相仿的男人，很惭愧又很欣赏地望着我。我相信，下次遇到老人，他也会让座。

走到中途，上来大群中小学生，穿着统一的蓝色校服。校服真难看，像笼在身上的一张大布袋，简直不能称作衣服，更分不出男女。全国各地，没见一所学校的校服好看。为什么要把校服做得那么难看呢？听说是为了抹去他们身体的轮廓，身体的美，甚至抹去他们的性别，让他们心无旁骛，全神贯注地投入学习。这真荒唐。这明显是上了年岁的人的想法，不懂得青春是一种气息，青春根本就不依赖于肉体，青春本身就既是心灵，也是肉体。前年去省城一所学校开讲座，那学校跟多国名校有密切交流，在他们的陈列室里，挂了美国、日本、挪威、爱尔兰、冰岛等十余所学校的校服，都非常美，包括民国的校服，很美，美的核心和关键，是强化性别——但也没听说那些地方和那些时代的学生们都不学习，只谈恋爱。

人太多，很多上不了，只得等下一辆。不知道县城的公交车间隔多久才会来一趟。大概要等很久，我平时就注意看，没看见几辆公交车跑。公交车总是这么挤，成都也是。没地铁的时候挤，有了地铁，照样挤，地铁跟公交车一块儿挤。北京更是，挤得放不下脚，跟身边的熟人说话，只能仰着脖子。不少国家的火车上、汽车上，都是稀稀落落的几个人，跟坐专车似的。中国人毕竟太多了，公交设施又太落后。我不知道公交的滞后，是不是为了发展私车，拉动内需。这是很难说的，我们的许多不如意，解密之后才知道是一种策略。

七、饮 食

不少人赞美这县城的饮食，包括一些外地人。灯影牛肉已蜚声海内——这里的黄牛出名，入了"世界名牛录"，且又培育出了新品种：蜀宣花牛。蜀宣花牛是以本县黄牛为母本，选用原产于瑞士的西门塔尔牛为父本，耗时三十余年培育而成。除灯影牛肉，早已风行全国的锅巴肉片，据说原产地也在这县里，史载，乾隆下江南时，在江苏吃到从这里传过去的锅巴肉片钦赐"天下第一菜""平地一声雷"。小吃方面，手擀面、手剁馅包、羊肉格格，都是人之至爱。在网上看到一个北方人写的文章，他因事到这县城走了一趟，事情没记，却记了大堆美食。至于在这里土生土长的，更是被美食养育，有个小伙，劝他女朋友不要有什么理想和追求，不要去读北大、浙大和清华，不要去外地打拼，就跟他一起留在县城里，好随时去上城濠吃杂酱面、大刀凉皮，去下城濠吃火锅，去半边街吃烤羊肉，去老车坝吃咕噜鱼……这县里人还喝早酒，也就是吃早饭时也喝酒；喝早酒这事，中央电视台还报道过。

尽管这是我的故乡，但毕竟只在县城读过一年书，对县城人的脾性，可能比对省城人还陌生；这回比较长时间地待在这里，看出他们确实好吃。

好吃的人都不吃独食，而是与人分享。有天，一位朋友请我去他家吃饭，是因为别人送了他好东西。中午赴约，端上来的是一盘细丝黑肉。他说这是山里人送的，叫飞鼠，说这家伙能在地上走，也能在天上飞，见到牛啊羊的，就飕的一声，钻进它们肛门，把肠肝肚肺掏出来吃，比豺狗子还凶残。我不大敢拈，但想到它那么残忍，就尝了一筷子，跟咸菜差不多。朋友自己也觉得跟咸菜差不多，很不好意思，说本是请你来品美味，结果这个样子。接着他又说到他年轻时在山区当乡党委书记那阵，山民用竹剑，把生于河道岩堑里的娃娃鱼刺死，再钩出来，有大的就送给他，有次送他一条，三十多斤，他吃烦了，也像吃咸菜萝卜。

饮食的意思，就是你要剥夺生命。但人必须吃才能活，这是宿命，也谈不上罪恶。

不需要那么多却依然去猎杀，就是罪恶了。我曾听一个渔夫讲，有年河里鱼特别多，打起来卖不了，也吃不完，但还是天天打，鱼死了，烂了，就随地丢弃。

分明知道这物种（比如娃娃鱼）濒临灭绝，却照样杀戮、贩卖和食用，是更大的罪恶。

前几天看了部日本电影，《入殓师》，获过奥斯卡奖，里面的师徒二人吃鸡肉，吃河豚的鱼白，师父边吃边说："好吃得让人难受。"这句话透露出慈悲心。

吃，是上天赐予的权利，但不能因此就理直气壮。许多时候，吃能看出一个人的品格。

八、鸡 鸣

安静得只有鸡鸣声。这是午后，空气嘶嘶流动，伴随着起起伏伏的鸡鸣，近处的嘹亮，远处的苍茫。鸡鸣声让县城变得古朴，变得深远。它们叫得那么不知疲倦，像有使命没有完成。事实上，深夜和黎明，它们已经卖力地呼唤过人类，那时候，一层一层的啼鸣，敲打着夜色，迎接着晨光。世上没有任何一种动物的叫声，跟人类的联系如此密切。

我喜欢听夜里的鸡鸣。夜里的鸡鸣声是清澈的，含着露珠，一鸡鸣，百鸡和，黑暗点点滴滴，被凿开。我总觉得晨光不是从天上降临，而是从鸡的嘴里升起。喔喔喔——那是啼出的一串光明，颤颤巍巍地抖索在空中，然后有更多的光明，从四方汇聚，如零星溪水汇成江河；当光明泼洒，黑暗退去，世间又有了新的一天。新的一天不一定就有希望，却有着希望的可能。就我本人而言，因为我有夜恐症，鸡鸣能为我壮胆；从小就听说，再厉害的鬼魂，也须赶在鸡鸣之前离开他们前来行凶的阳间。自从远离故土，去了省城，就难得听到鸡鸣了，省城里的鸡，都在菜市场里，以尸体和熟食的面目出现。县城真是个好地方，不是好在它大小适中，更宜人居，而是它保持着农家滋味，能在鸡鸣声中睡去和醒来。

白天的鸡鸣却给人孤寂感，也不知为什么。比如此刻，有着花花太阳的午后，我独居在十楼静僻的租房里，鸟声歇了，车声几乎听不见，人声更是没有——偶尔有，是极远处传来的叫卖声，而这声音让日子平添了一种艰辛；多的是鸡鸣，追着时光。时光的亮度，把鸡鸣照得发白。在白色的鸡鸣声里，我深味着孤独和寂寞。

那就想想别的吧。昨天半夜醒来，我还想到汉语言的传统。汉语言有伟大的传统。伟大的传统表现在伟大的著作上。自《诗经》以降，每一个时代，哪怕是最荒芜的时代，都有自己光辉的文学，要么显于世，要么隐于世，反正有。比如鸡鸣，《诗经》就写过了，"鸡既鸣矣，朝既盈矣"；汉乐府也写了，"鸡鸣高树颠，犬吠深宫中"；还有顾况、刘禹锡、苏东坡……他们都写过了。如此，鸡鸣声就从远古传来，我听见的，也是古人听见的，或者说，古人听见的，也是我听见的，那么我就没有孤独的理由。鸡的命名，那么早就有了，一直没改，让我深深感动。命名绝不只是给个符号，命名是对命运的揭示。

鸡鸣声让我融入了传统，与大地和光阴接通。

九、两个或三个女孩

这两个女孩手挽手走在街上，穿着校服，是初中生模样。她们的脸我都没十分看清，只感觉一个脸圆些，一个额头低些。圆脸女孩在笑，笑得很会心，这证明她们是好朋友；手挽手走路不一定是好朋友，这县城的女子，老老少少，只要是熟人，只要朝同一个方向去，都爱把手挽起来，形同姐妹或母女。但这两个女孩，不是通常意义上的熟人或同学。

我和她们相向而行，走过了，就想：那两个孩子，现在肌肤相亲，无话不说，可最多再过十年，彼此就有了落差。她们不知道读什么大学，找什么工作，嫁什么丈夫。运气好的话，都会嫁一个好丈夫，可再好，也有差距，如果在意那一点差距，两人的友谊就断了；即使表面还维持着，事实上也断了。比丈夫如此，比儿女同样如此。这还是较为乐观的，有可能，初中没毕业，就不在一起玩了，更不会把自己的快乐、苦恼或某一次心跳，说给对方听。那是另一回事，我现在想的是她们的将来。除各自的处境不同，还可能生活在不同的城市，甚至不同的国家，天悬地隔，慢慢就把对方忘了，等到记起来的时候，已是人老珠黄——那时，记不住眼前，只记得住往昔，记住往昔的人和事，其实是记住自己已然逝去的青春，并非记住友谊。这是人生自然的轨迹，也没什么可悲哀的。真正悲哀的是，她们一直在这县城里过，却不是相互帮衬，而是结仇；根本就没有能拿到台面上来说的事，却结下了仇怨。如果有事呢？比如，为争某个客户，为坐某把椅子，为抢某个情人；再比如，甲和乙的丈夫有一腿，或者乙和甲的丈夫有一腿，等等，当然同样是悲哀。但在我看来，这种悲哀指得出理由，跟指不出理由的悲哀相比，它可能是激烈的，却并不深沉。指不出理由的悲哀，是悲哀中的悲哀，因为它灰色，灰色是慢毒。有没有人能把友谊维持终身？有的，只是这需要考验两人的品质，两个人，至少其中一人，大度、宽容、退让，而且无论何时，都维护对方；除此之外，还需要许许多多的外在因素。能把友谊维持终身，只能说是上天的眷顾。

看到那两个女孩的当天，我又看到一个红衣女孩。我站在十楼的窗口，望着远处的笔架山。不一会儿，对面楼房大约六层的阳台上，出现一个女孩子，年纪跟街上遇到的两个差不多。她是到阳台收衣物的。她先从晾衣竿上扯下一块浴巾，然后站定了，两只手将浴巾牵起来，牵直，将它当成道具，在阳台上跳舞。她跳的舞我叫不出名字，也无非是摆臂，甩臀，旋转，但那种投入，那种偷来的快乐，让这个阴沉的下午有了亮色，也有了意义。我怕她发现我不好意思，并因此割断了她的快乐，轻手轻脚地离开窗口，退回了房间。

十、民　间

晚上有人请吃饭。人是民间的人，餐馆也是民间的餐馆。傍县二小。县二小原名红砖路小学，虽算不上好名字，至少有其特征在，不知道为什么要改得这么丑：第二完全小学。纽约以数字编街道，是因为他们的文明史短，我们号称上下五千年，随便一处都有来历，保存旧名，也是对历史的保存、回望和尊重。——这家傍县二小的民间餐馆，生意火爆，正面墙上的电子显示屏，亮闪闪地滚动着字幕："百里峡牛教授、羊肉馆生态放牧基地"。让话让人费解，我尤其没明白"牛教授"究竟是对牛的尊称，还是真有一个姓牛的教授在那里指导。

羊肉格格、萝卜炖牛肉，此外是爆炒的羊杂牛碎，还有营养稀饭；从山西过来的一个小伙子，当服务生把营养稀饭添到他碗里，他大为惊讶：啊，营养稀饭原来就是菜稀饭啦！

漆成黑色的木桌，一张挨一张，说话声、劝酒声、杯盘碗盏掉落地上的碎裂声，自始至终。按这县里的说法，是"闹麻了"。这也正是民间的声音。

饭毕，去转滨河路。跟我并排走着的人，因他母亲与我同姓且同辈，他便叫我舅舅。他好风水学，说台湾就像一只螃蟹，你不去动它，它就老老实实待在那里，你稍微一动，它就把脚脚爪爪伸出来夹你，你要是狠狠地动它，它又老实了。说地理学上的第一支脉，从天山发源，横贯长白山。此外还讲些民间故事，说有两个阴阳先生，同去一丧家做道场，合棺时，阴阳甲见阴阳乙的影子落到了棺材里，就想迅捷盖上，把乙的影子盖进去，如此，乙就活不了多久，做道场的生意甲就能独占；可甲的动机被乙识破，乙用菜刀将一块豆腐破开，再将菜刀扔向石头，刀刃与石面相触，并没砍进去，可你有九牛二虎之力，也不能把那刀摇动。这一招将甲的阴谋破解。还说乡下有些骗牛匠，舀一碗清水，对着清水念念有词，之后扑的一口，把水喷到牛身上，再把牛轻轻一拍，牛的后蹄便自动分开，让他去骗；其间，牛会很痛，痛得汗珠粒粒，却绝不会动，直到把睾丸挤出来，又缝好了针。

走了大约一公里，他尿急，就撇到栏杆处，贴住栏杆撒尿。一绿衣妇人带着一只贵宾犬散步，那狗好奇，离开主人，往他身边窜，女人便也跟过去。狗近身前，女人也近身前，他却岿然不动，直到把尿撒完。之后过来对我说：舅舅，你见笑了，我也晓得这不文明，可几公里的滨河路，一个厕所也不修，确实是没办法。难怪，我多次去滨河路走，都闻到一股尿骚臭。雨果说，下水道是一座城市的良心。雨果还应该加上厕所。厕所也是城市的良心。曾有外国人嘲笑中国，说到了中国，厕所是最好找的，闻着气味就去了。而今，中国的大城市倒不至于此。虽不是那么脏，公共厕所却又太少。在许多国家，特别是在那些国家人口汇聚的场所，比如机场、车站，看起来厕所简直比人还多。因为我们的厕所少，前列腺不甚可靠的老头子，免不了就站在公路边或公园里撒尿。这情景我们或多或少都见到过。

我有些累，不想再走下去，他说：舅舅，我送你回去。我百般推辞，他却非送不可。分明有人催他打牌，一个电话接着一个电话地催，可他硬是花了二十多分钟，把我送到楼下后才回转。这份热情，也是民间的。

怒江： 奔流即是风情万种

一

安迪达，译成汉语是什么意思？我没问。是故意不问。我怕确定的语义捆绑了它的灵动。正如不必知道卓玛是仙女，古丽是花朵。许多时候，音节和韵律，美于意义；对音节和韵律的想象，更是如此。安迪达是个怒族女子，住在丙中洛镇双拉村。是怒江、贡当神山和与季节不符的强烈阳光，把我们领到了这里。

丙中洛离贡山县城四十多公里，途经怒江第一湾。这条说是半圆形其实近乎 V 字形的湾口，像用深黄彩笔，勾画出一个鸭嘴模样的半岛，鸭嘴插入水中，将脊背留给田原和村庄。村庄的名字叫坎桶：坎桶村。如果不算身旁的大江，坎桶村人就没有低处，只有高处，在他们眼里，半岛之外的所有人，都是天上的人。这种退守的姿态，让人嗅到昔日光阴的气息。神秘的气息。世上最大的神秘，是出现过又被遮蔽了的事物，是低处而不是高处。过第一湾不久，青白相间的散淡群落，便在眼前铺开，青的是林木，白的是房子。那就是丙中洛。远远望去，每间房屋都如洞开的窗户，静穆地瞭望着远方来客。洛、当、桶，是怒江两岸常见的地名，也是骄傲的地名；它们的意思是平坝，而对于高黎贡山和碧落雪山，每一个形容词都与平坦对峙，能放下一只桶，就算平坝了，也是优越和富庶的象征。丙中洛倒真算名副其实，怒江在山谷沉陷，把浪涛深深掩藏，山峰也尽量向后退，慷慨地腾出一片堪称广袤的缓坡。这是神赐之地。在这样的地界，安静即是大音，每个生命细节都在绽放，或者等待绽放。

比如，安迪达的歌声。

两天前，在贡山独龙族怒族自治县成立 60 周年庆典上，已听过她唱歌。距离远，看不清人面，但歌喉一亮，我就站了起来，这种肢体动作，并不受意识支配。它把十余年前的某个中午，与当下身处异地的我，猛然贯穿。那是一个平常的中午，坐上餐桌前，我打开电视，画面上是群侗族女子，摇摇摆摆走在田埂上，边走边唱，第一句，就让我泪流满面，继之泣不成声，那顿饭完全没法吃。我至今不解她们唱些什么，也说不清是哪一点击中了我。安迪达唱些什么，我同样不解，问身边的当地人，说是怒族歌，叫《幸福的怒族山寨》。其实不该问的。不过问了，也丝毫没影响歌声本身的诉说。那是血液和骨头的诉说，是与神灵靠得最近的诉说，自带问答和回音，自带一条返回本源的道路，在那条时间深处的路上，我们兀然相逢，倾心相认。或许，这就是打动我的缘由。

在村委会听安迪达和她村表演队的朋友们唱歌，是另一种感觉。最初的惊异再一次被唤醒，但究竟多了理性，多了赏析，赏析离知识近，离心却远，所以我不再那样沉醉。我把每一个音符吃下去，让它们从我的内部漫过。不是漫，是淘洗。

淘洗斑斓与驳杂。演出场地是间粗犷的水泥屋，涂了米黄色外墙，舞台上铺着木板，十余张老旧靠背椅，算是观众席，三个孩子和一个只微笑不言语的老人，坐在后排，孩子在玩手机，其中一个五岁女孩，煞有介事地告诉我们，她妈妈要给她生个弟弟了。当皮鼓一敲，唢呐一吹，二胡一响，孩子们便静下来，并走到舞台底下，高举手机拍照。紧接着，一只狗快步爬上梯坎，跑进场地，坐在门口，专心致志地望着台上。台上的歌舞属于人，也属于万物。伴随歌声的舞蹈，妙曼而单纯，手心手背，一推一迎，仿佛表达着怒族人的祈祷和选择。不只是怒族。怒江两岸，生活着怒族、独龙族、傈僳族、藏族等二十多个民族，怒族人普遍会说傈僳族语，而在远古，怒族就与独龙族有亲缘关系，因此我在独龙族的舞蹈中，看到了类似的表达。

演出结束，我把安迪达叫到身边，请她把《幸福的怒族山寨》再唱一遍。她笑。笑起来的安迪达很美——是更美。事实上她一直笑着，以至于你完全不知道这样一个女子会不会哭，又会因什么事哭，而且你还会感觉到，如果她哭，那一定是最叫人疼痛的哭。围在她额际的鲜花，是花之瓣，花蕊是她的脸，从右侧垂至胸前的红色飘带，与斜挎左腰的白色"怒包"，达成奇异的冲突与平衡。对她而言，唱歌不是本领，而是与生俱来的本能。上天造物，没忘记给众多生灵赋予声音，这是多么值得感谢的事情，世间的许多情感和情绪，是由声音引起的，如果没有声音，大地喑哑还是其次，重要是我们少了一扇门；声音不是让你听见，而是看见，透视一般地看见，所以眼睛只为你呈现外物，声音才让你穿山渡水。如安迪达这般带着生理质感的美妙歌声，则是一种抵达，从无到有，从你到我，从此岸到彼岸。

旁边站着位老人，头上戴着野鸡翎，是这支表演队的掌门人，安迪达的歌声一收，他便过来说：这是我孙女。称意之情溢于言表。然而，当我们去村民赵国强家，赵国强又指着安迪达说：这是我孙女。一样的表情，一样的口气。接着又一位老人，指着十余米开外，正端着"吓啦"给客人唱怒族敬酒歌的安迪达说：那是我孙女。我明白了，如果我碰见十位老人，十位老人恐怕都会指着安迪达说：那是我孙女。安迪达是他们的骄傲，安迪达是被祝福的，安迪达是被护佑的。一个村庄的祥和，在"洛"里弥漫。

稻田横躺于十月的阳光里。水车在村子的背后，悠悠缓缓唱着一个民族的古歌。水车下的浅潭边，两只鸭子在梳理翅膀。一只鹅想跟陌生人亲近，站定了，脖子伸得老长，啄我们的腿脚。百年老屋间的巷道里，突然冲出来三只黑羊，一个健壮的小女孩跟在后面，要把羊赶上山坡；小女孩的母亲站在另一边，"呢、呢"地呼唤，那是她和羊都懂得的语言。核桃树比桶还粗，每片叶子都告诉你光阴的含义；房前屋后，核桃落得遍地是，我拾起一个，又拾起一个，两手握不住，赶羊的女孩跑回家，给我拿来一只塑料袋……

安迪达的歌声，就从这里发育。

二

独龙江、独龙族、独龙牛、独龙毯，还有吗？想必是有的，只是我不知道。因为独龙江，使一个民族和与这个民族朝夕相处的生活，获得了命名。而谁为独龙江命名，却是只可想象的事情了。人在想象中虚构着时间，时间却溢出想象，走进我们的现实。

与独龙人碰面，始于贡山县城，三个纹面女从街上过，我们下车想拍照，她们欣然应承。我找其中一位老人合影，她踮着脚，用力地一把搂住我的脖子。合过影，又跟我握手告别。这是独龙族最后一批文面女，在她们脸上，刻写着祖传的地图。那是"太古之民"的密码。并非所有密码都渴望和需要破解，文面女的密码，就留给时间、巫鬼和神灵。

从贡山县城去独龙江乡，公路在高黎贡山盘绕。地理书上的雄奇山脉，从书里出来，带着苍古的气象和奔涌的姿态，横在面前。通常，我不愿轻易去描写一座山，我老家就在山里，山，与我的童年和日子有关，因此所有描写都显得轻浮。在我熟悉的语汇里，没有登山，只有爬山，登山是运动，爬山则是生活方式；它是我老家的方式，也是高黎贡山的方式。就连公路，也简直是站着的。山里古木森森，野藤高挂，有的树老了，枯了，长了满身的青苔；路边有对夫妻树，秃枝残存，被岁月所伤的躯干，笔直地并排而立。让一棵树老死在山里，是一座山的光荣。这对夫妻树，与远在三峡的神女峰，书写着方向相反的传说。

无论在山里何处下车，望上去，都是蓝得能把目光化为水的天空，是天空上少女般的白云；低下头，是眼力穿不透的深谷，是深谷里袅袅升腾的碧翠与岚烟。动物们在谷地洞口和峭壁林木间隐匿，但关于它们的故事，总是在人间传颂。我历来对荒外野物——包括动物和植物——心怀敬意，它们那种不把时光当回事的从容，那种忍饥耐寒以及承受夜晚和孤独的能力，我连想一想也会战栗。即便坐在车里，从野物的领地上穿过，那种战栗感照样扯筋动骨。四轮下的公路，取名直截了当，就叫独龙江公路，是宣示它结束了一个民族（独龙族）不通公路的历史。县政协的司机师傅告诉我，独龙江公路建成后，一年中只有半年通行，另半年大雪封山，因此贡山县开两会，总比别处晚几个月；封山之前，他和别的师傅要往独龙江乡送去猪肉、大米等食物。直到前年高黎贡山隧道打通，这局面才改变了。

在滇西北行车，有时是让人绝望的，峡谷上去是山，山下去又是峡谷，没完没了。可猛然间，一个村落出现了，一个场镇出现了。独龙江乡，就以这样的方式跟我们相遇。乡场的规整超出我的意料。显然，这里的一切都是新的。织独龙毯成了表演，剽牛仪式也成了表演。不过幸亏只是表演——我是说剽牛仪式。相关资料上，对独龙族的剽牛祭天仪式描述得很详细，如何要一个星期的准备，如何牵出一头独龙牛，绕屋六圈，再给牛披上毯子，挂上串珠，巫师如何敲着芒锣作法，如何往牛身上喷酒、撒米粒，剽师如何喝了同心酒，用锋利的竹矛猛刺牛的腋下，牛如何大跌大撞，如何倒地，如何死去，倒地还要看东西南北，倒这方吉利，倒那方晦气……真要这样杀死一头牛吗？……柔软能救世界，但恻隐之心与柔软有别，恻隐之心救不了世界，某些时候，它还会演化为酷烈。我的灵魂深处，是否也隐藏着这样锐利的两面？当我犹豫着要不要退场的时候，一当地干部说，并不是真杀牛，只表演那个过程。独龙牛半野半家，很贵，一头要值三四万；更重要的是，人再不能那样对待动物。我喜欢这个"更重要"。当我们的敬畏之心有了别样的表达渠道，和神灵的沟通方式有了更为内在的选择，与万物荣辱与共的情怀，就变得跟吃饭穿衣一样重要了。相信众生有灵的独龙人，有权利保存民族古老的记忆，但止于表演，则是慈悲和自觉，是更深邃的"新"。

离场镇不远，是孔当村，这天下午，一行人去孔当村文化室，举行"云南作家书架"捐赠仪式。这次捐赠的，不只云南作家，门前的书桌上，排放着莫言全集，范稳代表捐赠方，将莫言全集赠给村支书。湖北作家陈应松、云南作家存文学，都分别将自己的著作赠予他们。书，是心灵的独龙江公路，且不怕大雪封山。这里上了些年纪的，懂汉语的不多，我问一织独龙毯的妇人，完成一条毯子需多长时间？她完全听不懂我说话，她的孩子站在旁边，为我翻译，普通话说得很溜，"一个星。"孩子说。意思是一个星期可完成。孩子明年小学毕业，问她毕业后还要不要继续读书，她说要，去茨开念中学，念完中学考大学。说完羞涩地抿了嘴，斜脸望着高杆上的图腾像。比图腾像更高的，是白云和蓝天。

进入云南，总给我一种进入祖源地的感觉。这感觉在昆明机场就有，看那些人与自然如水与水相融的宣传画，便唤醒深睡的基因。进入贡山，进入独龙江，这感觉更为强烈。从野兽的蹄印识别自己的祖先，是现代人的现代意识。

独龙江水从场镇外流过，碧翠幽幽的，走近了看，却又是白的，白得透明，白得像是没有。石头在江心激起波浪，撩动响声，而有的石头却躺于滩面。石头是江河的一部分，是江河的骨骼和姿容，因此一条真正的江河，不会抛弃任何一块石头，如此说来，躺于江面的石头，是它们自己的抉择了。石头也分陆生和水生。摸一摸，我摸到一块石头得了感冒，另一块石头害了单相思。听说还有摸到女人石的，有为那女人石跳江殉情的。

在孔当村和独龙江乡街头，我见到十余个"云南民兵"。生于内地的我，对民兵是非常遥远的记忆，却又在这里见到了。发源于西藏兰格冰川的独龙江，再往下流就是缅甸了，到缅甸后称恩梅开江。独龙江乡是边地，西面和南面，都是国境线。难怪他们自己说，他们爱国，跟爱家一样具体，哪座山是我们的，哪座山上的哪棵树是我们的，哪棵树下的哪块田是我们的，哪块田边的哪条沟是我们的，都一清二楚。

三

从保山至贡山的里程，就是沿怒江逆流而上的里程。十余年来，我走过的数十条江河，都是逆流而上，这似乎构成一种暗示，很哲学也很苦累的暗示。正因此，我的这篇文字，故意颠倒了时间来写，就是想让自己轻松些，沿怒江顺流而下。

每当与一条江河见面，我都禁不住问它：你为什么要奔流？你的远方是海洋，然而海洋并不一定就是你的家，更不一定就是你的归宿。对此，数十条江河都曾严肃地纠正我：你不该问我为什么奔流，而应当问我为什么不再奔流。两年前在重庆万州，与一重庆诗人走在滨江路上，诗人告诉我，万州老城，在水面80米底下。我对诗人说，我们就是走在城市之上了，你写首诗吧，就叫《城市之上》。当夜，我独自去到江边，新城灯火，从两岸倒映于阔大的江面，形成另一座城，于是我同时置身于三座城市。三座城市都曾经或正在属于长江，可长江本身却变得暧昧——它在这里叫库区。它的身份模糊了，甚至改变了。望过去，波平如镜，奔流不再成为它的语言，也不再成为它的使命和方向。如此情景，在岷江、嘉陵江、大渡河、州河……大大小小的、有名的无名的江河面前，我都频繁遭遇。

唯怒江例外。

怒江告诉我一个常识：江河，当然是要奔流的。

说怒江是"一滩接一滩，一滩高十丈"，其实并不准确，怒江不是滩，是崖、危崖、断崖，层层危崖与断崖，从西北斜贯东南。因此，怒江的奔流带着舍身的悲壮。以舍身造就奇迹。这条从青藏高原出发的大江，借寒冷为齿，啃咬山岩，执柔软为刀，切割大地，怒江大峡谷，是它荣耀无比的杰作。峡谷之水，这时节显得浑浊，仿佛怀着很重的心事，在平缓处抱成团，作块状涌动，但平缓处实在难得，彼此的问候还没展开，便又整顿精神，踏上征途。水与水撞击出的咆哮，是它们的旗帜。它们把咆哮当旗帜。流畅易得，遒劲难求，当别的江河连流畅也不易的时候，怒江用它的遒劲，为天下江河作证，也为天下江河赢得尊严。是谁为怒江取了名字？我不知道。我只能说，为怒江命名的，是个先知。怒江之怒，既是一种姿势，也是一种态度。生活中，我总是警惕着愤怒——自己的和别人的，因为，世间的许多愤怒，是伪装的，就跟激情、天真、感动一样可以伪装，伪装是一种自损，因而是骨子里的廉价。但怒江之怒，却让我肃然起敬，那不是脸上的愤怒，是血脉里的愤怒。

在怒江行走，怒江便天然地成为主题。拍得最多的，是怒江，说得最多的，也是怒江。但我们能说它什么呢？它无非就是一条江，它是它自己，并不在乎天上地下、晴朝雨夕，更不在乎人间事。可是，这里的一切，都与怒江有关，高黎贡山和碧落雪山，要是没有怒江，要是没有怒江撕裂出的怒江大峡谷，描述它们的语言，就少了落差，少了灵动和润泽，从山野间萌芽的神话，就少了陡峭的气质，少了从低处生发的维度；

居住在那里的众多民族，也会丢失意蕴深厚的地理指向。在某种角度上，地理指向即是心灵指向，我们说"生活在云南西北部的民族"，与说"生活在怒江大峡谷的民族"，是完全不同的两种理解和两种想象。所以我们言说怒江，是在言说历史，言说命运，言说偶然与必然。怒江感觉到了，用吼声跟我们交流，从贡山到保山，或者说从保山到贡山。

夜宿贡山时，我通夜打开窗子，就是为了听怒江的吼声。在六库那天，住处听不到怒江，便走到江边去，让吼声从脚心震颤至耳膜。我终于又听到一条江河的吼声了，用我的肌肤和情感。这吼声是大地的伦理。大地伦理是"元伦理"，高于一切伦理。正因为这样，我尊敬怒江两岸的民众。他们留下了一条奔涌的怒江，一条依然吼叫着的怒江。

这是我第一次到怒江，但它早已构成向往。我先前知道的怒江，是人马驿道，是藤篾溜索，与此相应的，是出门的艰辛和惊心动魄的贫穷。曾见一位电影导演，他去怒江拍了片子，就离不开怒江了，他要为怒江做些什么，比如修学校，建桥梁，朋友们劝他，说你付出再多的努力，也从根本上改变不了啥。但他铁了心，他说，如果他死在怒江，请把他埋在那里，并在他的墓碑上写着：此人死于梦想。这次去怒江，没有见到那位导演，只见到了他的梦想。他的梦想就是怒江人的梦想。怒江人的梦想已有了色彩和体温。如今，人马驿道变成了公路，也很少见到溜索了——桥梁多了，溜索少了，溜索成了风景，"快看，那里有条溜索！"同伴这样互相提醒。我先前见到的怒江人——从照片上和影视上，无论男人女人，大体是木讷的，而这次去，见到的人都爱说，爱笑，笑是自足，更是对世界的融入与接纳。

贡山县城建筑和街道的模式，超市和摊面出售的商品，包括丙中洛和独龙江集镇上的货物，除少数具有民族和地域特色，大多与别处没什么区别。我说不清这样好不好。在江河滞涩的地方，就富一些，在江河奔涌的地方，就穷一些，这古怪而荒诞的逻辑，却是现实的逻辑。然而，无论多么荒诞，如果这个地方是贫穷的，我们就没有任何理由和权利，要求他们以贫穷为代价保持原貌。丙中洛的村寨里，跟峡谷外的村寨一样，多为老人和孩子，我问一个站在檐下的大妈：村里有多少人？她脖子转一圈，说周围这一大排房子，平时也就住十来个，年轻的和有些并不年轻的，出门务工去了。还有安迪达，她很想唱到峡谷之外，唱到更大的舞台，只是苦于没有发现和引领……她所想，他们所想，都再正当不过。

我只是觉得，在由贫致富的途中，不要急于求成，更不要改天换地。米兰·昆德拉说："如果我们慢一点，也许能够记得自己关于幸福的最初想象，大概就会变得幸福一点。"对此我深以为然。怒江的奔流，即是它的富饶，也是它的风情万种。尽管眼下的怒江与若干年前的怒江，已有很大不同，据说若干年前的怒江，四季都如独龙江，清澈得能用竹梭子去江心叉鱼，现在只有到了冬天，怒江才会褪下黄袍，穿上绿衣——尽管如此，单因为怒江的奔流和吼声，我也要再次表达我的敬意。

第三辑

对谈录

最伟大的书是命运之书

对谈者：周　毅

周毅（以下简称周）：罗老师好，谢谢您接受采访。

罗伟章（以下简称罗）：我们的交往和交谈都是愉快的。

周：读到您的作品常常感到惊喜，因为您不断跳出自己既已习惯并有所成就的题材领域，但在新的领域同样得心应手；并且《不必惊讶》《太阳底下》等作品在文体方面也做了很有益的探索。可以说，您绝不是那种读单篇让人惊艳，读全集让人讨厌的作家，您能分享一下这样不断突破边界的得失与苦乐吗？

罗："突破"这个词是不好随便说的，边界有时候是命定的。所谓命定，是指它的极限，但谁也不会一下子就碰到那个极限，极限以里，边界是个相对概念，如果你是在生长，你的边界就会越来越远，然后是更远。这种拓展，给人明亮和舒张的感觉，是让人惬意和享受的感觉。巴尔扎克曾经说，我不够深，但我够宽，我绕自己走一圈也挺花时间。这是就他庞大的身躯而言的，听上去是句玩笑话，其实也是意味深长。我觉得，一个人要有深度，首先得有宽度，没有宽度的深，是深不到哪里去的。古人所谓"凿井者，起于三寸之坎，以就万仞之深"，是指目标的确定性，在确定那个目标之前，也就是找准"三寸之坎"之前，一定有个走马巡疆的过程，这就是宽度。当然，把头探出边界，是件冒险的事情，你误以为边界之外也是自己的领地，结果不是，你就可能挨闷棍，甚至中枪。希望突破是人的本能渴望，作为写作者，还会将那种本能化为自觉，但没有谁能担保你会成功，事实证明，许多人在突破的路上倒下了，你从那路上过，能见到累累白骨，但你还是要继续前行，因为你所从事的职业，自有一种内在要求，它不断地怂恿和督促你：再走一步，再走一步。

周：我记得您曾说最伟大的书是命运之书，我也感觉到了您不同小说中似乎有一个大致相同的内核，那就是极力描摹不同时代各色人等，尤其是小人物挣脱命运枷锁与人性困境的努力和无力。这一点在《空白之页》里似乎尤为明显。我不知道这种感觉是否是一种误读？

罗：与命运相比，技术和风格都退居次席。记得香港诗人兼翻译家黄灿然有篇文章，提及米洛格写的《文明如何衰落》，米洛格认为，文明人只想着好与美，终于被"野蛮人"推翻；"野蛮人"感受到了文明的好处，接纳它，有时候还把文明向前发展，直到有一天轮到他们被推翻。作家的创造力同理。当下的英语写作，正被来自非洲、加勒比海、印度等前殖民地的"野蛮人"强力"入侵"，再加上埋伏在英美等地的外裔作家的内应，使英语写作改头换面；获得布克奖、诺贝尔奖的英语作家，也大多来自于那些地区。

我特别注意到"只想着好与美"这句话。它不仅指生活，还指文风。由此我想到莫言的写作，莫言获诺贝尔奖，有些人不服，认为自己或别的什么人，比他写得更精致，"更文学"，但想想莫言作品中那种山呼海啸的"野蛮"力量，就能照出自己的纤弱，就该知道文学其实具有多种形态。你的那种形态别人一学就会，而别人的那种形态，你可能永远也学不会，因为那需要的是一种令人尊敬的"疯狂的激情"，是一种原创力，是包罗万象和藏污纳垢的精神气象；藏污纳垢用在这里不是个贬义词，是说像土地那样，能将污垢变成花朵，变成果实，这是一种相当了不起的能力。有些人的作品确实跟他们的日子一样精致了，真像花朵或果实，看一眼，尝一口，都挺好，不过也就仅此而已了，那种勇于接纳和催生的伟力，是一点也没有的。再说到原创，写到昆虫的出生时，来一句："它来到这个世上，没有谁欢迎它，石头是它的摇篮。"这就是原创，所以原创不是一个笼统的概念，更不是一个神秘的概念，谈原创力的时候，不能肤浅地局限于技术论和方法论，而是要着眼于本土立场、经验世界、情感深度和细节表达。

你对我的作品的看法，是对我的赞扬，但愿你不是误读。

周：您曾说，每当您在写作中遇到难题，就会走向托尔斯泰，向大师寻求力量。你能举一两个具体的创作实例来分享一下重读托尔斯泰如何推动了您的创作吗？记得您在四川大学讲课时提到，从报社辞职以后，您曾就着馒头稀饭系统地读过许多重要作家的重要作品，我想问一下，除了托尔斯泰，您还比较推崇的外国作家有哪些？

罗：托尔斯泰并没教会我什么，他太高了，他从未受到现实世界的深深伤害，却写出了巨大的悲悯之作。他是对人类存在意义上的悲悯。他小说的结构，教堂般恢宏庄严。这实在太高了。太高的人是不会教你的，正如"篮球皇帝"乔丹，优秀到伟大，退役后却不去当教练，那是因为他当不好教练，在他那里非常简单的事情，你却要通过努力才能做到，甚至百般努力也做不到，他就不能理解，也指不出让你改进的方法。托尔斯泰于我就是这样，因此我举不出具体的实例来说明他怎样推动了我。我只是从他那里接受宏观的教益，那就是：如何强健自己的灵魂，如何面对自己的工作，如何让一些普通的词汇跟自己的写作达成平衡。

我读书没有系统。如果我在川大那样说过，那肯定是吹牛。不过想想那段日子，真是美好。太美好了……我当时睡在小小的书房里，搭地铺，晚上十点左右关了电脑，就躺下看书。稍不留心，就看到凌晨一两点，当熄灯就寝，我感觉充实而且幸福。许多时候，关了灯又开灯，又接着读。读得乱七八糟的，没什么系统，要说有一点，是我喜欢上一个作家过后，会尽量多读他，除他本人的文字，还有关于他的文字，只要能找到，都不想放过。雨果、陀思妥耶夫斯基、梭罗，也包括毛姆的《月亮与六便士》，当时都给了我难以言说的震撼。

说到读书这事，我特别赞同布鲁姆的看法，他在《文本的研习》中说：与草草读完许许多多的书相比，深入地阅读一本书的经验会教给我们更多的东西。好好读一本书，也就可以以此为基点阅读任何一本书，而把书当作流通货币的人则根本不可能完完全全进入一本书。另外我觉得，一个人一定要隔段时间就读一部大部头，这几乎说不出理由，但我觉得是这样；我有好久没读过大部头了，这让我空，而我没读大部头的日子读的是鲁迅，按理不应该空，但就是空。大部头（当然是杰出的那种）是山峰，短文章（当然也是杰出的那种）是山峰上的土石和花草。我实在应该马上去找一本大部头来读了。

周：我是一个笨拙的阅读者，居然曾统计过您小说的用词。我发现"永远活着的伤疤"、"伤疤"、"伤"、"疤"等成了您使用词频最高的修辞惯例和主要意象。请问您为什么"执着于"揭开"伤疤"，而揭开"伤疤"的时候却又常常带有悲悯情怀？

罗：关于悲悯，我曾跟武汉大学一位教授讨论过，他的意思是，你只要在悲悯，你就是站在居高临下的立场上。初一听我还惊了一下，细一想却也没啥道理。事实证明，具有悲悯情怀的人，都是在平凡中蕴含热情和博大的人，居高临下不可能悲悯。揭开伤疤不是我的本意，伤疤给予我的痛，才是我绕不开的东西。写作是从个人通向人人，作家的任务，就是凿开那条通道，然后去表达你的发现、痛楚和热爱。

周：您的具有挽歌情调的《舌尖上的花朵》《我们居住的

地方》等作品叙事者或主人公往往是一个"乡村哲学家"。您现在对飞速城市化、现代化对乡村文明的强势淹没有什么新的看法?

罗:新看法说不上。政治经济学教导我们,这是一个过程,中国要强盛,就必须如此。对此我不情愿地承认。承认是一回事,过程中的歌哭悲欢对我的冲击,是另一回事。我的写作,就针对这"另一回事"。而今的不少文学家都变成政治家和经济学家了,小看"挽歌",认为那没有意义,他们不知道挽歌中既有关于人的意义,也有关于文学的意义。如果我们稍稍想一下,世界上的艺术(不仅是文学),有大半都是挽歌。许多人习惯性地为挽歌加个前缀:"伤感的挽歌"。其实,挽歌不是让你伤感,而是让你走向宁静。走向宁静,才是挽歌的真正价值。有时候我想,人在拥有和期待的时候往往是浮躁和焦虑的,却在丧失之中收获了广阔的原野,这道理是没法讲的,因为它可能本身就没有道理。

周:您笔下的留守儿童,如《我们的路》中的银花、《故乡在远方》中的小丫、《幸福的火车》等孩子曾深深触动了我。您对这个群体现在还有关注吗?

罗:关注是关注的,但在作品中出现得不多了。留守儿童的危机,比我们想象的还大。首先是个体的危机,我以前写过的那些,根本就算不上什么,我经常回到故乡去,听到一些有关留守儿童的惊心动魄的事件(不是故事),我之所以没写,是那种写作的渴望没被点燃,或者这方面的渴望已被消耗;对此我也警觉过——是不是麻木？写作往往需要一种对抗的力量，当这种力量已被默认，已经见惯不惊，那力量就自行消解。这很不好，我是说对一个写作者来说很不好，写作者正应该在见惯不惊的地方去倾听惊雷。其次是整体的危机，这方面还没有大面积显现，但一定是会显现的。

周：当年您勇毅决绝地离开了故乡，却又用文字不断搭建返乡之路，在精神上一次又一次返乡。普光镇不断出现在作品中，也逐渐营造了一个相当成熟的艺术世界。我们不能说大巴山甚或普光镇、罗家坝就是您笔下的福克纳曾倡导的"那块邮票大小的地方"，因为您的作品远不止写了这些地方。但是，我还是非常好奇地想知道，您作品中的普光镇和现实中的普光镇有何联系？

罗：正如你所说，精神上的联系。我不知道是不是所有作家都要从故乡吮吸精神乳汁，根据海德格尔的描述，应该是的，他认为"诗人的天职是返乡"；这里的"诗人"，指一切艺术家。当然海德格尔也具体论述了一位诗人，荷尔德林，他说荷尔德林自步入诗人生涯以后，全部诗作都是返乡，说接近故乡是"接近万乐之源"，说返乡是"返回与本源的亲近"。这句话说得太好了。我的许多小说，故事分明不应该发生在大巴山、普光镇、罗家坡或罗家坝，但我搬到那里去发生，那里有个场域，能让我左右逢源，那里花自开水自流，气息扑面而来，人物进进出出；那些人物和万物，我并不在小说中用，但他们包围并浸润着我的小说，我对他们情感和念想的熟悉，如同对方音的熟悉。这就是"本源的亲近"。

周：我注意到一个有趣的现象，在既邀请了批评家又邀请了作家的文学座谈会上，往往批评家到得比较多，而作家缺得比较多，似乎二者很难说到一块儿，你怎样看待当下批评家和作家的隔膜？

罗："批评"这个词，在一些批评家那里成了批判，成了吹毛求疵的指责乃至否定，他们在意的是自己的圈子和渊源，而对具体作品的真切感受和诚实判断却几乎看不到。这样的批评文字满天飞，正意味着批评的缺失。真正的批评是一种发现。在这一点上，我非常认同乔治·斯坦纳的观点，他认为批评家要与书评写手区分开来，要百里挑一，把好作家和好作品推荐给公众。但我们的许多批评家做不到这样，他们把研究和判断简化为牢骚，把评论作品简化为挑刺——而不是甄别，更谈不上发现。一个普遍存在的事实是，批评家对作家和作品越是不了解，说话口气就越大，就越敢指点江山。作家跟批评家的会议，变成了庭审现场，批评家既当公诉人，也当法官，审判的对象是作家，而作家还不能抗辩，否则就说你不接受批评。但文学的事实远不是这样的。批评家可以当法官，只是这法官不是谁都能当，要舍得下笨功夫，要有公正，有慧眼，有对文学和读者高度的责任心；再要求，是要有洞察力，有思想。批评家经常指责作家没有思想，但他们自己在这方面似乎也并没提供什么价值和意义。那些让人敬重的批评家，不仅能给出一种方向，作家甚至还能从他们那里得到灵感。

另一方面，如果没有深入的、令人信服的剖析，只一味表扬，一味说好话，那样的好话是廉价的，跟一味挑刺的"批评"，没有本质上的区别。

再一方面，作家的脆弱也显而易见。不知从什么时候起，文学界似乎形成一种心照不宣的"共识"，作家坐到批评家面前，就是为了听好话。这简直近于无耻。这种不健康的风气背景深厚，由来已久。爱听好话是人之常情，但那是感性的层面，感性层面要经得起理性层面的过滤。作家要学会脸红，要有耻感，要掂量自己配不配那样的好话。同时——如狄德罗所言，我们不仅要听赞美之声，还要考察一下赞美者的德行。

总之我觉得，批评家自以为享有裁决的霸权，而作家发现你事实上并不具备享有霸权的能力；作家内心的孱弱；文学界的不正之风……使批评家和作家不能达成真正的交流。这方面我更喜欢诗人，他们的闹闹嚷嚷至少包含着一种民主。不过据说现在的诗评也已败坏了。

周：能否分享一下你的《太阳底下》为何选择迷宫叙事的写作策略？

罗：也没刻意。在这部小说里，不是历史进入现实，而是现实进入历史。历史本身就是迷宫，就是罗生门；不要说大半个世纪以前的事，就是昨天发生的事，一旦进入记忆，就恍惚迷离，记忆被叙述，就会更加偏离真相。但究竟什么是真相？许多时候，被叙述才构成真相。历史与现实形成一条循环的河流，当现实之水从历史流过，就染上了迷离的色彩，因而现实也跟着迷离。《太阳底下》就是这样。写这部小说，我是用心的，长达两三年的准备不必说，我是说如何写它，很用心。所谓用心，一是结构方面，二是看清并尊重自己的"看清"。小说出来后，首先是北师大的张柠、魏筱潇，其次是上海的程德培、南京的鲁敏，也包括你，或写文章，或电话短信表达赞许，张柠为《南方都市报》负责一个版面，他请邱华栋撰文，对这部小说给予评说和推介。但小说的影响终究是有限的，程德培说，他认为那年出版的长篇，有两部好小说，一是《繁花》，一是《太阳底下》，但《繁花》火，《太阳底下》冷，他为此感到疑惑。其实没啥好疑惑的，作品跟人一样，各有自己的命。

周：胡学文曾提到你《大嫂谣》《我们的成长》《我们的路》等作品"沉重却不绝望"，有着能带给读者希望的"温情的底色"。请问您是有意为之吗？如果是，那么如何把握这个"度"？

罗：先不说我的小说，先说我最近看的一部韩剧。韩剧在中国风行多年，我却是一集也没看过，我本身看电视剧就少，另外我对风行的东西有种本能的拒绝。韩剧那么多人迷，我开始以为不过是时尚而已，在我眼里，时尚历来都不具有建设性，可是现在我修正了我的看法——我是说对韩剧。有天偶然看到《可疑的三兄弟》，我竟然也迷上了，看了好些天。播放时正是吃晚饭的时候，我吃饭的速度比平时放慢了十倍以上，饭已冰凉，还没吃下去一小半。剧里那些平凡的人生，个个都过得那么难，但没有谁转身、放弃、撂挑子，他们心中都自有一份爱，对父母，对子女，对工作，对梦想，甚至对自己失败的过去，他们就为这份爱在生活里扑腾。学文说的"不绝望"，大概就指这个。他自己的作品也是如此。这与其说是有意为之，不如说是对生活的忠诚。

文学是什么，历来是被争论的，我在随笔集《把时光揭开》里面，也多次涉及这个话题。大家似乎特别喜欢引用昆德拉的话：文学是对可能性的发现。这当然对，但是，当文学把那些可能性发现之后，就算完成任务、再无作为了吗？我认为，以托尔斯泰、陀思妥耶夫斯基、契诃夫、果戈理、索尔仁尼琴等为代表的俄罗斯作家，之所以树大根深，就因为他们没有止步；他们从不满足于探讨人可能怎样，还要探讨人应该怎样。包括苏联作家特里丰诺夫，也直言不讳地宣称："文学的任务从总体上来说是使人变得更美好。"里尔克把这种"使人变得更美好"的文学，看成是"我们最艰难、最重大的事，是最后的试验与考试，是最高的工作，别的工作都不过是为此而做的准备"。而我注意到，眼下的一些中国批评家，对文学与人"应该怎样"的探索，对道德的探索，习惯了撇嘴。他们似乎不知道，在文学上，道德问题其实是一个美学问题，作家在探索道德的时候，骨子里是一种美学判断。

周：罗老师，接下来的问题大都与《空白之页》有关。您《空白之页》的标题似乎有多重隐喻？其中，孙康平的妻子杨惠君，在去重庆借钱为丈夫治病归途中想顺道去看下囚禁丈夫长达两年之久的白墙监狱，可按照丈夫描述的地址找过去，那里什么也没有。这里的"白墙监狱"也是一片"空白"。"白墙监狱"为什么最后会不存在？为什么要这样设置呢？

罗：《空白之页》这部小说，可以说是《太阳底下》的续篇；内容本身并不是，但在我的写作上是。《中华读书报》采访时我曾经说过，写了《太阳底下》，我心里还硌着，很不舒坦，需要完成另一部小说让自己舒坦起来，于是从"太阳底下"溜走，钻入一片阴影之中。《空白之页》就是那片深长的阴影。标题是里面一群人的人生书写。空白让人梦想，却也可能是对梦想的灭绝，在后一种意义上，它将你生活过的痕迹，包括你正在生活着的事实，包括你的痛苦和承担，全部归零。这连废墟也不是了，比遗忘还彻底，甚至比死亡也彻底。白墙监狱不存在，因为它是最大的存在。"大音稀声，大象无形"，有形的监狱可以出来，无形的监狱永远出不来。当人们并没觉悟，不知道自己处在无形的监狱之中，也就罢了，一旦觉悟，各种问题就出来了。

周：《空白之页》以死亡开头，读完整篇小说，比想象的更加压抑，除了惠君最后善待邱大，似乎很难看到小说中人性善良美好的一面。您用了大量的细节描写和心理描写来剖析人物，就像一个放大镜，让我们看到了人性最丑恶的一面。灾难和贫困导致了人性的异化，"一切都需从头再来。……战争灾难的深重，即使是胜利的一方，也难以消受，当兵荒马乱已经过去，胜利成为确凿的事实，才见出胜利的苍白和苦涩，当废墟站立起来，打倒了入侵的强敌，才知道什么是真正的废墟。"废墟这个词语在小说中出现了9次，我感觉是不仅城市和家园需要重建，战后的人性、人心也变得荒芜破碎，如废墟一般，继续重新开始修补或建设。

罗：是这样的。

周：如果说《空白之页》中，孙康平奔赴重庆主要是为了成就自己的英雄梦，证明自己的勇气，那与他同去的郭相臣和张东生去重庆的真实目的是什么？

罗：当时的青年，"奔赴"本身就能成为目的。我们甚至不能说，奔赴这里是进步青年，奔赴那里就是反动青年，不是这样简单的。当然他们内心会有一种认同，然后朝着认同的方向去，其实那种认同是模糊的，整体上很迷茫。一个人，从迷茫走向清晰的过程，有时候是自我塑造的过程，有时候却正是梦想破灭的过程。

周：《空白之页》中两个几乎一直没有正面出现的人物郭相臣和张东生，都是渡口城满腹壮志的边缘知识分子的代表，和孙康平一起到重庆求学，但一个死于大轰炸，一个加入共产党，导致家人受害，解放后回渡口城做了县长，最终也难逃被戴着袖章的小将们打死的命运。为什么要将他设置为被打死，而且是借别人之口一笔带过？在这样的大时代下，小人物就找不到任何出口吗？还是他们本来有生活原型？

罗：没有具体的原型，但所有小人物都可作为原型。小人物的"小"字，既指身份的卑微，身位的低下，也指愿望的逼仄，空间的褊狭，而我，是要将他们的愿望和空间稍稍扩大一点。扩大的结果是被粉碎。这还不算最坏的，最坏的是你就那么蜷着，照样被粉碎。小人物不是找不到出口，如果碰上一个稍好的时代，小人物只要放弃梦想，也基本可以做到寿终正寝。但问题在于，人和物的区别，是人有梦想，放弃梦想，就是放弃做人的权利，你的所谓人生，便跟着成为一片空白。人们向往盛唐，并不是因为那个遥远的帝国无比强盛，而是生活其间的男人和女人，只会感觉到自己的无能，不会感觉到自己的无奈。真正的繁荣不只是经济的繁荣，还是情感和思想的繁荣，还是小人物们梦想的繁荣，他们在合理合法地追逐梦想的道路上，会付出很多的汗水，却不会付出那么多的辛酸屈辱乃至生命。

周：孙康平自从进入"白墙监狱"，就一直在寻找自由，但是什么是真正的自由？他走出监狱，狱警的话侧面告诉他：自由是不存在的，你出了小监狱，又进大监狱。当他回到家中，在那样的生活环境下他也最终明白了这一点，是不是对于他来说，死亡才是真正的自由，因此您以他的死作为小说的开头，并且写道："生活终于放过了我，却要继续为难你们。"记得您曾说："所谓作家也无非是为人的心灵找到一条通向自由的路径。"您对自由的理解是什么？

罗：你这么问，我还真就答不出。如果有一点回答，已隐含在对你前面那个问题的回答当中。但可以肯定的是，我心目中的自由是有限定的，引用布罗茨基的话说，要有个性，还得有牺牲，这才是成熟个性的主要特征。布罗茨基讲的是翻译，我把它借用来讲个性，也讲自由。有限定的自由才是真自由。这限定就是责任，对他者的责任。"人只有承担责任才是自由的"，这是卡夫卡的话，胡适说的跟他如出一辙，胡适认为，有两点对人最重要，一是自由意志，二是担干系，负责任；尼采认为，自由不是表现在想做什么就去做什么，而是表现在不想和不该做什么时就坚决不去做。所以在这些大师的心目中，"自由"同样要加以限定。大家都有个常识，在空旷得没有边际的平野上开车，更容易翻车，这是没有限定的结果。从艺术创作论，随心所欲的"泛自由"更是不可想象，对此我喜欢拿平衡木作比，如果平衡木不是 10 厘米宽，而是 100 厘米，选手们就无法在上面创造奇迹。一个有志向的写作者，还会自设难度，自设限定。当然，我这里是说创作，不是说政治意义上的自由。政治意义上的自由是另一回事。

周：《空白之页》中描写郭家父母被砍头的那一段，从渡口城其他民众身上，我们似乎都或多或少看到了些鲁迅笔下"看客"的影子。但是为什么孙康平和他的父母都害怕彼此去看郭家父母被砍头？这里暗指的是郭相臣的暴露是跟孙家有关？郭相臣最后将孙家划为中产阶级，也是这个原因吗？

罗：我忘了是不是暗示，也可能不是。人心是无底的深渊，有时你讲不出因果。

周：邱大活到最后，生了"怕光"的怪病，这种"怪病"有什么寓意吗？

罗：怕光是怕"看见"。

周：《空白之页》中画家出高价买卖豆花的商贩捡来的老鹰和野兔的连体枯骨，并说"它表现了大自然和人类社会的全部哲学"。那么大自然和人类社会的全部哲学是否就是弱肉强食，乐极生悲，由此您引出了张家老大被枪决。在您看来，这个哲学在当代社会也同样适用吗？

罗：人类社会的全部努力，就是想颠覆这种哲学。因为人始终想把自己跟物区分开，而抛弃丛林法则，是最最重要的区分。人类社会在努力的路上。

周：《空白之页》中多次写到一些神乎其神的事情，比如说阴阳先生见到阎王，被砍掉的头颅讲话等，感觉细节上写得十分真实可靠，虚拟这些情节的用意是什么？

罗：你前面说的，打开一面墙，包括阴阳之墙，为某种东西找到出口。小说中的人物活得太过憋屈，需要出口。另一方面，我是比较有意识地向传统文化和民间文化资源伸手。有段时间，人们反思"五四"，五四运动的功绩已载入史册，但同时，它以激进的姿态排斥传统和民间，使我们的文化渐渐失去了自主性，成为西方文化"过去时"的翻版。我觉得这种反思是有价值的。到了今天，改革开放使我们在经济上缩短了与发达国家之间的距离，文化却进一步"附庸化"了。要扭转这一局面，出路可能很多，也可能很少，但不管怎样，回望传统与民间，应该是比较可靠的选择。

周：最后一个问题，您对"文学川军"和"大巴山作家群"等提法有何见解？

罗：我没什么见解。籍贯和户口跟写作者的联系，如果没有内化于写作者的禀赋和性格当中，就没有任何联系。而要内化，不是外在规定能够做到的。艺术可能与别的行当不同，别的行当从小到大，艺术从大到小，如果你不是一个世界作家，你就不是一个中国作家，如果你不是一个中国作家，你就不是一个四川作家，如果你不是一个四川作家，你就不是一个巴山作家。这并不是谈影响，而是谈胸怀，谈视野。不管有形无形，对写作者来说，边界都不是个好东西。再说写作又不是打架，更不是打仗，在这个领域，是一个一个的个体。

我本身就构成现实

对谈者：姜广平

姜广平（以下简称姜）：我们发现，你与很多作家一样，有一个苦难的童年。普遍认为，苦难的童年确实能够成就作家，你以为呢？

罗伟章（以下简称罗）：苦难有很多种形态，有一些是看得见的，有一些看不见，或者说，有一些苦难别人并不以为那是苦难。比如卡夫卡，从生存的意义上讲，他能把日子过下去，并不需要挨冻受饿，但他在父辈的威权面前，深感自己的脆弱。据一些可靠资料显示，卡夫卡的父亲并不如他描述的那样不堪，只是卡夫卡太敏感了。我的意思是说，无论这位作家是否真的遭遇了通常意义上的苦难，他必然都有一颗敏锐地感受苦难的心。从这种角度讲，每个作家都是苦难的，尤其是孤独寂寞的童年。就我本人而言，童年面临两大问题，一是吃饭问题，二是精神问题。20世纪70年代，我家乡遭遇了比"三年自然灾害"更厉害的旱灾，山里最顽强的青冈树，也被太阳烤糊，粮食更是颗粒无收。那时候我刚上小学，书根本没怎么读，全部心思，全部智力，都用来想吃的。吃，在我这里不是一个动词，而是一种场面，由想象构置的场面，辉煌，盛大，充满了气味、光影和色彩。正在这节骨眼上，我母亲病逝。那年我六岁，正是往母亲怀里扑的年龄，然而那个怀抱变成了冰冷的坟墓。问题的严重性还在于，母亲是家里的绝对顶梁柱，现在这个顶梁柱塌了，父亲完全没有抓拿，整个家庭陷入恐慌。恐慌的情绪深植我的血液，让我对一切欢乐乃至小小的快乐，都不信任，都冷眼旁观，觉得那是别人的，与我无关，即便看上去我是欢乐人群中的一员。

苦难是需要点亮的，否则就是永远的黑暗。这里我要特别感谢我的父亲。我父亲没别的本事，但他格外重视读书，我的许多同学小学没毕业就停学了，但父亲不允许我们这样，他砸锅卖铁也要送我们进学堂。

姜：我与你有一个共同点，我们都做过教师，并都为此交出了作品。我一直想与一位教师身份出来的人聊聊小说，今天你满足了我的这个愿望。坦率说，教师出身的作家非常多，但将笔触伸向教育领域的作家不多，这些作家们似乎都因为饱受教育之苦或教育的伤痛，不太愿意多谈教育。

罗：对我而言，或许正因为有伤痛，才不得不回过头去舔舐。说到底，文学还是一种疗治，19世纪包括20世纪初叶的经典作家，希望通过文学疗治社会，后来，尤其是最近十多二十年的作家，可能是认识到这种疗治的无效，也可能是在某一个神秘的时刻猛然发现，硝烟背后的自己已是伤痕累累，很有些自顾不暇的惊恐，还可能从技术和阅读时尚的层面考虑，感觉那种全因全果的整体式关照费力不讨好……不管什么原因，总之是大踏步地撤退了。撤退到属于自己、也以为能被自己把握的方寸之地。我曾跟一位批评家聊过这话题——关于撤退的话题，撤退并不是目的，更不是溃败，如果把撤退当成目的，读者无法从你撤退的轨迹中看出持守和担当，撤退也便等同于溃败。还是那句话，重要的不是写什么，而是在写作的时候，能否让自己坚定，把自己撑开。

每个作家都有自己熟悉的领域。"熟悉"这个词我需要做一下说明，它不单纯是指"已然"知晓，也就是说，它不是过去时，而是进行时——出于某种机缘，使之愿意、希望、渴求去关注某个领域，这个领域对作家来说就是"熟悉"的领域。我做教师的时间并不长，总共才四年，其中两年还是校长办公室秘书，当然也上课，但工作重心是秘书。我之所以在脱离教师岗位十多年后，还以小说的形式去写教育，是因为我感觉到那种氛围还在我身上起作用，我做了编辑，做了记者，但那种始终"未完成"的状态，使我想到了教育和被教育。这其实是一个有关成长的主题。如果说教育类题材格局真的很小，有关成长的主题格局是不会小的。现在有种说法：许多人的人生四十岁封顶。封顶就是"完成"。"完成"人生实在不值得庆幸，"未完成"才可能保持探究生命的热情。托尔斯泰八十岁还在学习造句，是因为他觉得自己"未完成"。他一生都在成长。

题材只是载体，题材所呈现的人生含量，才是一个写作者的追求。正是在这个意义上，我反感把题材当成某种标准去描述小说，乡土题材、工业题材、军事题材，等等，都是与文学本身无关的概念。有些作家把一生忠于某种题材，当成自己的光荣，这实在说不过去，因为这本身无光荣可言。我十八岁种一块地，我在这块地里种出了土豆，到八十岁还是种这块地，还是种出了土豆，有什么值得炫耀的呢？如果我在同一块地里种出的不再是土豆，而是月亮星星，那才是光荣。

姜：先来说《我们能够拯救谁》。因为事关拯救了，就有可以说道的东西。但这样的主题确实是沉重了，题目就有一种无法拯救、无力拯救或无从拯救的无奈之感。小说中万丽君需要拯救，意图拯救万丽君和江佩兰的黄开亮，其实也需要拯救。

罗：是呀，我们能够拯救谁呢？我当教师的时候，站在台上义正词严地批评学生，却有另外一个声音在嘲笑我自己，我并不比他们更好，我当学生时的言行，比他们更加经不起推敲。这让我的批评总是显得底气不足。我是在戴着面具说话。正如某些官员，坐在台上声色俱厉地要求手下清正廉洁，可他自己就是个大贪污犯。只是他们那么说话时是否会感到底气不足，我不知道。有些人具备一种特别的本领，能让面具长进骨头里去，面对父母和妻儿时也不取下来，面对自己时同样可以不取下来。拯救关乎灵魂，如果缺乏自我校正，所有的拯救都是肤浅的，事实上谈不上拯救。自我校正不是人前的自我批评，甚至也不是神前的忏悔，而是面对自己时的自我批评，人前的自我批评曾经很风行，面对自己时的自我批评，却比灵芝还要稀少。世间只有传说中的圣人能在要求别人和要求自己时持同等的尺度，这让拯救变得希望渺茫，同时也就能够理解，人类数千年教化的成果，为什么只是增加了越来越烦琐的法律条款。

正如你所说，黄开亮自己就需要拯救，而这也只能由他自己来完成，可他自己完成不了，因为他可能压根就没认识到有自我拯救的必要。能认识到这层的人，本来就凤毛麟角。

姜：对黄开亮这样一个毫无背景的山野小子来说，业务能力与才华是一方面，做人的圆活与甘愿付出的沉重又是另一方面。这几个方面综合起来，才构成了在这个社会里的生存能力与发展能力。

罗："甘愿付出"这种说法是需要推敲的，"甘愿"的前提是不求回报，而我们许许多多的付出是要求回报的。数学功能的最大化，我敢说不是用于科技，而是计算人心，计算得失，包括计算付出后的回报。

姜：你在这篇小说里，显然想表现更多的东西，譬如教育本质、教育文化与教育良知，还包括对知识分子的思考。和所有优秀作品一样，你注意到了人性的刻画，那种小知识分子的挣扎、痛苦、无奈、坚忍、逃避、妥协、投降、蜕变等等。但是，这样一来，你觉得小说是不是显得太挤？

罗：说真的，对那个好几年前的作品，要不是你提起，我差不多已经忘记了。但你说的"挤"的问题，肯定是存在的。近几年来，我一直在修正这个问题。比《我们能够拯救谁》写得更早的《饥饿百年》交稿后，编辑给我写了封七千余字的信，大加赞赏，一些不该用在我身上的词都用上了；半个月后，他又给我来了一封信，这封信冷静了些，继续赞赏之外，就谈到了小说的浓度问题。浓度太高。我当时并不认可，小说发表之后，偶尔翻翻（我基本不再看自己已经发表或出版的作品），觉得他有道理。泥沙俱下的结果，是壅塞和沉重。故事本身就够沉重的了，在叙述上不给它一些"滑"，一些轻灵，小说就不能飞。我慢慢意识到，生活的大部分沉重，是裹进棉花里的，只要不去动它，就只能看到白、轻和柔软，而生活需要这样的包裹和伪装，小说更需要。飞机起飞前，有一段与大地的深刻接触，但它的目的是为了飞，它带着自己和乘客的重量，每个乘客各自承受的生活之重，它是不负责带走的，但它要负责把乘客交给下一个目的地，在那里，此和彼会联结起来，昨天和今天会联结起来，至于怎样联结，是每个乘客的事，也是我们尽可以去想象的事。如果小说不能飞，就只有此没有彼，就失去了浩渺的空间感。"挤"的另一个弊端在于，它很可能浪费题材。空洞无物如死尸般苍白的作品是坏作品，"挤"的作品同样是坏作品。

姜：从《奸细》的题目看，教育竟然有着这样一种残酷。

罗：你刚才提到教育的本质，什么是教育的本质？这很值得探讨。我们的教育基本上是一种"成功学"，而且是那种特别露骨的物质上的成功，考上了穿皮鞋，考不上穿草鞋，这是我们那个年代乡村学校的高考动员令，现在的某些地方还是这样动员，只不过改成了时尚用语，高富帅、屌丝男屌丝女之类。而真正的教育应该落实到尊严的塑造和情怀的培养。龙应台有段话说得很好，她说我们拼命地学习如何成功地冲刺一百米，但是没有谁教过我们，你跌倒时怎样跌得有尊严，你的膝盖破得血肉模糊时，怎样清洗伤口，怎样包扎，你痛得无法忍受时，用什么样的表情去面对别人，你一头栽倒时，怎样治疗内心淌血的创痛，怎样获得心灵深层的平静，心像玻璃一样碎成一地时，怎样去收拾……

在我们的教育里面，成功是尊严的，失败是不尊严的，这跟成则为王败为寇没多少区别，完全不从人的角度去考察成功和失败，完全不懂得，世间有卑鄙的成功，也有光荣的失败；同时，我们忽略人的欲望无止境，成功也跟着没有止境，因为没有止境，所以大家都是失败者，都不尊严。表现在面对不如自己的人，就趾高气扬，面对比自己地位高钱财广的人，就卑躬屈膝，乃至出卖别人，也出卖自己，去充当奸细。这是我们虚伪孱弱的教育结出的必然之果，是对真正教育的反讽。大家都注意到了这一点，但在精神疑难面前，似乎束手无策。不过话说回来，有疑难比盲目崇信和懵懂无知总要好，疑难伴随着反省和思考，也暗含着突出重围的可能。

姜：我还发现，这篇作品，你是想揭示教育伦理的疼痛的，因为这一问题与法理无关，只与道德和一个人的私德相关。毕竟，这种奸细所伤害与惩罚的，只是一个错误的主体。

罗："错误的主体"这种提法，非常有意思。可我们总是抱着幻想，这幻想就是在错误的主体里面找到"正确的初衷"，我们就为那个幻想服务，也为那个幻想振振有词，企图将错误从意识形态里转化为正确，其结果，很可能是在错误的路上走得更远。但这并不能成为"丧失"的借口，世界上有一个共同法则，就是尊敬那些为某种信仰而誓死坚持的人，哪怕他的信仰分明是对社会的阻碍，只要他誓死捍卫，都能让人感受到某种人格的光辉。"丧失"，始终不是一个好词，这个词听上去显得被动，事实上这个词存活到今天，已经走到前台，变为了主动。再退一步讲，在错误的主体里面，真还能找到某种历史的合理性，也能找到某种值得坚持的因子，一个高尚的人会由此出发，把光明扩大。不过，这样去要求一个人，太过奢华。

姜：你在这部小说中，写到一些为人师者给学生看黄色光盘，让学生买香烟等细节，在一个失去了道统的教育世界里，教育还有多少存在的理由以及有多少可以质疑的地方，便成为我们这个时代的疼痛了。更可怕的是，正如我多次撰文指出的，我们教育疼痛的神经元已经丧失了。

罗：是的，我们已经把非常当成了正常，正如把面具当成了本体。出现这种局面，有一个大的背景，没有一个局部可以脱离整体而存在，如果有这样的局部存在，那也只是奇迹。教师不是神仙，也不是石头，他们的眼睛会看，耳朵会听，鼻子会闻，国家给他们提了工资，他们很欣喜，然而，当他们听说人家吃一顿饭就要花掉他全年的工资，甚至远远不够，心里就不平衡了。不平衡是正常的，你我都做过教师，那种不平衡感，我有，相信你也有。把教师职业捧得越高，失衡感就越剧烈。教师工作很苦，最苦的地方是苦在心，因为他们面对的不是单纯的事，而是背景不同想法不同层次不同还大多处于叛逆期的活生生的人。这么苦，却得不到应有的尊重，当然要向受到尊重的方向看齐。当官受到尊重，有钱也受到尊重，那么这就是目标，这就是方向。当不了官，就想法挣钱。教师最方便的挣钱渠道，自然是学生，所谓羊毛出在羊身上。当师生关系演变为主客关系，教师不再是教师，学生也不再是学生，他们的全部关系就是老板和客人。既然社会上有开录像厅看黄色光碟的，有卖香烟的，那么从意识里自动解除了教师身份的教师，就可以给学生这么干。他们唯一可受到指责的地方，是不该对未成年人这么干。但睁开眼睛看看吧，分明规定不能让未成年人进网吧，可网吧收入的半边天，就靠未成年人支撑着。再深一层，党纪国法分明规定不准贪污受贿买官卖官，可贪污受贿买官卖官却屡见不鲜。教育绝不只是学校的事，而我们现在说到教育，脑子里立即就只想到学校。

姜：我们似乎一直在说作品以外的话，回到作品上来说说。吴二娃这个牵线搭桥之人，有点意思。这个人的存在，其实点出了另一种教育的真实。他曾是教育战线上的逃兵，因不甘山村教育的寂寞寒苦，不告而别，抛下十几个孩子弃教自谋生路。有论者对此惊讶不已。我觉得这样的现象，倒是无可指责的，教育怪胎催生了吴二娃这样的"教育掮客"。

罗：一说到作品，我反而变得无话可说了。吴二娃的确是一个掮客，掮客的基本特征，是没有文化信仰，没有是非标准，没有高尚情操，他们道德水准低下，眼里只有利益，而且是吹糠见米的利益。但掮客和政客相比，到底又没那么邪恶，政客除了上述特征，还要加上一条：仇视美好的事物。吴二娃并不仇视美好的事物，不仇视，就不会践踏，更不会摧毁。要是吴二娃等等在教育界穿梭的人，不仅是掮客，还是政客，那教育才真的无可救药了。

姜：当然，你这篇的笔触是放在徐瑞星这个人物身上的，写他的迷失和回归。但我们发现，这篇小说其实又是在写拯救，写一种道德拯救与自赎。看来，关于拯救的问题，是你一段时期里盘桓在心中难以挥去的情结。

罗：不是一段时间，是一直。2007年，我在四川文艺出版社出过一部长篇，叫《不必惊讶》，2012年，作家出版社又出过一部长篇，叫《太阳底下》，这两部小说都是我自己喜欢的，笔力自始至终在深水里游走，写人的迷失和自救。说到徐瑞星的回归，那只是一种理想描述。有人批评我的小说不给人光明，《奸细》这部小说光明了，可我老觉得那恰恰是这部小说的缺陷。

姜：连老师们都只能让着尖子生的现象，我做老师期间碰得也不少。恰恰，这些所谓的尖子生，是最不懂得尊重老师的。在他们心目中，知识与能力至上，这让他们丧失了爱的能力。所以我非常佩服你的是，你把这一切都写了出来。确实，应该有人写出这些，写出教育的偏失与偏向。

罗：我们的评价体系出了问题。对绝大多数人而言，评价体系是情感、思想和行为的指南。评价体系之所以出问题，是因为社会本身出了问题。敢于正视并加以改革，才是一个社会的应有之义。我最近读一本书，说到儒家文化对我们民族的影响，儒家文化崇尚"守"，对任何改革都很抵触，商鞅变法、王安石变法、戊戌变法，等等，无不遭到强烈的抵触，变法者不身首异处，就算万幸。所以改革很冒风险。冒风险就宁愿不改革，本来只被蚊子叮了一下，却不加以疗治，让它一直溃烂，烂得不可收拾的时候，轰！农民起义了，或者宫廷政变了。起义或政变的破坏力，极其巨大，造成社会停滞不前甚至倒退，如此，我们民族老是不能享用文明累积的成果，也才有了随之而来的落后挨打的辛酸史。有时候我想，分明出了问题，为什么大家都安之若素呢？想想改革的风险，也就能够理解了。改革最大的风险，是要触动利益集团。单说教育，既然教育产业化了，也就自然而然地形成了利益集团。这个利益集团非常庞大，很难碰。不过，不去碰它所付出的代价，将是十分惨重的，这个代价要让整个民族去背负。

姜：当然，我知道，小说仅仅只注重这个层面的关系是不够的，所以，小说中奸细内心的道德冲突、收买奸细者的内心道德冲突、个人私欲与学校利益的冲突、教师与学生之间的冲突、特权学生与普通学生之间的冲突、徐瑞星理想价值观与社会现实的冲突，也都渐次浮出水面。但这一来，我们又发现了另一个更有价值的问题，即，这样的小说，我们还能认为是教育小说吗？我们可以仅凭题材的选择而做出这是教育小说的判断吗？

罗：我从来没想过让自己的小说局限于教育行业，我也不认为我写的小说只是教育小说。我反对任何一个定性，首先是我自己不给自己定性，别人给我定性，我也不大理会。小说就是关于人的，小说是个体心灵的回声，心灵的自由和宽广，本没有度。我说的"个体心灵"，与"私我心灵"不是一个概念。任何定性都是樊篱，我不要。比如有人说我是现实主义作家，前面说到的《不必惊讶》，是2004年开始写的，就完全不是现实主义的套路。定性的另一个弊病在于，只维护派别之内的，对派别之外的进行排斥，乃至打击，比如我是左翼的，或者是鸳鸯蝴蝶派的，我就排斥打击左翼或鸳鸯蝴蝶派之外的作家作品。维护派别比维护真理还积极的事，实在很多。

姜：我们也可以说，《麦田里的守望者》是教育小说。再有，歌德的小说《威廉·迈斯特的漫游年代》是教育小说，狄更斯的《大卫·科波菲尔》也可以看成是教育小说。但这一来，我们发现这里面的内涵复杂了，因为，这些小说，其实离我们所指认的教育小说也都远了去了。

罗：或许正是因为这样，它们才构成好小说。

姜：在我看来，教育小说未尝没有，但应该只限定于成长小说和青春小说这一类。这样一来，题材论再一次遭遇尴尬。像《奸细》《磨尖掐尖》这样的作品，不过是借了教育的壳儿，写的则是人与人的关系、公德与私德的冲突、利益与理想价值观的冲突。

罗：你这样看待和评价，我是很高兴的。

姜：因而，我们可以大体认定，一个作家，他依赖一些特定形而下的题材，但他要做的工作，则是摆脱这种形而下，而抵达一种形而上的境界。题材可以分类，但作品的分类，我一直认为是一种可疑的行为。

罗：分类是为了描述的方便，可也由此制造了栅栏，其后果很可能让人先入为主，比如说到乡土题材小说，人们就把乡土题材的通用特质，当成任何一部具体小说的特质。必须阅读具体的小说，作具体的分析。我们说笼而统之的话的能力在增强，阅读和分析具体作品的能力在减弱。当然，作为写作者，我们也要反思，比如，我是否真的超越了某种题材的局限，表现了广大的人生？

姜：《饥饿百年》这部长篇，我们可不可以把它看作你试图写作史诗的努力呢？毕竟，你的题目都有向马尔克斯致敬的意味。而且写了一百年，一直写到现在。

罗：向马尔克斯致敬是应该的，写作史诗的努力是谈不上的，我是一个懵懂的写作者，写那些我想写的，我愿意写的，至于写出来是什么样子，该怎么归类，我没想过。

姜：关于饥饿，作为这部书的主题，你可能想要表达的，不仅仅是生理上的饥饿，也不仅仅是我们一些作家想要表达的性饥饿，你可能要想说的是情感和思想上的饥饿。

罗：我写那部小说时希望努力做到这样。我们情感和思想饥饿的历史，比生理饥饿的历史更加漫长、持久，也更加具有杀伤力。

姜：很多作家写到了饥饿，莫言也直陈自己童年的孤独与饥饿是他的主题。

罗：我恍惚记得李敬泽说过一句话，说莫言的胃很强大，嘎吱嘎吱，仿佛能把全世界都吃下去。我读莫言的小说，也是这种感觉。莫言得了诺贝尔奖后，有媒体采访，我说莫言表现了强大的中国经验，不管他怎样受到西方文学的影响，我们都能从他的文字里看出那是一个中国作家写的；莫言的语言多被诟病，但我喜欢那种语言，尽管我学不来那种语言，也不打算去学，他的语言背景宽阔，指向浩瀚，每一个标点似乎也带着奔涌的激情。这种行文方式，我不知道是否与他遭遇过的孤独和饥饿有关。

姜：进而言之，你似乎还想写出人的被动的命运。

罗：对，被动。但不仅仅是被动。许多时候我们把"被动"当成借口，事实上是在主动出击。我们既是苦难的承受者，也可能是苦难的制造者。我们在批判社会不正之风的时候，设身处地想想，如果我是一个局长，会不会也跟别人一样，把那个局"割据"过来，当成我的私产。我不敢为自己打保票。这不仅牵涉到人的自我修为和自我矫正，还牵涉到体制。

姜：在小说与故事的关系上，你是怎么看的？你如何将故事提升到小说意义层面的？

罗：所有的故事都建立在人与人的关系上，人与人的关系本身，就构成意义。

姜：但我遗憾地发现，在很多作家那里，有了故事的起伏，却没有给出经典的细节。这可能是故事本身的问题，更可能是作家的功力问题。他穿透故事的层面在哪里，决定了小说的张力。

罗：还是把鲁迅先生那句话搬出来，鲁迅说：选材要严，开掘要深。这句话他是说给我们四川作家艾芜和沙汀的，那时候艾芜和沙汀都还是文学青年。正如你所说，不能给出经典性的细节，故事本身和作家功力都有问题。我身边的有些作家，出门买菜碰到小偷，回来写篇小说，上街转路崴了脚，回来又写篇小说。教科书上说作家要会观察，还要对生活敏锐，但那种过度"观察"真让人受不了，看到树底下有几只麻雀，高叫一声："麻雀！"还手舞足蹈的，就让我受不了。对生活敏锐到转路崴脚也要弄出一个短篇，甚至中篇，我也特别佩服。选材和开掘一样，考验的都是作家的功力。但现代派作家很多都是从一线烛光出发，引出熊熊烈火，他们重视偶然的力量，重视内心的特殊感受，重视作品的多解，他们不再单纯地依靠人物来成就作品的丰富，而是尽力将作品引向哲学的高度上去，他们的写作为文学开辟了新天地，居功至伟。只是又有了新的问题，就是读者从他们的作品中越来越看出了疏离，许多现代派作家的小说，处处闪光，却是一堆碎玻璃，冰冷而无意义。"冷"的本身其实也可以构成意义，可怕的是自说自话，自我哀怜。这恐怕就是穿透故事的能力不足，恐怕就是本来没有什么想法，玩些花活让别人觉得自己有想法。这很容易造成一种误解，以为像托尔斯泰那样写小说是难的，像现代派作家们那样写小说是容易的，这有点类同于画鬼易画人难的逻辑。要写出好小说，都难，不管你用什么手法。卡夫卡的《变形记》，埃梅的《死亡时间》，罗萨的《河的第三条岸》，显然不是谁都能写的，要说张力，这些小说是光辉的典范。

姜：另一个问题，是真实性的问题。我发现很多作家在真实面前，不管是用了什么技术与叙事策略，似乎，都显得非常苍白。可能还是那句话，他们无法也无力面对真实吧。

罗：技术和叙事策略，本身并不能逼近真实。它们的意义在于如何更加完美地呈现真实。所以当我们根本就无法也无力面对真实的时候，技术和叙事策略就显得无效。

姜：《我们的路》这样的作品，锁定的还是底层。这样的故事，我一直想问，底层是不是真的如此不堪？这种不堪究竟是一种生活的真实呢，还是将底层的不堪呈现过多？

罗：这又牵涉到真实性问题。我只能回答你，我笔力不够，并没有写出那种不堪。关于这个世界，雨果用一个小说标题就概括了：《悲惨世界》。遗憾的是我笔力不够，还没写出来。你问是不是呈现过多，这倒是我自己也在思考的事。我发现，我们天天都在说真实、真实，其实人根本就不能承受全部的真实，否则孔夫子就不会说"君子远庖厨"。孔子这样说，是他自己不吃肉、也要君子不吃肉吗？不，他是食不厌精，脍不厌细。孔子有那么多重要的话要说，却偏偏没忘记说这一句，是提醒大家：你不能承受全部的真实。如果你听到了杀猪时的惨叫声，看到了主人在屠户的指挥下，充满幸福感地将热气腾腾的肠肝肚肺拉出来，又搓又洗，还吃得下去吗？"远庖厨"，是为了避开部分真实，是为了心安理得地吃肉，是为了生活得更好。生命是短暂的，而我们能够面对每件事物的年月，更加短暂，所以有理由睁只眼闭只眼。我前面说大部分生活之重是要裹进棉花里的，也是这么个意思。

姜：从《祝福》开始，我就在思考这样的问题。我们所面对的，是一种偶然还是必然？很可能，底层真的并不是想象的或者描写的那样。

罗：作为底层的个体，的确不全是"悲惨世界"，否则没法活下去了。举个例子，明朝被史学家们公认为是对中华民族影响深远的黑暗朝代，它践踏人权，摧毁人的尊严，建立绝对的专制极权制度，窒息中华民族的生机，腐蚀知识分子的灵魂，确立"官本位"价值观，等等，乍一听，说明朝人生活在水深火热之中，一点也不为过。但我们去读一读张岱的随笔吧，无需读得太多，只读一读他对赏灯的描写，就会发现，无论达官贵人还是平头百姓，都快乐着呢！可这能说明什么问题呢？

姜：是啊，能说明什么问题呢？

罗：先不谈说明什么问题，先引一段胡赛尼写在《灿烂千阳》前面的话，他说："2003 年，重返喀布尔。我看到穿着传统蒙面服装的女性三三两两走在街头，后面尾随着她们衣着破烂的孩子，乞求着路人施舍零钱。那一刻，我很想知道，生命已将她们带往何处？她们会有怎样的梦想、希望与渴望？她们谈过恋爱吗？丈夫是怎样的人？在曼延阿富汗三十年的战争岁月中，她们究竟失去了什么？在写作《灿烂千阳》之际，她们的声音、面容与坚毅的生存故事一直萦绕着我。"

前两年的批评界，有一种说法，是针对"底层叙事"而言的，意思是：悲悯底层人生的作家，有"苦难焦虑症"，那些生活在底层的民众，自得其乐，根本不是你说的那么苦。——是的，他们表现出来的没有那么苦，但并非苦难的不存在，而是他们的坚毅和对苦难的顺从。作为写作者，无法忽视苦难本身对他们的纠缠和伤害。我相信，阿富汗的女人们，当她们遇到大方一些的施主，多讨了几张钞票，她们也会笑的，说不定还乐不可支，按照某些批评家的说法，胡赛尼不看到她们笑，却要去思考什么生命、梦想、希望以及她们失去的东西，显然是得了"苦难焦虑症"。

聂鲁达说，任何艺术工作者实质性的敌人都只在于他自己的无能，"在与最受愚弄和最受剥削的同代人相互理解方面的无能"，所以关于"苦难焦虑症"的论调，体现出的其实是一种无能——因隔膜产生的无能。不仅部分批评家有隔膜，我，一个被称为"底层叙事"的写作者（再次申明，我不认同任何一种定性），同样有隔膜。这种隔膜惊心动魄。去年秋天，我去外地出差，我的一位老师住在离那里不远的县上，我决定去看望他，坐汽车需三个小时，坐火车只需四十分钟，我便选择火车。火车只有过路车，我坐上了一列从乌鲁木齐开往重庆的。上去后不禁抽了口冷气。近几年来，我坐惯了飞机，坐惯了动车，坐惯了舒适的小车，就以为天底下所有人都是这样出行的，然而，这列长途火车上，挤得厕所开不了门，车厢里的汗臭熏得人睁不开眼，方便面的香味跟汗臭混合，形成一股特殊的、直刺肺腑让人作呕的气味。小儿在啼哭，女人一边给孩子擦屎、换尿布，一边呵斥，并腾出手来打孩子的耳光。胡子拉碴的男人从座位底下拉出硕大的行李包，取出已经生霉的熟食，露出坚固的黄牙，吱吱咀嚼，每送一口食物下肚，就喝一口白酒或啤酒。一个架着铁拐杖、面部紧绷绷的四十岁左右男人，笃笃笃地从这头挤到那头，伸了手找人要钱，不给钱就眼露凶光，死死地盯住你，给了就道声"谢谢老乡"……这景象让我熟悉而又陌生。熟悉只在回忆里，陌生却是现实。不知不觉，我离那些挣扎着的人群已经那么遥远。这让我感到羞耻。如果我不让我本身就构成现实，不仅自己写不出有力量的作品，看到别人写了那样的作品，我也会说是得了"苦难焦虑症"。

姜：这里，你直陈了我们一些作家的问题。真正接地气的作品越来越少了。

罗：是这样的，其中也包括我自己的作品。——再往深处说，"隔膜"不过是借口，是遁词，最深的因由，是某些既得利益者，比如政客、奸商，还有在虚肿的文化环境中突然发迹的学者、教授、作家和批评家，等等，希望维持现状，好让他们无所忧虑地发财，无所忧虑地吃香喝辣，无所忧虑地舔舐胭脂。人家正在那里乐呢，你却在一旁大叫社会的不公、文化的虚肿、道德的沦丧，这很可能叫醒几个梦中人，搓搓眼睛，黑着面庞，握紧拳头，生出事端。如此，坏了人家的好事，人家就不高兴了。即便那醒来的几个人，很快又会在既得利益者虚构的现实里睡过去，根本构不成什么危险，也势必败了人家的兴致，人家照样不高兴。

最可悲的在于，如我这等人，刚刚吃了几顿饱饭，就忘记了饥饿的滋味，刚刚把礼帽戴上头顶，就否认自己曾经是尖嘴猴腮的模样。

姜：我发现，你比较偏爱第一人称的叙述视角。看来，每个作家都脱不了"第一人称"时代。

罗：人称不是问题，怎样把小说写好才是问题。

姜：过去我们讲，中国是个农业国，城市里的，也都是穿着不同种类服装的农民；现在，我们如何定位城市？这可能不得不要联系上中国乡村的现代化进程了。

罗：一切城市化进程都必然伴随着病态和野蛮，这是人类共有的疼痛。我们寄希望于病态和野蛮之后的健康和文明。但写作者的使命之一在于留下有气味和温度的历史，我们不能因为有一个想象出的远景在那里，就不去正视活生生的现实，不能因为美国的高度发达，就否定《愤怒的葡萄》。

姜：中国乡村在改革开放的进程中，彻底剥离了过去的整一化色彩，农民们成了土地主人的同时，也成了一个个个体化的人，这种时候，选择，应该是农民们面临的最大难题。

罗：突然让一个人成为"个体"，是对那个人的考验。中国人的"组织"观念强，内心里渴望一个集体来为自己做主，我们把那个集体当成依靠，某一天，这个集体不存在了，我们就有被抛弃的感觉。自己做主，对我们而言是陌生的，所以选择起来才感到困难。

姜：另一方面，农民们离不开土地，可让他们魂牵梦绕的土地，正在一点点消逝。我们所从何来，所向何去？你的小说将笔触伸入到关于"根"的思考之中了。

罗：是离开还是留守，的确是一个问题；离开之后再也回不去，留守下来却守住了一个空，是一个更大的问题……我曾经觉得，人是很清楚的了，那么，文学在呈现生活之后，还可以走得更远吗？如果只是单纯的呈现，文学是有意义的吗？现在我没有这种疑惑了，因为人远远没有清楚，探究人，探究生活，是文学的使命，也只能由文学来完成这一使命；只要人还没有清楚，文学就会存在。很可能，人永远都不能证明自己是什么，永远都不清楚，这是文学的福音，文学会因此而永存。

姜：《大河之舞》的写作灵感出于哪里？

罗：这部小说出版不久，《中华读书报》约我写过一篇文章，他们提的问题跟你的类似。很长时间以来，我都企图写一部有关巴人的小说。我无法想象，那支活跃在川崖峡谷间、生命状态非常令人神往的浪漫精灵，怎么说不在就不在了？为什么蜀人有烂漫的文化传承，巴人却干干净净地烟消云散了？我就想写这个。但我抓不住那根遥远的游丝，也无法判断自己对巴人的理解，是否存在偏差，甚至不公正，便一直未能动笔。幸运的是，十年前，在我的出生地有了一个重大考古发现——古巴人都城遗址。据年代测算，他们不是已在重庆丰都被秦军所灭，从此就神秘消失了吗，怎么又到了这里？这实在让人惊奇。更让人惊奇的是，据人类学家研究，而今生活在那里的民众，性格和他们常跳的舞蹈，都是古代巴人留下的种子。

要想让一个民族在世界上彻底消亡，不是那么容易的。

再弱小的民族，其生命力亦如春草。

从这里获得启示，也从这里出发，我写成了长篇小说《大河之舞》。

姜：但你所写的，并不是一部历史小说。

罗：是的，我所写的，是对现实人生的观照。我希望把历史和现实打通。在历史和现实之间，有片广阔的阴影地带，但阴影的意义，从来就不是为了制造界线，而是为了抹掉界线。我试图在小说中呈现：在远古贫瘠的土地上摔一跤，和在今天繁盛的土地上摔一跤，究竟有什么不同？那几条浪淘千古的大河，那种充满神性的倾天之舞，让我们得到了什么又失去了什么？文化记忆不是用文字，而是用血脉。半岛人的外在命运可以跟别处的人大同小异，但他们的悲剧性格，来自血脉。

姜：《饥饿百年》《大河之舞》都标示着你有写作史诗的雄心。在《大河之舞》里，你似乎更加凌空蹈虚，想将宗教、宗法、家族叙事、历史叙事、现实与魔幻都囊括进小说。

罗：除了一种自觉行为，题材本身也有原因，《大河之舞》

里的地脉和人物，本身就很神秘。

姜：在这里，我们再一次遭遇到你的一个趋近文学母题的设计：人所从何来，所向何去？作品中的罗杰和墓坑里首领奇妙的勾连似乎就在回答这个问题。

罗：我当时的想法跟你现在的说法完全一样。不过这依然没有回答什么。对于人，包括人的来龙去脉，根本就回答不出什么。文学领域的任何一种回答，其实都只是表达了对神秘主义的敬意。

姜：当然，《大河之舞》我们还是可以认为延续了你一贯以来的底层苦难叙事，毕竟描写了底层的生存状态和苦难。不过，这次将笔触深入到了底层的精神世界。但你这里的神秘叙事，我们可不可以认为，你一向奉行的本真叙事，这次却有着大的逆转，是不是想要尝试一种新的叙事方法？

罗：没有逆转，比《大河之舞》早好几年的《不必惊讶》等长篇，《舌尖上的花朵》等中篇，叙事方法比《大河之舞》走得更远。只是，人们强行将我划入底层叙事或者本真叙事，觉得那些作品是异类，去提说那些作品，好像我就不是我，于是干脆不说。

姜：还有，关于神秘，阿来在与我进行对话时，就曾谈到《尘埃落定》中耳朵里长出花朵来等细节的问题。所以，谈到神秘主义，我总觉得，写作这个活儿，就是作家与读者或与自己在捉迷藏。

罗：神秘是时间赋予的。作家们之所以喜欢写回忆而尽量避免触及当下，是因为回忆和想象是很难分开的，触及当下却是硬碰硬。捉迷藏的感觉实在比一条道走下去要好，捉迷藏证明从容而安全，一条道走下去，就可能变成累活、苦活，而且不一定安全。

姜：说到这里，我想起孙惠芬。我曾说孙有一样本领，只要给她一个门缝，她就会挤进门内。

罗：还有一种作家，没有门他也强行推开一扇门。对他们而言，凡墙皆是门。这样的作家是大师级作家。

姜：重新回到你的底层文学与教育文学——我们姑且也这样来简单地表述吧——饥饿、苦难、底层，其实，都应该是每一个作家必须直面的，就如当年老托尔斯泰一样，这是一种文学的良知。如果文学没有了良知，世界将一片黑暗。

罗：我也曾经这样表述过，但我现在有些迷茫，不知道事情是不是真有那么严重。我只能管好我自己。

姜：对了，想到一个问题。最近《白鹿原》改编成电影，便又让我想到原著的语言问题。坦率说，当代作家在语言问题上，鲜有能解决得出色的。某些大师也概莫能外。自然、妥帖、准确、笃定，似乎很少有作家达到这样的境界。当代作家不在语言上努力。不知你对这样的问题有何看法。

罗：说不在语言上努力也不对，很可能是努力而不达。既是作家，怎么可能不在语言上努力呢？即便开始凭激情而写作，对语言重视不够，后来也必然会注意的。你概括的好语言的境界，自然、妥帖、准确、笃定，倒是非常到位。

姜：再一个，是由你当初辞职专事写作带来的生存问题引发出的思考，过去，我确实很少与作家探讨这类非关文学元素的话题，但现在看来，这其实仍然是一种文学元素。作家的状态，直接决定了作品的状态。虽然，文章憎命达，虽然，曹雪芹举家食粥酒常赊，但在当下，作家无法面对杜甫与曹雪芹的那种状态。否则，就不可能写出好的作品。另一方面，市场其实是由品质所决定的。好品质的作家，是不担心市场的。

罗：这个话题我也说不好，因为每一个命题的背后，都有与之相反的命题，而且都能站住脚。你说好品质的作家不担心市场，并不是说市场空在那里，为好品质的作家留着，而是好品质的作家对文学的虔敬和信心，让他们不去在意市场，也不大愿意分心去关心那些事。这其实还是一个作家内心是否笃定的问题。莫言在谈福克纳的文章里有这么一段话："当我看到别人的成功发财心中酸溜溜时，福克纳对我说：伙计，好的作家从来也不去申请什么创作基金之类的东西，他忙于写作，无暇顾及。如果他不是一流作家，那他就说：没有时间或经济自由，以此来自欺欺人。其实，好的艺术可以来自小偷、私酒贩子或者马夫。仅是发现他们能够承受多少艰辛和贫困，就实在令人惧怕。我告诉你，什么也不能毁灭好的作家，唯一能够毁灭好的作家的事情就是死亡。好的作家没有时间去为成功和发财操心。"莫言这么做了，他确实也不用担心市场了——这又为你的话作了注脚。

姜：今天，我们聊到的你的作品，确实少了点。很多作品，我们都没有涉猎到。好在还会有机会。还想问一个问题，算是规定性的提问吧：在你走向文学的路途上，哪些作家作品给了你哪些决定性的或重大的影响？

罗：如果以阅读某位作家作品的数量而论，那是托尔斯泰，他的《复活》我读过三遍，《战争与和平》读过四遍，《安娜·卡列妮娜》读过不下五遍，包括他的传记、文论和宗教文章，都读。托尔斯泰教会我，艺术的出发点，不在于谴责，更不在于破坏，而是以透过云端的情怀，去帮助人们建设他们的心灵。他提醒我们，人活世间，不幸地成为各种欲望的奴隶，身体的奴隶、金钱的奴隶、权位的奴隶、名声的奴隶，如此，我们拥有得越多，离真正的"自由人"就越远……但我好长时间不读托尔斯泰了，我曾经命令自己不去读他，我要读跟他完全不一样的作家作品。这跟生理上的需求类似，差哪样补哪样。

以虚拟的英雄气概，来凸显现实世界的荒芜

对谈者：夏琪

夏琪（以下简称夏）：最早关注您的作品，是《潜伏期》《奸细》《最后一课》等中篇小说。这些集中关注教育的小说，各有侧重，对教育改革进程中产生的系列问题都有深刻的反思。为何专注于这类题材的写作？是否与个人经历有关？

罗伟章（以下简称罗）：大学毕业后，我当过教师。那正是教育发生巨大变革的时期。我们一直被成功学喂养，到我教书时，追求"成功"已成为人们的某种本能，而成功的标准又极其单一，由此，教育的宽阔性被无限挤压和切割。与此同时，教育部门和从业者都忙忙碌碌地与社会接轨，想方设法地赚钱。当时的思维还没进化到羊毛出在猪身上，于是就把羊揪住。教育行当成了吸钱机器，成了利益集团。学生也跟着躁动，某些校园简直就像个庞大的集市，鲜有学府气，因为"象牙塔"这个词成了坏词。而事实上，学生就该待在象牙塔里，安安静静去汲取文明的成果。了解社会用得着那么急吗？毕业之后，不需半年的摔打就世事洞明了，但想摘取那些伟大文明的果实，却要交付时间和耐心。我相信，下没下过这样的功夫，会造就不同的人生。但他们有苦衷，社会用人，总是要求用熟练工，社会放弃了培育国民的责任。如此考察教育，就不

单是学校教育的问题。

作为熟悉这个领域的写作者，有义务呈现自己的感受、观察和思考。

夏：长篇小说《磨尖掐尖》出版后，有评论将您称为"中国教育小说第一人"。写"教育小说"，您有怎样独特的感悟？反映中国教育的作品不少，为何您的作品更能够引起共鸣，您认为原因何在？

罗：我写那些小说时，没想到写的是"教育小说"。那只是题材而已。我想写和要写的，是成长，是伦理，是人与人的关系，是公德与私心的冲突，是价值观的疑难和挣扎。这些东西自会"溢"出题材，让更多的人观照世相和打量自身。再就是我不回避——尽量不回避。在写作中，即便是小说这样的虚构艺术，"回避"也会成为自我过滤的方式，并因此使作品弱化力量、小化格局。我觉得，我们当下的许多写作，包括我自己的写作，格局太小了，好些作品无非是在人际关系的泥潭里打滚，最终闹得自己也面目不清；那种跃出泥潭的清爽、开放、寂静与孤傲，那种迎风而立和眺望云端的姿态，都难得一见。

从小说本身而论，《磨尖掐尖》并不是我喜欢的，我认为我的另几个长篇都比它好。

夏：《声音史》研讨会上，评论家们多有赞誉。这部作品的选材并不十分新鲜，写农村的空巢现象，写到了乡村生活和历史变迁，但是您选择了以声音作为切入点，角度非常特别。能谈谈这部作品的创作缘起吗？

罗：我本人对声音比较敏感，我觉得世上的许多情感，产生于声音，你杀鱼的时候，听不到鱼叫，你就以为鱼不痛，也不怕死，你的各种感觉就比较迟钝；杀猪杀狗就完全不同。我早就想以声音为媒介写一部小说。

夏：《声音史》最近刚刚获得"十月文学奖"，您如何评价这部作品的价值和意义？这部作品的写作过程顺利吗？

罗：如果我这部小说只是写了农村的空巢化，我认为它就是失败的。我当时的志向不止于此。我希望通过这部小说，呼唤自然心灵，让某些东西"慢"下来，并从中寻求通向宁静的道路。我想穿越物质的层面，向大自然的神性靠近一些。我认为这些才是重要的。仅仅印证，不是我的目的。写作基本顺利，只是写得慢，修改花了很长时间。现在是越写越慢。

夏：《空白之页》和《声音史》都发表在《十月》，您和《十月》有怎样的缘分？

罗：我在《十月》发表的作品，长、中、短篇都有，而且十年前就得过十月文学奖。我们互相信任。但这并不证明我的作品他们一律会发，他们说声好，就发，说声不好或者不够好，就不发。就这么简单。我很喜欢这种简单的关系。

夏：《空白之页》2013年就发表了，为何三年后才推出单行本？

罗：是的，这小说2016年春节后才由作家社出版。发表过后，我还放在那里，改来改去，但认真说起来，又没作根本性的修改，许多时候是陷在一个词语的表达上。我经常感叹，觉得写作的过程其实也是妥协的过程，你分明知道这个词不好，想换一个，你想几天几夜，做梦都在为那个词纠结，可就是换不了。这是相当苦恼的事情。后来我慢慢想通了，只要你是足够认真的，你就得允许自己有这样的妥协；即是说，有时候要体谅自己的无能。

夏：看完《空白之页》，觉得还留有很多空白。与前面的铺陈之奢侈相比，1947 年之后的叙述显得有些节奏过快。是有意这样结构的吗？

罗：我要"适可而止"。我不能在撞到南墙后才知道适可而止。

夏：主人公孙康平的"英雄梦"，令人感慨万端。但他是那个时代中的沧海一粟，他和惠君的爱情也是那个时代的独特产物。很想知道您的目光为什么会转向那一段历史？

罗：2012 年，我出版了长篇小说《太阳底下》，是一部以重庆大轰炸为背影的作品，从宏观的角度书写人心的废墟，《空白之页》是从微观的角度探究废墟是如何形成的。

夏：《空白之页》中，刘湘率川军出川作战、驱吴拒陈等确有其事，您在写作中是如何把握历史的真实和虚构的关系？

罗：确有其事和事件背后的真实，是两个概念。有时候，"真实"本身就是一个虚构的概念。作为写作者，我认为被叙述才构成真实，虚构的目的，正是为了抵达真实。

夏：孙康平的"英雄梦"有几次出现，但是很令人意外的一笔，是他在"红牙碧串，妙舞轻歌"的得月楼里，脑海中居然会古怪地浮动着战争的幻影。而最后他的死亡，是"以完胜的英雄梦，去嘲笑死神，也把自己短暂的一生推向高潮，回归、丰富和完成了自己的整体"。为什么会设置如此情境？

罗：能做英雄梦的时代，要么波澜壮阔，要么辉映着理想主义光芒，这都是超越物质层面的，于人生的更高意义而言是好的。然而生活要摧毁的目标，往往正是那些不能随遇而安的人。梦和梦想的区别，是梦想可以一直存在，梦却终会醒来。醒来就意味着梦的破灭。认输是最便捷的道路，但认输不等于心甘情愿。"不甘"，是人生中特别具有悲情的部分。孙康平就是这样，他既没认识到性格决定命运，更没认识到命运还要选择性格，同时也没认识到，当他迈出第一步，就已经陷进了"裂缝"之中，而且拒绝他的追问。他在得月楼的思绪，以及临终前对死神的蔑视，是以虚拟的英雄气概，来凸显现实世界的荒芜。

夏："这完全是阴差阳错造成的'裂缝'，孙康平是掉进了裂缝里。"这是小说中者光华的概括。写"裂缝"中的人物，您觉得把握起来有何难度？

罗：难度正在"裂缝"本身。那条裂缝不是齐整的，也不是静止的，它扭曲，错动，逼仄的时候让你艰于呼吸，敞阔的时候让你失去方向。世间没有一条裂缝是"阴差阳错"的，因此你得明辨裂缝的成因，它的偶然和必然。此外，裂缝本身带有寓言的性质，你的所指和能指，究竟能开辟多大的空间？这些都是难度。

夏：《空白之页》中，"2010那孩子的病情与'空袭醉'有关"，是一处张力十足、把读者猛然拉到现实的描写；包括后来邱大和惠君的关系，是暗指战争的后遗症或历史的轮回？

罗：对，是这样的。

夏："在中国，政治统率一切，统率到吃喝拉撒，统率到跟女人睡觉，统率到走路，统率到呼吸，在中国，政治不是别的，政治就是权力和权谋，当政治腐败，政府无能，当这个国家只剩下政客而鲜见政治家，没有实业恐怕还好一点，实业越强，政客周旋的空间就越大，因为在独裁体系里，再硕大的睾丸，也会被权力一刀阉割。"借着孙康平的思路这么尖锐地表达，是否写得很过瘾？也很悲哀？

罗：其实，既不过瘾，也不悲哀，那只是一种陈述。过瘾和悲哀都是作品完成之后的事，写作的过程中，我会尽量保持冷静。我认为，即便是抒情性很强的作品，写作者也要尽量保持冷静，要跟你描写的对象保持适当的距离；冷静不是冷，要有热度，但又不能过热，否则很可能让作品失去宽度，并因为公正的丧失而丢掉深度。

夏：阴阳先生和已经去世多年却依然"参与"生活的"婆婆"，使小说笼罩着一种鬼魅之气。他们的存在是必须的吗？

罗：只要你感觉到了鬼魅之气，就证明他们的存在即便不是必须，也是需要的。那是这个作品的气氛。再一方面，我想打通人们习惯和概念上的界线。

夏：作品中的人物塑造，无论是主人公还是一般人物，令人过目难忘。您在人物形象的刻画上，有何独特的经验可供分享？

罗：谢谢你这么表扬。但要说经验，真说不上，我只是愿意在写每个人物之前，先让自己的心到他们的心里去过一遍。

夏：能否概括一下自己的写作经历？您的写作有过怎样的变化，现在的状态如何？

罗：读大学时就写，并以写作维持生计，毕业后不再写。十年不写。后来觉得，不写简直受不了，于是又开始动笔。我在2005年之前发表的作品，多从痛感出发，某个地方让我痛，那痛就成为核心，辐射出小说。2005年过后，特别是2007年过后，我发现，尽管痛感是文学中的好东西，但好东西不只一种。这意思是说，我在文体和语言上有一些自觉了。像《不必惊讶》《大河之舞》《太阳底下》，包括去年发表的《世事如常》，都是"自觉"的产物。这也是有得有失，有时候我想，如果因此丢掉了《饥饿百年》中的那种粗粝，实在是可惜的。

我感觉到，写作是越写越难，这一是库存的问题，二是你有了不满足，对题材的不满足，对结构的不满足，对叙述方式的不满足，对语言表达的不满足，这些不满足以及由此设置的难度，不是别人给的，是自己给的，因此无话可说。每当一个难度横在面前，除了读书和更切近地拥抱生活，似乎也没有别的出路。最近大半年，我在老家的时候多，于我而言，那里有历史，我希望把历史和现实贯通，呈现来路和去向。当然只是希望，不知道能不能做到。

"底层" 成了他们偶尔闲逛的后花园

对谈者：黄建清

黄建清（以下简称黄）：罗老师，在《把时光揭开》一书中您有提到，"小说不单纯是一种写法，它是体验生命的过程。"我们每个人的经历有限，在创作中不可避免地要用他人的经历来做创作素材。您是如何把自己的生命体验转化为小说创作的，又是如何去体验他人的生命过程的？

罗伟章（以下简称罗）：体验别人的生命过程，心里要有他者，要能将心比心；从本质上讲，体验别人事实上也是体验自己，是对自我生命的发掘、丰富和完善。

黄：您在《大河之舞》中提到，"用战争书写历史，不是巴人自己的想法，而是别人的想法"。巴人的命运是否告诉我们，没有主体性的文化哪怕是在学习别人的过程中有所得，也终究难逃灭亡的命运？这对于当下我们学习西方文学文化的借鉴意义是否在此？

罗：是的。这也是《大河之舞》那部小说的重要主题。这当中除了文化主体性问题，还有文化自信的问题。但自信不是凭空而来，它来源于持续不断的自我建设。我们的文化长时间地墨守成规，疏于对自我的建设。后来走向反面，"先破后立"，这种哲学观使我们丧失了文化的累积；20 世纪 90 年代开始横扫一切的实用主义，又让我们少了照耀——理想光芒的照耀。没有理想的文化和人格是不可能坚守的，正如一个生意人是哪里有钱赚就往哪里奔。

黄：您如何评价获得本届茅盾文学奖的作品？

罗：非常遗憾，五部作品，我只读过《繁花》的一部分。我读当代作家不多。现在的文学奖项，又早已失去引领和号召阅读的公信力。我将来可能会读的，只要那些作品还能稍稍经得起时间的检验。但那几个得奖作家，除金宇澄，其余几位之前的作品我都读过，前不久，我还又读了苏童的《妻妾成群》，这作品虽然算不上深刻独到，但苏童那种水汁饱满的笔调，连人物的衣袂和步态都被浸润。他们都写过好小说。包括金宇澄，一部《繁花》受到欢迎，我认为非常重要的因素是它体现了中国美学风格，这已超出了小说本身的意义。

若干年来，甚至可以上溯到自"五四"以来，我们企图在文化上"师夷长技以制夷"，后来不提倡"制夷"，而是希望融入世界，但结果是，我们自己的文化在边缘化和附庸化，既没能"制夷"，在融入世界的途中，也几乎是一种暗哑的"融入"。我们丢了自己言说的"腔调"。你前面提到主体性，我们已有主体性危机，因而对传统的学习和借鉴，是很要紧的事情。《繁花》在这方面是好的。大家都把眼睛盯住西方、都在阅读翻译作品的时候，金宇澄"低调"地向中国话本学习，这其中暗含着挑战的意味，勇气就很难得。

但向传统学习，不是指传统的那套观念，也不是指传统文人们追求的"趣味"，而是指汉语言在数千年积淀中形成的美学神韵。有了这种神韵是可贵的，但并不证明因此就能自然而然地写出好小说。好小说，特别是好长篇，对内在素质的要求太多了。我觉得需要警惕的，是有人披上那件衣服，用了那副"腔调"，来掩盖骨子里的苍白。

黄：当下的底层文学多苦难叙事，但很多作家并不能很好地书写底层苦难，容易把"苦难"做夸大化甚至极致化处理，这是不是很损文学的艺术性？罗老师，在您看来作家应该如何恰如其分地为底层代言？

罗：首先，为谁代言这说法我是不赞同的，我觉得一个写作者，他一定是从自我出发，他自己对某种东西没有感觉，也就不可能写作。所以"代言"只是一个虚构的概念。至于他的文字表达了某个群体的生活状态和精神诉求，那是另一回事。

其次，如果底层文学能够真正做到极致化，那就好了。我们的问题是没有做到。许多底层文学作品，遵循着写实主义传统，其实是囿于写实，还没能勇敢地往前跨一步，作极致化的处理。所谓象征，就是极致化。若从题材论，卡夫卡的《变形记》当然也属"底层文学"，但卡夫卡聪明地先把你吊起来，让你变成甲虫，失去人的形体和语言，然后他再去写实，把你的焦虑、孤独和无助，展示给你看，也给别人看。卡夫卡才真正做到了极致化。

再有，当下的某些文学批评，一论及底层文学，仿佛天然地就缺少艺术性，这既粗暴，又无知。越没有对具体作品感受和分析的能力，就越敢说这样的大话。你可以说对苦难的专情书写，有可能丧失公正，但就这个问题，陀思妥耶夫斯基认为，在公正和对弱者的同情之间，公正退居次席。他讲出了文学一个非常重要的使命。世上有一种正义，叫边缘正义，也就是弱者的正义，弱者遭到侵犯的时候，不能像强者那样喊明了跟你对抗，便采用（只能采用）他们自己的规则。抗战时期的地道战、地雷战，都可以看成是弱者的正义。

"底层文学"这种提法也很暧昧。文学发展的脉络，先写神（自然），再写帝王，再写贵族，再写平民，当文学发展到书写平民的时候，文学便走向成熟。平民（不只是农民）都是底层。要这样看，世界上百分之八九十的文学都是底层文学。正因为概念的模糊性，使我们的文学批评左右为难，一会儿这些人是底层文学作家，一会儿那些人也是。

当然这个并不重要，作为文学批评，总得给出可以言说的话题。我本人并不认同简单地对文学分野，但非要说的话，我觉得，这些年来，莫言得诺贝尔奖之外，"底层文学"是中国文学中唯一重要的现象，遗憾的是，除少数几位批评家予以鼓励，多数都慌慌忙忙地举起大棒。这当中有一个背景，就是中国的中产阶级化。我们习惯于用财富和社会地位去划分阶级，不知道阶级还有另一种划分，就是情感，坐在书房里的知识分子，生怕自己掉了队，被"中产阶级"踢开，于是争先恐后地表态。他们都很孱弱，而且刻意去追求那种孱弱，即使茹毛饮水的祖先遗传下来的胃还相当强健，也要抚着胸口，装出自己消化不了坚硬食物的愁态；他们看到的底层，是遮蔽了生存艰辛和尊严丧失的底层，他们去偏远村野捡几个瓦罐回来，说这东西有多少年历史，这东西有多么美，多么有文化，三五个碰见他们的村民，也都在笑，底层有什么残酷和艰辛处？"底层"成了他们偶尔闲逛的后花园，然后回到窗明几净的家中，回到单位上，继续舒舒服服地去做他们的中产阶级梦或者贵族梦。

我相信，这其中有些批评家是真诚的，也是有见地的，他们真诚地、有见地地指出底层文学的可能与局限——任何一种文学都是有局限的，像底层文学，确实存在一个视野的问题，述说的问题，如何还原生活本身的宽阔与自然状态的问题……很多很多的问题。底层文学跟别的文学问题一样多。那些批评家有一说一，有二说二，诚恳地把问题指出来，提醒作家们改进，因而很值得尊重。但就我所知，绝大部分无非是人云亦云。他们既没下过分析作品的功夫，更缺乏分析作品的能力，只以为张嘴跟着别人说，总不会错。作家面对这样的所谓批评家，其实是鄙薄的。这样的批评家对中国文学，也没有任何建设意义。

黄：而今的农村日新月异，丁帆提到的乡土小说"三画"（风景画，风俗画，风情画）渐趋消退。在您看来，作家们应如何去反映这种变化？乡土小说未来的发展空间何在？

罗：我们的乡土小说持续时间相当长，那是因为多少年来，我们的乡村没有变化。乡村成为仓库，提取之后就被遗忘。乡土小说有非常动人的一面，丁帆提到的"三画"确实功不可没。但要说消退，它不是在农村"日新月异"后才消退的。城乡二元结构，使农民认命，觉得自己就该比城里人低一等。他们从来就没有过"国民"意识。——当然城里人也没有，否则看到同在一个国家的人，而且是一大群人，是绝大多数人，活得比自己差，就不该产生那种城里人的优越感；可事实上，那群人活得越差，城里人的优越感就越强。——后来，农民可以进城打工，城市才真正作为一面镜子，竖在乡村面前，这面镜子照出的，是乡村触目惊心的贫穷，是农民苦熬苦打的生活。到这时，"三画"就已经消退了。

可以说，底层文学正是在这样的背景下出现的。

但这只是一方面。从另一方面讲，它又没有消退。如果某一天，农民能提升为国民，能平等地享受改革开放的成果，能过上与国家富裕程度相匹配的日子，那"三画"就能复活。它只是被遮蔽了，或者说退得更远了。而且其中的很大一部分，再不是以主体存在，而是呈现于观赏者的眼里。对文学而言，这其实不是损失，而是更丰富，更有张力。作家喜欢有张力的东西。此外还有，文学既是对现实的书写，也是对现实的抵抗，"怀旧"正是抵抗的一种方式，底层文学之前的乡土小说中那种人与自然的直接对话，人与人的简单关系，将会逐渐演变为人们内心的憧憬。从这个意义上讲，传统意义上的乡土小说，也依然大有可为。

至于你说的乡土小说未来的发展空间，那已经沦落为概念。"乡土小说"只是个概念而已。作家们写出了作品，写出变化了的时代，这作品怎样命名，是批评家们的事情。

黄：您在《把时光揭开》中谈及中外作家的不同，里面有这么一段话："欧美文学首先让你感觉到的是思想的冲击，此外才是别的，而中国文学负载了那么多的同情和道德。问题在于，我们是在社会公共道德的基础上去表达同情的，这样的同情必然缺乏人性深度，欧美文学有着对命运的最高把握，张扬的是一种个性光辉。在个性光辉照耀下的同情心，是那样深入骨髓。"在您看来，中国作家如何才能抛弃书写社会公共道德的传统，更多地去张扬自己的个性，写出更能挖掘人性深度的作品？

罗：这首先要抛弃"集体性"写作。我是指意识形态和价值观念的"集体性"。我们的写作有很多自我过滤，也有很多回避，由此造成观念的雷同。我们谈文学的陌生化，往往着眼于描写的场景，塑造的人物，事实上，最本质的陌生化是作家看待事物的角度和方法。作家如何呈现思想？就是角度和方法。作家要敢于脱壳，甚至要敢于换骨头。张扬不是张狂，那种张狂而浮浅的抒情真是令人厌倦，真没有意思。好作家在抒情的时候也能表达思想。

黄：罗老师，在小说集《白云青草间的痛》第一部分"创作与生活"中，您回忆了自己的故乡及生活经历，能看出这些对您创作的深远影响，如果有一天，您所经历、熟悉的故乡的人和事等素材挖掘殆尽，您还能继续坚持"乡土小说"的创作吗？在您的作品中，以成都为主要背景素材的不多，您喜欢成都这个城市吗？

罗：既然"乡土小说"只是个概念，就与坚持不坚持没有什么关系。我的小说基本不以成都为背景，是因为我在血脉里对它不熟悉，虽然我在这里住了十五六年。

喜欢以前的成都，那时候有特色，干净。

黄：您曾说过"对于故乡，我必须离开，有了距离感，我才能把握那片土地的精神实质"，可您又说过，"从文学写作来说，如果我们不关心别人的生活与感受，字里行间不能给人以充实感，翻来覆去只是捣鼓着肚子里的那几条蛔虫……"不近距离地与故乡人接触，应该很难感受到他们的生活，作品的充实感就会大打折扣。怎么才能解决两者之间的矛盾？

罗：这当中没有矛盾。"离开"与"回去"，是写作者一直在走着的路。有时候，所谓"离开"，仅仅是心理上的。于我而言，当我真正回到故乡去，感觉到的只是慵懒、萧索与芜杂，镇子上那种虚肿的繁盛，让我看不到繁盛，只看到虚肿。那些人的生活，尽管比以前饿肚子的时候有了根本性的改观，可我看不到更长远一点的希望。他们把挣钱多少当成最高的、也是唯一的标准。他们用打麻将来消磨掉所有闲暇时光。他们依然只是在"活着"。总之，我眼里是一个随波逐流的、无所作为的故乡。我必须离开那片山水（我说过，有时只是心理上离开），跟它有了距离，将它放置在整体的背景之下，才能感触到它的骨质，特别是，才能感触到它的贫瘠与忧虑——我是指精神层面的；这并非苛刻，也不是理想化，因为我更多的时候指的不是精神层面。如果他们能一直那样过日子，倒也好，但真的能够吗？当官商资本势力真正地、大规模地渗透到乡村（这会是很快的事情），他们将再次沦为弱者，钱也就不归他们赚，他们以前的那一点点积蓄，将在各种名目和虚拟的诱惑下迅速化为乌有，而乡村教育又寒碜到了惨不忍睹的地步，这让他们在未来"科技"和"规则"的世界里，几乎没有任何翻身的可能……简单地讲，我甚至看到了一种轮回，卑微的轮回，没有体面、尊严和希望的轮回，一个无声群体的轮回。这构成我对故乡和故乡人的另一种隐忧和隐痛。

每个人都是一件破衣裳

对谈者：《西部》杂志

《西部》杂志（以下简称《西部》）：新疆和四川同属西部，但相距遥远；两地都有大山、盆地，但文化迥异。不过两地人民来往密切，川菜馆在新疆遍地开花，更有"川疆饭馆"这样简约的命名，用红漆大大地书写，在绿洲、团场的路边，在城乡结合部，兀自存在，执着地飘出回锅肉的豆瓣酱香味。新疆和四川，在你心中各有一个怎样的位置？如何理解文学与地域的关系？文学又如何超越地域性？

罗伟章（以下简称罗）：我前几年到过新疆。到过重要，也不重要，新疆早就存在于我的想象中了。去新疆只是印证我的想象。太辽阔了。尽管四川也很辽阔，但新疆的辽阔是没有遮拦的那种，天山只是视线的一种休息，一个停顿。我生长和生活在四川，我的许多小说，都是四川特别是我的故乡川东北给的，虽说人人都在想着逃离故乡，可回过头想，才发现许多东西一辈子也逃不掉，承认之后，才懂得感激。感激给予你的，或者说你拥有的。人是大自然中的一员，特定的土壤和气候，必定孕育特定的生命。然而，一棵树长起来，是为了看得更远，它兴风刮向别处，也迎接别处刮来的风。反过来说，一棵树无论怎样开枝散叶，高入云天，你也知道它的根在哪里。

《西部》：罗老师，您的小说多涉底层生活，被认为是"底层文学"的代表作家。你是否认可这种文学命名？这种命名是否会让你的文学创作受到局限？

罗：命名与写作者的关系，是一种外部的关系。不仅是外部的，还是临时的。写作者的任务，是不要把这种外部和临时的关系，当成了某种本质。"只有非时间性的东西才是可以被定义的"，这意思是说，当你还在时间的路上，还在写作的路上，就没有人能够为你命名。所有命名都是镣铐，如果你愿意接过这副镣铐，当然就受到局限，否则就说不上。这全看自己。聂鲁达说，任何艺术工作者实质性的敌人，都只在于他自己的无能。臣服于镣铐是无能，主动申请镣铐，是更大的无能，而且不只是无能。

《西部》：你多年来致力于小说题材、手法的开拓，成绩不俗，令人瞩目。这一写作经历，给你带来了哪些收获？你如何看待当下小说写作的现状？

罗：每个人都是一件破衣裳，需要缝补。写作就是缝补自己。补好了破洞，穿出去，不至于让人看到不该看到的肉。无论多么高明的小说家，你让他谈当下小说写作的现状，他也谈不了。如果他谈了，他也只是谈了他自己的现状，无非是有些人胆子大些，把自己的现状说成是整体的现状。我自己的现状是：刚补好了一个破洞，发现又有了一个破洞，还可能发现本来以为补好了的那个破洞，其实并没有补好，于是不停地在缝补。

《西部》：记得昌耀是不同意"西部文学"的提法的。的确，文学不是用地域来划分的，而是由时间来甄别的，我们也没听到有"东部文学"之说。但"西部文学"几乎已成为一个约定俗成的概念。这是评论界的一种惯性，还是写作者寻求的地域辨识度？你怎么定义它？你怎么认识自己写作中的西部特性？

罗：从根本上说，昌耀是对的。但提一提也无妨。就像美国提"西部电影"，我们提"西部文学"，它其实不是界定，而是设定，设定有这样一种文学，以满足自己对某种人生境遇的幻想。这意思是，"西部"一词，有它相对固定的属性，比如人与自然的关系更亲，人与人之间更能删繁就简，时光更慢，道路更长，生活更安静也更狂野，等等。这些，当然可以构成西部作家的某种质地，却同时也会构成陷阱。说穿了，到头来，文学只有一个标准。

《西部》：从20个世纪初的西部探险考察热，到新世纪以来的上佳旅游目的地，西部正在经历一个被审美化、被消费化的过程，其主体性并未足够显现。为此，作家能做点什么？文学能成为去除遮蔽的一种力量吗？

罗：文学当然能成为那种力量。但那需要杰出的文学。文学的意义，就是让读者能感触一段历史、一个时代、一个民族的呼吸和体温。你说到主体性，谁又能表述什么是"西部"的主体性？在"西部"的主体性和个体的主体性之间，谁更重要？与具体的生命相比，"西部"也不过是个大词。面对全球化语境，写作者要做的，不是抗拒，当然也不是迎合，而是调动更深的能量，努力保持本土立场和个人记忆。但这种立场和记忆，如果跟全球化语境脱节，同样没有价值。总之，变，不一定是创新；不变，也未必就是坚定。

《西部》：刚好遇到日喀则和尼泊尔地震，因此问一个关于地震的问题。新疆四川分属不同的地震带，这些年，四川地震偏多，新疆也小震不断。地震的诡异在于它的不确定性，在地震来临之时，人类显得弱势而渺小。你如何理解地震等天灾中人类的存在和文学表达？

罗：没有什么是不可能的。

往下走，往幽暗乃至幽冥处走

对谈者：余红艳

余红艳（以下简称余）：请问您对自己的作品比较喜欢的是？

罗伟章（以下简称罗）：《饥饿百年》。我喜欢这部小说的粗粝。我现在很难找回那种粗粝，这是一种很严重的丧失。后来的《不必惊讶》也喜欢，虽然也写乡村，但写法跟《饥饿百年》完全不同。这是一个"齐物论"的小说，里面的农民和山川风物都很有思想。以前的小说写农民就只写农民跟土地的外部联系，对土地的思考写得比较少，甚至没有，而事实并非如此，农民对土地的思考既朴素又深刻，我想用《不必惊讶》来表达一种内部真实。这个小说我是一节一节写的，时间拖得很长，中间又还在写其他小说。写出来后，自己比较满意，读者和专家的评价也很高。再后来的《大河之舞》《太阳底下》，还有即将出版的《声音史》，我都喜欢。这些是长篇。中篇很多，我主要写中短篇，尤其是中篇。

余：走上写作之路，有无具体的刺激因素？

罗：我上小学时，二哥正读初中，二哥的语文成绩好，特别喜欢作文课，他偏偏又遇上了一位擅写文章的老师，那老师能背诵《古文观止》里的全部篇章，常常把我二哥的作文改得满篇红，遇到假期，二哥就把作文本带回来，念给我听，念到精彩处，就停下来，嘴里吱吱有声，感叹老师的厉害。我由此知道了文字表达的美妙。文字表达能跟自己说话，还能创造现实以外的另一种现实，这实在太好了。我对那另一种现实很向往，因为我童年的现实不好，很灰暗。母亲在我六年那年就去世了，我的童年是很孤寂的。从小没母亲的人非常孤寂，会问：为什么别人都有母亲，偏偏我没有？会不停地问，却找不到答案，只能被迫接受这铁一样的现实。但文学可以构造另一种现实。如果说是什么激发了我写作，可能正是因为幼年丧母。那时候我常常一个人发呆，一个人去山上，看着早上的太阳、傍晚的太阳，都觉得悲伤、苍凉。这种苍凉感贯穿了我。还有念初中时，班上三十多个同学，有十多二十个都订了文学刊物，互相交流。我没钱订，就看别人的。以前我成绩很好，老师很喜欢我，后来看上了文学刊物，如《苏联文学》《奔流》《十月》等，我再也无心上课，早晚自习都拿来读小说。老师觉得我不可救药了。的确也是，到高中数学就只能考三十来分了。到高三我才突然醒悟，觉得自己必须上大学。不上大学，就只能过祖辈的生活，依靠艰苦的体力劳动才能维持基本的生存。所以高三我努力起来，专补数学。大学期间，我基本靠写作为生，以写散文为主，小说比较少，也写诗，但诗歌写得很差。毕业后我基本没写作。到1991年，我毕业教了一年多书，暑假里，我到广东去了。当年时兴南下。领导怕我到广东就不回来——实际我也做好了不回来的打算。行李倒是简单，一个挎包里放本书就走了。到了广东，虽然工作很好找，我普通话这么差都可以当播音员，但我还是回来了。太喧嚣了，跟我想要的那种氛围太不协调。虽然那时我还没写啥子，但内心里始终渴望写作。教了几年书，感觉碌碌无为，只要课上完，就耍、打球、打扑克、周末聚会聊天。现在回头看那时的聊天，很重复，很无聊。但当时只能聊这些，因为无处安放你的时间，心未定，只能用那种方式来打发自己。到了2000年底，我受不了了。我教了几年书，又去达州广电报干了六七年，2011年就过去了。我觉得真不能再这么晃荡下去了，我必须以写作的方式完成自己。所以辞职。有了辞职的念头，立即就交了辞职报告，第二天就走人。

余：在写作上，受到了哪些人的提拔和指导？

罗：想在写作上被人提拔是难的，那完全要靠自己。写作不存在也不需要提拔。指导却会无处不在，就看你是不是有心。人家一句无心的话，对你可能就很重要。所有说出过那种话且被我听进去了的人，都是我的指导者。

我专事写作后还遇到过几个好编辑，首先发我长篇散文的是《天涯》的王雁翎，首先发我短篇小说的是《长城》的杨金平，首先发我中篇小说的是《青年文学》的赵大河和《当代》的周昌义，那两个小说差不多同时发出来。《人民文学》的宁小龄看到我发在《青年文学》又被《小说选刊》转载的小说后，有天晚上10点多给我来电话，对我那个小说做了评点，指出了不足，然后希望我也给他写一篇。于是我写了《我们的成长》，他拿去就发了头条。这些人，都对文学极其认真、虔诚。你一个无名小卒写的东西，人家都认真对待。但是一个真正的写作者，主要的还是看自己的宽度和深度；写作者只关注自己的内心，且用自己的方式去表达。只要你努力，也到了一定的水准，总有人会认真对待你的。

余：您强调写作的个体性，那么您的写作风格有无受到来自外界的影响？

罗：首先，风格这东西还不好说。我不能说我有了风格，我也从不刻意去追求风格；恰恰相反，我总在下一个时段去破坏自己在上一个时段的面貌。当然，骨子里的有些东西总是在的，如果无意中有了一点风格，跟个人的经历、才情和艺术观念有关，也跟读书有关。人一辈子，要在书海中至少找到一本书，找到一个自己的精神父亲。对我来说，托尔斯泰的《战争与和平》《安娜·卡列尼娜》《复活》等，我都读过若干遍，并且随时放在枕边。当我应付完一场无聊的酒局，我会觉得自己降了很多，回到家就读托尔斯泰，复原自己。托尔斯泰的写作无法学，卡尔维诺也说过，《安娜》和《战争与和平》的结构无法让人知晓。有段时间我专门研究过他的结构，觉得只能用教堂拱顶的恢宏壮丽来形容，任何一个榫头都天衣无缝。但是你学不了。我说过，托尔斯泰的写作极大地提高了全世界作家的写作难度，不只我一个人学不了。事实也证明，在俄罗斯的经典作家中，他在俄罗斯的影响比不上陀思妥耶夫斯基，也比不上契诃夫。我崇敬他，几乎不是要跟他学什么，而是崇敬他在小说中对完整性的执着。另一方面，一切书写怪异或者说"非常"的作家，写得再好，也不是最高级的，最高级的作家写的是日常。当然陀思妥耶夫斯基的《死屋手记》、索尔仁尼琴的《古拉格群岛》、伊姆雷的《无命运的人》等等除外，而且从某种角度说，他们写的也是日常。杰出作家们的"日常叙述"，像河水在流，深渊一般，表面平静，内里却是那种动、冷、黑暗。一部好小说，在深处一定是黑暗的。作家也是。托尔斯泰那么讲究信仰，讲究构建艺术的和谐，但在深处也是黑暗的。鲁迅就更是。

余：不太能理解这个黑暗。

罗：这里的黑暗不是阴暗的意思，是指往世界的里面钻，往下走，往幽暗乃至幽冥处走，往别人看不见的地方走。很难见到一个好小说是往上走，往太阳的方向走——这很难产生巨著。如果一个作家能够一直往下走，写出和太阳高度一样的深度，那就太伟大了，也太难了。这需要作家有"自作明灯"的能力。所以这里的黑暗不是一个政治术语，也不仅指我们通常所说的苦难和人性深处，还指从根本上对生命的一种无奈感、无力感；这时候，连英勇也是一种无力，也是"黑暗"，然后自作明灯照彻那种黑暗。陀思妥耶夫斯基等作家就是这样。西班牙的希梅内斯，写了本《小银和我》，写一头叫小银的驴子和我一天到晚的温馨生活，他表达的意象，恰如雅姆的诗歌意象：如果我死了，我要上天堂，上帝请允许我把小银也带上。他就像梭罗，能从野兽的蹄印里识别自己的祖先，他和大自然的关系，深到血脉。而这正是我说的"黑暗"，是我们需要侦察、探寻和思考的深渊。卡夫卡也是，他的《变形记》，一开始就把读者和他自己逼到墙角，不留任何退路。逼到墙角后再一步步探寻退路，没有退路就把墙壁凿开。这是对"黑暗"的书写。对黑暗的书写也是对黑暗的抵抗。卡夫卡的另类视觉哺育了很多作家，但他说：发现比虚构更难。对日常生活的洞见，比虚构更难。卡夫卡非常清醒。这或许是他更加可贵的地方。当下很多作家追求文字的模糊和多义，这当然是好的，而事实上，文字起源于抽象思维的发达，文字本身就具有模糊性，所以难的是准确，更难的是精确。奇怪的是，当文字准确后，可能性和多义性都会变得更大。实际就是这样。托尔斯泰的写作，一句句很平实，全篇却如汪洋大海，可以从很多方面去阐述它，却又总是无法完全把握它。连伍尔夫那种风格的作家也说：《战争与和平》是世界文学史上最伟大的小说。包括鲁迅，简直有一种"刻薄的精确性"，可你阐释不尽，《阿Q正传》且不说，就连《孔乙己》，你能说清楚吗？它的意义真像教科书上讲的那么简单吗？

余：我看得较多的是现代作家作品，如马尔克斯、博尔赫斯一类，感觉现实主义有些过时了。

罗：你如果能写到托尔斯泰、福楼拜、鲁迅的那种份上，就会知道现实主义没有过时。任何一种主义和流派都不会过时，主要看你经营到哪个程度。

余：您为自己的写作设置了什么样的理想或目标？

罗：没有具体的。只能说写到自己的份儿上。一个人是有限的。每个人都有自己的局限。你能摸到 3 米高，那就是你的局限。如果你能摸到 5 米，却只摸到 2 米，那是你没有完成自己。其实写作就是最大限度地完成自己。

余：您的份儿在哪里？

罗：说不准。因为还在写作的路上。不断地写，也就是在不断地爬山。爬着爬着，爬出了一座坟冢，那就该是你的"份儿"了。如果某一天我能写出一部具有托尔斯泰精神——是精神，不是水准——的小说，我就满足了。在我的想象中，这小说一定要节奏舒缓。前几天我在重庆开会时说，我们为什么要读书？就是对速度的抗拒。眼下的世界，速度挤压了空间感，我们用读书来抗拒它。当然我指的是读经典。比心脏频率更快的各类信息，对生命毫无价值，而且是稀释、磨损和消耗。慢，才能让生命生长。我从不认为小说是让人娱乐的。特别是当下，供人娱乐的东西那么多，小说用不着凑那个热闹，即使想凑也凑不上。如果小说带着供人消遣的心思上路，那就是死路。我觉得，没有哪一个时代，像我们今天这么需要深刻的小说，我觉得那才是小说在当今社会生存下去的理由。说白了，一个真正意义上的作家，都是往自己最高的份儿上写，写出来，读者爱看不看。事实上，只要你写得好，读者总是有的，多少而已。黑塞的《荒原狼》够难读的了，但一代接一代都有读者。此外像《喧哗与骚动》《尤利西斯》，难道很好读吗？

余：您在坚持这样的文学理想中，做了哪些努力？

罗：提这个就有些不好意思了。我这人有些懒散，河北作家胡学文说我走路都懒洋洋的。我只是愿意静一些，愿意让自己在低处、更低处。写作者捕捉世相，不是从高处，而是从低处，从低处去关注时代的生态、人心的生态。首先是管好自己。要强大自身，就必须限制自身。

余：现在很多作家都走田野调查这条路。比如阿来。

罗：是的，阿来常常独自游荡草原。还有张炜，很长时间在外面，把自己搞得像个流浪汉。他们为我们做出了榜样。田野调查大多不是为一个具体目的，是养气，是提升作家的内在生命。我认为体验生活是一句很糟糕的话。那种"体验生活"后就事论事写作的作家，特别是小说家，很值得怀疑。另一方面，有些作家真的就是书斋里的作家，他们在书斋里才能养气，而且确实写出了非常漂亮的作品，这方面的例子同样是杰出的，比如张爱玲。你不能要求所有作家都走一条路。

余：我在网上看到您到宣汉县体验生活。

罗：宣汉是我老家，我经常回去。我知道那里的历史，我因此感到亲切，并跟自己贯通。"体验生活"是别人的说法。哪怕我去那里"体验"一年半载，回来写小说，可能一句都用不上。

余：您侧重的还是现实主义写作？

罗：你们喜欢拿"主义"说话，我不喜欢。如果愿意，那么我说，《太阳底下》写抗战时期的重庆大轰炸，就不是现实主义手法。但对命运流程的关注是始终存在的，我觉得那样的小说才有意思。有意思的小说不一定好读，托尔斯泰的小说有时几十页都在议论，并不好读，但有意思。有意思的深处是有意义。在我看来，有意思有意义就是好读。所以好读不好读，是要因人而异的。

余：有些通俗小说包括网络小说也认为自己有意思和意义。

罗：在我心里，没有传统文学和网络文学的概念，也没有所谓青春文学、校园文学等等的概念。我不赞同用媒介为文学分野，也不主张拿题材为文学划界。文学就是文学。对一切好小说和好作家，我都尊敬。

余：您认为自己的写作，有无明显的分期？

罗：2008年以前，我都比较关注当下，是所谓"共同体验"或者"社会体验"的范畴。之后有了变化，即便选材跟以往类似，写法上也不一样。我以前的写作，非常沉重，包括《饥饿百年》，很沉重。我后来的写作，即使写重庆大轰炸，天天死人，表述都不会那么沉重了——虽然内在精神气质是一致的。

余：转折的原因来自哪里？

罗：人总是要进步的，举重若轻跟举重若重相比，就是一种进步。从读书上说，我曾经在日记里写：抛开托尔斯泰，两年以上不读他。雨果也不读。这两年，跟你一样，读卡尔维诺，读博尔赫斯，读略萨，读昆德拉。读到后来，读烦了，又去读托尔斯泰。也读斯坦贝克，他的《愤怒的葡萄》，写拖拉机把美国农民变成流民，写到绝望时，你觉得无法再绝望了，但是继续绝望。这就是他的厉害之处。余华的小说也是，下死手往破碎处写。作家写作时要"心狠"。温暖和感动，当然是一种境界，但使人感动之后，还要能过理性那一过，要经得起反刍，要能在读者心里留下一段空白；如果眼泪一流，万事大吉，甚至为自己的流泪感到羞愧，那感动就是廉价的。"让人充实"是很古老的评价标准，现在依然成为标准，只有读者心里有了空白，有了某种不适，才可能真正充实。现代人看上去很独立，其实只不过是更加能适应罢了。艺术要给出一点"不适应"。但我依然要说，情感是艺术的命脉，伟大的情感才能培育出伟大的艺术作品。

余：2008 年到现在，您的写作风格就无多大变化了？

罗：一个人总不能老是变，更不能随时变。其实，变是危险的，很多作家是一变就死的。我 2008 年以后的作品，尤其是 2010 年以后的作品，比以前写得更好，有些作品比以前好得多，但读者不如以前那么多。有个读者甚至对我说：2010 年以后怎么没见你写什么呢？其实我一直在写，既在刊物上发，也出了几个单行本，他只是不认。对此我并不在意，我知道自己在干什么。

余：您会关注自己在文坛的地位吗？

罗：不要说我不关注，就是关注也毫无意义。在这个层面上，我只能关注到我自己，也只能要求我自己，要求自己认真。其余一切，都与我无关。

余：您对自己目前的写作成就有无评估？

罗："成就"两个字太压人，我还说不上成就。

其次我不跟人比，也不在意别人对我的命名。

余：很多作家都不愿意接受标签。

罗：其实也不是。真正令作家沮丧和失望的，是当他有了一个标签，他不满足，他试图改变——并非刻意改变，而是那标签本身就不能笼罩他，可当他有了明显改变之后，某些评论依然往那标签上扯。那是一种偷懒的评论，是先提来一个筐子，再把作家作品往里面装的评论。这种评论对文本缺乏基本的感受能力，因此不只是偷懒。

余：对自己的写作特色有无清晰的定位？

罗：没有。我不知道有多少写作者会去想自己的写作特色。拿到一个题材，我必须先产生第一句。有了第一句，基调就定了。每个小说自带气场，它晓得语言往哪个方向走；如果没走对，没有找到自己需要的节奏，是写不下去的。好比走着走着劈面碰到一座山，如果翻不过去也绕不过去，就只得放下。当然有时放一段时间又能捡起来，苏童说他的《妻妾成群》写了一部分，写不下去了，放了很长时间再捡起来，又顺顺畅畅接下去了。这样的情形许多写作者都会遇到。

余：在写作时候，是否每一部小说都想达到一个目标？突破或超越？

罗：每篇作品都会有所追求，这一点追求就是目标。要说每部小说都去突破和超越，那大概是很难完成的任务。作家分两种，一种是一生都在完成一部作品，另一种是一生都在写不同的作品。说不上哪种更好，写好了，都好。

余：您是哪一种呢？

罗：或许更倾向于前一种。但也难说。

余：如果写出来后，让人有似曾相识之感，怎么办？

罗：我刚才说，速度挤压了空间感，千万里之外发生的事，几秒钟就可以晓得。如果小说只是故事，那当然会似曾相识。所以今天的小说跟《水浒传》时代的小说，肯定不同，今天的小说在故事之外，或者说在故事的背后。故事是简单的，而且很多作家还会刻意去要那个简单，辽阔在故事的背后。有人说，而今的生活比作家笔下的小说还要精彩。这是对小说的误解，好像小说要去跟生活比"精彩"一样。又有人说，手机段子比小说还有想象力。这是对想象力的误解。真正的想象力不是碎片，而是由此及彼，环环相扣，构筑一个完整的世界。千万条手机段子，也无法与《安娜·卡列尼娜》给人的滋养相比。

余：您认为文学不会消亡，而是朝更深邃的方向走，那未来文学的形式呢？

罗：唐诗、宋词、元曲、明清小说，每个时代都有一个相对昌盛的文学形式，这跟时代的要求是有关系的。这证明文学形式肯定会起变化。当今短长篇相对行销，就是"速度"的要求。还有前面说到的网络文学，也是，或者说更是。但我们需要注意的是，无论文学形式怎样变，文学标准没变。文学标准没有对错，只有高下，但在艺术领域，高就是对，下就是错，这是没有办法的事，是每个写作者都必须承担的严酷法则。再一点，我们国家的网络，居世界八十多位，比越南都差，比欧美就更差了，他们接收信息更快，但欧美到处都是读书的人，读大部头，《荷马史诗》啊《神曲》啊，都读。这说明人们对生命内部有深入了解的渴望。这只有经典文学能做到。王阳明讲，心绪纷乱则静坐，不想读书则偏读书。这是因病用药，是对自我的疗治。当我们感觉速度太快，就该有意识地慢下来，也是因病用药。当大家都在写短长篇，写网络文学，而你写出了一部对时代有洞见、有把握的大部头，你是对写作的因病用药。李敬泽说，写小说不是坐动车，而是坐三轮，一路看，慢慢摇。说得好。欧美科技那么发达，读书的人和写作的人，却都能坐住。我们现在正处于一个非常微薄的过渡时期，我们就把它看作未来的景象，并为此恐慌，这是目光短浅。

余：您对自己现在的创作状态满意吗？

罗：既满意，又惶惑。我希望自己能不断往好处写。向上，既是你的当下，也是你的使命。有时候觉得累，怕进那间工作的屋子。但写起来就快乐了。最烦躁的是刚写完一部作品，该休息一下的时候，手边却没一本特别中意的书读。

余：现在的写作环境呢？

罗：还行。我不上班，时间相对自由。

余：有无大的创作计划？

罗：应该说是大方向，这个是有的。现在的时代应该是出好作品的时代，波澜壮阔的。关键是看你有没有洞察和把握的能力。我们现在很多是碎片式写作，只看到河流中的一朵浪花。如何洞穿一个时代，像《愤怒的葡萄》那样，也像挪威作家哈谟生的《土地的成果》那样，抓住时代的本质，并用作品对时代有所概括，就是一个问题。这是很多作家，包括我，都想去追求的。

余：看来您一直比较关注土地。

罗：土地和人有原生关系。

余：您关注时代，会否担心过时？

罗：安娜如果有手机，给伏伦斯基发个短信，或者伏伦斯基给她打个电话，她大概就不会自杀。安娜生活在没有手机的时代，但网络时代的人们还是要去读《安娜·卡列尼娜》那本书。

余：你关注时代，是否关注时代政治？

罗：政治是时代的一部分。文学大于政治。我常常说，如果我没读过《追风筝的人》，只从时政新闻里去评判阿富汗，真是觉得那是个不可救药的国家，因为读过那本书，我的眼光完全变了，知道生活在那片干旱土地上的人们，跟我们所有人一样，有渴望，有追求，也有苦恼、挣扎和忧伤。一切忧伤都让人肃然起敬。《追风筝的人》写出的是另一个阿富汗，一个更加真实的阿富汗。这是文学的魅力，也是文学的高贵。因此文学既大于政治，也必须超越政治。文学关注的是人，关注人的现实命运，关注他们从哪里走来，又会朝哪个方向走去。政治只是人物的背景。一个现象是，国外一些作家，当他们到了异国他乡，好多都写出了伟大的作品，而我们国家的作家，去了异国他乡，创造力普遍下降，有的甚至变得非常无聊，这是因为他们被政治喂养，他们以为放开手脚过后，大胆揭露，就能写出好作品；其实这是另一种为政治服务。当揭露背后没有宽广的情怀，好作品就不可能呈现。揭露不能成为揭露的目的，批判也不能成为批判的目的，用揭露和批判的手段，激发出人们的责任心才是目的。

余：在写作中，您会有民族意识吗？

罗：民族意识应该是血液里自带的。身份意识是祖辈就给你了。现在要说民族，很纯的民族基本上已经不存在了。我写作时很少考虑民族。我不认为更不会强调我是汉族作家，但我认同自己是汉语作家。作为写作者，对汉语是有责任的。汉语很美，许多古典诗文，读起来实在是美。我觉得，白话文还没有美到古文的程度。古代就是不起眼的文人写的《东京梦华录》，读来也美不胜收。所以写作者还是应该有义务，如何把白话文越写越好。但我反对作家单纯地去追求语言。我觉得把文章写得太精致了不好。我喜欢文字有内在的力量感。如果一个作品太精致，太光滑，在语言上过分考究，内里却很苍白，没有意义，那就不行。文学技巧是不能单独提出来讨论的。小说需要毛茸茸的感觉，有很多气息、也有很多气孔在里面。好作品不一定要求完美，但一定要有光彩，在某个地方突然焕发出光彩。不说别的，连《卡拉玛佐夫兄弟》也很不完美，但它有光彩。

余：有无通过写作成为汉语或汉族作家代言人的想法？

罗：从来没有。我只为自己代言。

余：汉族作家大多数都没有民族代言人的想法，少数民族作家有些有。

罗：少数民族作家大多有信仰。像张承志的《心灵史》还有非常强烈的民族意识。汉族作家大多没有信仰，但有"信"。一个东西你信了，就比如以前说书人说到武松打虎，他信，就说得眉飞色舞。所以信是很重要的。实际上作家对世界，对人类，包括对自己，都是持怀疑态度的，但落笔时，会相信一个东西。你相信的东西很可能叫不出名字，它是一束遥远的光，你向它靠近；它也许不能照耀到你，但你能隐约感觉到。某种意义上，对语言的信也是一种信仰。

余：您平时跟少数民族作家有交往吗？

罗：当然有。但没有民族界限，都是人与人之间的交往。

余：请您谈谈对四川作家的认识。

罗：我对四川的小说作家认识多一些。他们都很厉害，阿来不必说了，其他人也很厉害。有回云南的范稳来，何大草、袁远同来相聚，何大草说，他上五十岁后，写出的每个字都要是自己想写的。他跟袁远都是不闹腾且有追求的作家。

余：很多人认为现在是没有经典的时代。

罗：这事情我也想过，我觉得这样来说比较恰当：现在是一个经典显得不重要的时代。

余：我们现在的评论界，批评当代文学的声音太多，很多是大字报式的、标语式的、诘问式的批评。但实际上我最近在读当代文学的时候，还是感到遮蔽了一些好作品。

罗："一扫光"的评论是好做的，印象似的评论同样好做，要研读文本，就不仅需要做学问的诚心和耐心，也需要真本事，总之就困难得多了。好作品被遮蔽，不只是作家的损失。其实，作家在写作时，不会考虑遮蔽不遮蔽。

余：您和作家交往，会谈对彼此作品的看法吗？

罗：不会。或者说偶尔才会。小说家不是诗人。小说家看起来谦虚，实际不是。小说家都老谋深算，聚会时一般说说各自对小说的理解，喜欢哪位作家哪部作品，极少谈论对方的作品。只有诗人才会说：你那首诗写得太臭了，你把老子这首看一看哈！小说家不会。

余：小说家在一起都不谈吗？可惜。应该讲的嘛。

罗：心里是清楚的，比如某人的小说过于漂亮了，太绕了，某人的短篇好，中篇不好，长篇更不好，因为缺少支撑长篇的力量……

余：阿来《尘埃落定》就很漂亮啊？

罗：是漂亮。但它后面有个改朝换代，有复仇和生死，这些东西能推动小说朝前走。漂亮是好的，但不能止于漂亮。小说的高下，其实是一眼就能看出来的。

余：一般人看不出来，要行家或读书很多的人才看得出来。嗯，就说您的《饥饿百年》，还是有可以打磨的地方。——这纯属我的卖弄啊。

　　罗：你说得对，并不是卖弄。《饥饿百年》是很早的作品了。那时候没有现在这样精细，写完看一遍就给人家了。也有个激情问题，那时激情四射啊。现在越来越追求缜密，但这也潜伏着另一种危险，就是内在冲动弱化了。这是我不喜欢一个作品太精致的原因。精致意味着他更认真了，更自觉了，危险却也随之而来，就是力量感的丧失。山洪虽不美，却可以冲垮巨石席卷一切，小溪清澈而温和，却听不到山洪的吼声了，见不到那让大河膨胀的丰沛了。遇到这种情况，写作者会自己去调节，他会意识到自己的弱点和长处，意识到自己的危机。